EISKALTE REUE:
THRILLER

MARCUS HÜNNEBECK

ÜBER DEN AUTOR

Marcus Hünnebeck wurde 1971 in Bochum geboren und lebt inzwischen als freier Autor in Hamburg. Er studierte an der Ruhr-Universität Bochum Wirtschaftswissenschaften.

Im März 2001 erschien mit *Verräterisches Profil* sein erster Thriller, 2003 und 2004 folgten *Wenn jede Minute zählt* und *Im Visier des Stalkers*.

Dank der Möglichkeiten, die das E-Book-Publishing bietet, veröffentlichte er im Jahr 2013 seine alten Thriller als überarbeitete E-Books. *Im Visier des Stalkers* erhielt aus rechtlichen Gründen den Namen *Die Rache des Stalkers* und schaffte im Juli 2013 den Sprung in die Top 10 der Amazon-Bestseller-Charts. Dem Roman *Verräterisches Profil* gelang dies im Dezember 2013. *Wenn jede Minute zählt* erreichte im Juni 2014 die Spitzenposition der Kindle-Charts und gehörte 2014 zu den zehn meist verkauften E-Books bei Amazon. Die Fortsetzung um den Kommissar Peter Stenzel erschien im Juni 2015 (*Stumme Vergeltung*).

Als Erstausgabe erschien im Juni 2014 *Kainsmal* bei Amazon Publishing. Mit *Die Drahtzieherin* führte er die Serie um Oberkommissarin Katharina Rosenberg fort. Die Trilogie schloss der Roman *Tödlicher Komplize* ab.

Im September 2015 veröffentlichte Egmont-Lyx den ersten Band einer neuen Reihe, der den Titel *Im Auge des*

Mörders trägt. Im Mittelpunkt dieser Serie stehen die Journalistin Eva Haller und der Leibwächter Stefan Trapp.

Der zweite Band folgte im September 2016 und heißt *Abschaum*.

In *Sommers Tod* taucht zum ersten Mal Oberkommissar Lukas Sommer auf. *Sommers Schuld* ist sein zweiter Solo-Fall.

Die Namen des Todes bildet den Auftakt einer neuen Serie um den BKA-Kriminalkommissar Robert Drosten und sein Team. *Schuld vergibt man nie* ist der Folgeband. Die Romane sind genau wie der dritte Teil *Rudelfänger* und der vierte Teil *Rudeljagd* unabhängig voneinander zu lesen.

In *Die Todestherapie* ermitteln Lukas Sommer und Robet Drosten zum ersten Mal für eine neue Polizeibehörde namens KEG (Kriminalermittlungstaktische Einsatzgruppe). *Der Wundennäher*, *Der Schädelbrecher*, *Blut und Zorn*, *Die TodesApp*, Muttertränen und *Todesschimmer* setzen diese Zusammenarbeit fort. In Vaters Rache stößt die Oberkommissarin Verena Kraft zum Team hinzu. *Rachekrieger*, *Der Geisterfahrer*, *Nesthäkchens Schrei*, *Bittere Brut*, *Tödlicher Fake*, *Schreikind* und *Eiskalte* Reue setzen die Reihe fort. Der Thriller *Der Wundennäher* war 2018 Finalist beim *Kindle Storyteller Award*.

Außerdem hat er mit *So tief der Schmerz* und *Kein letzter Blick* eine Reihe um den Personenfahnder Till Buchinger gestartet.

ÜBER DAS BUCH

Drei Morde innerhalb weniger Stunden erschüttern das Team um Sommer und Drosten. Einem Opfer malt der Mörder mit Blut ein Lächeln aufs Gesicht. Dem nächsten Toten ritzt er mit scharfer Klinge ein Herz in die Haut. Am dritten Tatort hinterlässt er einen Countdown.

Lukas Sommer erkennt, dass sich die Hinweise auf seine eigene Vergangenheit beziehen. Bevor die Polizei dem Täter jedoch näherkommt, endet die Frist. Der Mörder entführt ein Mitglied der Soko – doch dabei bleibt es nicht. Zwei weitere Menschen fallen in die Hände des skrupellosen Mannes, der seinen Racheplan eiskalt vorantreibt. Er setzt den Ermittlern ein letztes Ultimatum und bereitet in seinem Versteck alles vor, um seine Gefangenen zu bestrafen, während ihre verbleibende Zeit abläuft.

Eiskalte Reue: Thriller
© 2020 Marcus Hünnebeck
Alle Rechte vorbehalten
1. Auflage, September 2020

Covergestaltung: © Artwize
Im Cover Design werden zwei Stock Image von depositphotos.com
verwendet.
url: https://depositphotos.com/15395255/stock-photo-red-
hourglass.html
https://depositphotos.com/40289037/stock-photo-skating-ice-
background.html

Lektorat: Ruggero Leò
Korrektorat: Kirsten Wendt

Herausgeber:
Marcus Hünnebeck
Heimweg 6, 20148 Hamburg

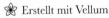 Erstellt mit Vellum

1

E s fiel ihm schwer, sich zu konzentrieren. Im Vorraum verrichtete seine junge Sekretärin gerade die letzten Tätigkeiten des Tages, bevor sie in den Feierabend aufbrechen würde. Zumindest, was ihren Hauptjob anbelangte. Immer wieder sah er sie an der offenen Tür vorbeilaufen. Heute trug sie ein eng anliegendes, dunkelblaues Kleid, das ihr bis knapp über die Knie reichte und ihre weiblichen Kurven ganz wunderbar betonte.

Als sie durch die Tür zu ihm schaute, legte er schnell die Hand an die Stirn, um nachdenklich zu wirken.

»Alles gut bei Ihnen, Herr Schmitz?«, fragte Rafaela. »Haben Sie Kopfschmerzen?«

»Sei froh, dass du noch jung bist«, antwortete Klaus Schmitz.

Wie erhofft, weckten seine Worte ihre Neugier. Sie trat an seinen Schreibtisch. Er stellte sich vor, wie er sich hinter sie stellen und sie an die Tischkante pressen würde, um ihr das Kleid hochzuschieben und sie zu beglücken. Ob ihr das gefallen würde?

»Ist etwas passiert?«, fragte sie besorgt.

»Ach, du kennst das ja. Kunden bezahlen nicht so schnell, wie sie sollten. Andere haben es nicht nötig, auf Nachfragen zu reagieren. Und dann noch die Konkurrenz, die einem die besten freien Objekte vor der Nase wegschnappt. Bei der Behauptung, Makler seien überbezahlt, kommt mir immer die Galle hoch.«

»Ja, das ist unfair. Ich kenne niemanden, der so hart arbeitet wie Sie.«

»Danke.« *Dabei bist du mit deinen beiden Jobs auch nicht faul*, dachte er.

»Soll ich mich morgen früh um etwas kümmern? Eine Rechnungserinnerung? Irgendwo anrufen?«

»Nicht nötig. Ich bleibe noch ein bisschen hier und hänge mich ans Telefon. Als ich mich vor zwei Jahren selbstständig gemacht habe, wusste ich, dass die ersten fünf Jahre kein Zuckerschlecken werden. Dafür läuft es sogar vergleichsweise gut. Lassen wir uns keine grauen Haare deswegen wachsen.«

Er strich sich über die wenigen Stoppel, die seinen Kopf zierten.

Rafaela lächelte. »Ihnen stehen die grauen Haare.«

»Jetzt wird's Zeit für deinen Feierabend. Nicht, dass du einen alten Mann noch in Verlegenheit bringst. Bis morgen, Rafaela. Mach dir einen schönen Abend. Dein Gehalt geht selbstverständlich pünktlich am Ersten bei dir ein.«

»Darum sorge ich mich nicht. Machen Sie sich auch einen schönen Abend, Herr Schmitz. Bis morgen!«

Sie drehte sich um und verließ das Hauptzimmer. Er schaute ihr hinterher und freute sich bereits auf ihr Wiedersehen. Das viel früher stattfinden würde, als sie erwartete.

Rafaela griff zu ihrer roten Handtasche und blickte über die Schulter. Sie lächelte verführerisch. »Genießen Sie den Feierabend!«

»Du auch!«

Rafaela verließ das Maklerbüro und steuerte die reservierten Parkplätze vor dem Büro an, auf dem sie geparkt hatte. Bis nach Hause bräuchte sie keine zehn Minuten. In rund einer Stunde würde sie ihren zweiten Job antreten.

Bis dahin wollte Schmitz die Zeit nutzen. Er überprüfte den Geschäftskontostand, von dem in wenigen Tagen das Finanzamt eine Vorauszahlung abbuchen würde. Rechnete er den Posten ein, stand ihm nur noch ein dreistelliges Guthaben zur Verfügung. Kein beruhigender Gedanke. Immerhin müsste in den nächsten Tagen eine größere Courtage bei ihm eintreffen, die das Problem vorläufig abmildern würde.

Seufzend schloss er den Browser. Er wollte sich den schönsten Teil des Abends nicht mit trüben Gedanken ruinieren. Im schlimmsten Fall könnte er eine der beiden vermieteten Eigentumswohnungen verkaufen und sich trotz der Hypotheken Luft verschaffen. Es gab Menschen, denen es finanziell deutlich schlechter ging. Schmitz schaltete den PC aus.

»Rafaela, ich bin auf dem Weg zu unserem Date«, flüsterte er.

* * *

Eine halbe Stunde später saß Schmitz an seinem PC. Er überprüfte zuerst die Voreinstellung der Software, die seine Stimme verzerren würde. Rafaela dürfte ihn keinesfalls erkennen. Er rief die Seite auf, auf der Rafaela unter ihrem Künstlernamen *Rachel2000* als Webcamgirl arbeitete. Leider stand neben ihrem Profilbild noch nicht das verheißungsvolle Wort online.

Schmitz wartete geduldig. Ihm durfte niemand zuvorkommen. Er freute sich seit Stunden auf diesen Höhepunkt des Tages. Neben dem Bild veränderte sich der Status. Sofort betrat er den Chatraum. Seine Sekretärin würde seine deutlich jünger klingende Stimme hören, aber kein Videobild von ihm sehen. Er hingegen bewunderte sie in ihrer vollen Pracht. Sie hatte schwarze Dessous und halterlose Strümpfe angezogen.

»Hallo, Manuel. Schön, dass du wieder da bist. Wie geht's dir?«

Während sie sprach, umspielte ihr Zeigefinger ihre Brustwarze. Ein erregender Anblick.

»Hallo, mein Schatz.« Er benutzte nie ihren Namen, sondern immer nur Kosewörter, um sich nicht versehentlich zu verraten.

»Wie war dein Tag im Büro?«, fragte sie mit lasziver Stimme.

»Mir fehlt eine Sekretärin für die lästigen Aufgaben.«

»Darüber hast du dich ja schon beim letzten Mal beschwert. Hat sich seitdem niemand bei dir beworben?«

»Ich warte noch auf deine Bewerbung«, sagte er.

Ihre Hand wanderte nach unten und schlüpfte in den schwarzen String. »Was wären denn meine Aufgaben?«

»In erster Linie solltest du für gute Laune beim Chef sorgen.«

»Oh, da hätte ich ein paar Ideen. Willst du sie hören? Darf ich mich bei dir bewerben?«

»Nimm auf meiner Couch Platz, und erzähl mir davon.«

* * *

Eine knappe Stunde später saß Schmitz in seinem bequemen Lesesessel. Rafaela hatte ihm eine großartige Show geboten. Leider war es unmöglich, so etwas im realen Leben zu genießen. Obwohl es ihm immer schwerer fiel, seine erotischen Fantasien in ihrer Gegenwart zu unterdrücken.

Ob Rafaela ältere Männer bevorzugte? Sie war angeblich seit zwei Jahren Single und hatte sich schon einmal darüber beklagt, nicht den Richtigen zu finden. Schmitz erinnerte sich an ihr Kompliment wegen der grauen Haare. Hatte sie das ernst gemeint? Vielleicht könnte er sich in den kommenden Tagen langsam vortasten. Nächste Woche feierte sie ihren ersten Jahrestag als seine Sekretärin. Eventuell wäre das eine gute Gelegenheit, sie zu einem gemeinsamen Essen zu bewegen. Er könnte ihr zu ihrem ersten Jubiläum drei Gratifikationen zur Auswahl stellen. Da sie eine umfangreiche Sammlung teurer Handtaschen besaß, könnte er ihr einen Gutschein für ihre Lieblingsmarke besorgen. Oder ihr eine Einladung zu einem Geschäftsessen in sehr noblem Ambiente anbieten. Die dritte Variante wäre eine einmalige Bonuszahlung, die allerdings versteuert werden müsste. Genauso würde er ihr die unterschiedlichen Möglichkeiten anpreisen. Falls sie sich für das gemeinsame Abendessen entschied, wäre das ein eindeutiger Hinweis.

Das war eine gute Idee! Nichts an diesem Angebot würde anrüchig wirken. Schmitz war zufrieden mit sich. Hoffentlich biss sie an. Wie gern würde er ihre Haut berühren und ihre Finger spüren, statt sich nur von ihrer Stimme und ihrem Anblick erregen zu lassen.

»Genug geträumt«, sagte er leise. »Sie nimmt garantiert den Handtaschengutschein.«

Schmitz griff zum Tablet. Zuerst überprüfte er den E-Mail-Eingang und informierte sich über das aktuelle Weltgeschehen. Dann öffnete er die App, mit der er seine E-Books las. Am Vortag hatte er ein Buch ausgelesen, nun müsste er ein neues auswählen. In seiner Bibliothek lagen diverse ungelesene Werke auf dem virtuellen Stapel. Er entschied sich für einen skandinavischen Krimi und tauchte in die Handlung ein. Rasch überflog er die ersten, flüssig geschriebenen Seiten. Unvermittelt meldete ihm ein Pop-up-Fenster eine neue E-Mail. Da ihm der Absender nichts sagte, las er das Kapitel in Ruhe zu Ende. Dann rief er die Mail auf, die seinen Atem stocken ließ.

Sehr geehrter Herr Schmitz,

ich darf mich zunächst bei Ihnen vorstellen. Mein Name ist Rüdiger Becker, und ich arbeite als freiberuflicher Journalist für verschiedene Zeitungen. Derzeit schreibe ich an einer Enthüllungsgeschichte über die Einschränkung demokratischer Grundrechte, in die Sie leider involviert sind. Vor einigen Jahren hat das BKA Sie als Mordverdächtigen angesehen – ein ungeheuerlicher Verdacht, der sich ja rasch zerschlug. Trotzdem werden Sie seit den Vorfällen von einer dem Bundeskriminalamt untergeordneten Polizeibehörde überwacht. Die wissen alles über Sie. Deswegen habe ich auch diese Einweg-E-Mail-Adresse gewählt, um Sie zu kontaktieren. Darüber bin ich nicht auffindbar. Wenn Sie nähere Informationen haben wollen, antworten Sie bloß »Ja«. Ich würde mich dann auf Ihrem Handy melden (die Nummer liegt mir dank meiner Recherchen vor).

. . .

Schmitz' Finger zitterten, als er den Antwort-Button berührte und die zwei Buchstaben eintippte. Seit Monaten hatte er nicht mehr an die schreckliche Zeit zurückgedacht, in der er den Tod seiner Zwillingsschwester hatte verkraften müssen. Und dann war er noch im Rahmen einer Darknet-Ermittlung auf den Radar des BKA geraten. Mit Grauen erinnerte er sich an die zwei Polizisten, die ihre Waffen auf ihn gerichtet hatten.

Er schickte die Antwort los und legte das Tablet beiseite. Sekunden später klingelte bereits sein Handy.

»Hallo?«, meldete er sich unsicher.

»Guten Abend, Herr Schmitz«, ertönte eine gedämpft klingende Stimme. »Becker. Ich kann nicht lange am Telefon bleiben. Anrufe über drei Minuten werden nachverfolgt. Zuallererst müssen Sie meine E-Mail löschen. Sonst können wir nicht miteinander sprechen. Ihre Antwort ebenfalls.«

»Kleinen Moment«, sagte er und führte die Aufgabe aus. »Gelöscht. Ist das wahr, was Sie angedeutet haben?«

»Glauben Sie mir. Es ist so. Das BKA hat zu diesem Zweck vor Jahren eine neue Behörde gegründet. Die Kriminalermittlungstaktische Einsatzgruppe, abgekürzt KEG. Jeder Bürger, der aus irgendwelchen Gründen im Rahmen einer Mordermittlung unter Verdacht gerät, wird lebenslang von der KEG überwacht.«

»Ich war damals völlig unschuldig.«

»Daran zweifle ich weder bei Ihnen noch bei den eintausendvierhundert anderen Staatsbürgern, die das betrifft.«

»So viele?«

»Die KEG weiß alles über Sie. Von der Steuermoral angefangen bis zu Ihren Lieblings-Pornoseiten.«

»Oh mein Gott!« Mit Schrecken dachte er an seine Sekretärin. Saß er bereits in Teufels Küche?

»Die KEG ist wie ein Staat im Staat. Aber ich werde sie zur Strecke bringen. Wollen Sie mich dabei unterstützen?«

»Was soll ich tun?«

»Treffen wir uns. Dann würde ich Ihnen Material zeigen, das ich unmöglich per E-Mail verschicken kann. Sehr brisante Auszüge, in denen Ihr Name mehrfach auftaucht. Zutiefst Persönliches. Die Schweine haben auf Ihrem PC einen Trojaner und sehen alles, was Sie aufrufen. Ich meine wirklich *alles*.«

Schmitz schloss verzweifelt die Augen. Damit könnte man ihn erpressen. Noch viel schlimmer wäre es jedoch, wenn Rafaela davon erführe. Er könnte ihr nie wieder unter die Augen treten.

»Ich bin derzeit in Köln und könnte in einer halben Stunde bei Ihnen sein. Allerdings treffe ich mich bloß in der Öffentlichkeit, nicht bei Ihnen zu Hause. Denn Öffentlichkeit gewährleistet Sicherheit. Für uns beide. Trotzdem sollten wir uns nur irgendwo begegnen, wo um diese Uhrzeit nichts los ist. Sie kennen Ihre Heimat besser als ich. Haben Sie Vorschläge?«

»In Monheim gibt es einen Schützenplatz. Abends ist da im Herbst kaum etwas los.«

»Das klingt gut. Ich suche das eben im Internet.« Sekunden später hatte der Journalist den Ort herausgefunden. »Sie meinen die Adresse *Am Werth*?«

»Ja.«

»Geben Sie mir eine halbe Stunde. Fahren Sie mit dem Wagen dorthin und parken Sie möglichst weit weg von anderen Fahrzeugen. Bleiben Sie im Auto sitzen, bis sie einen weißen Kombi entdecken. Dann signalisieren

Sie mir mit Fernlicht Ihre Position. Haben Sie das verstanden?«

»Ja.«

»Wir sehen uns in einer halben Stunde.«

Die Verbindung brach ab. Fassungslos starrte Schmitz ins Leere. Wenn die Informationen stimmten, war er geliefert. Die Vorstellung, dass der Staat über seine Besuche bei Rafaelas Webseite Bescheid wusste, störte ihn mehr als die Verletzung seiner demokratischen Grundrechte. Falls Rafaela je davon erführe, könnte er jeden Gedanken an eine gemeinsame Zukunft vergessen.

Sollte er das Lesezeichen zu der Erotikplattform löschen? Den Browserverlauf? Das wäre sinnlos, wenn sie schon Bescheid wussten. Schwerfällig erhob er sich von seinem Sessel.

* * *

Eine knappe Viertelstunde später fuhr Schmitz auf den Schützenplatz, auf dem derzeit weder ein Jahrmarkt noch ein Zirkus stattfand. Da das kühle Wetter auch nicht zu abendlichen Rheinspaziergängen einlud, standen nur drei andere Fahrzeuge auf dem Schotterparkplatz.

Schmitz fuhr auf die von Schlaglöchern durchsetzte Fläche. Statt nach der Einfahrt direkt links zu parken, rollte er bis zum gegenüberliegenden Ende. Er manövrierte sein Auto rückwärts an den äußersten Rand. Dann schaute er auf die Uhr. Seit dem Anruf waren knapp zwanzig Minuten vergangen. Ob es besser wäre, Rafaela morgen reinen Wein einzuschenken? Er könnte ihr gestehen, den Nicknamen »Manuel« zu benutzen. Außerdem würde er ihr seine Gefühle offenbaren und ihr gegebenenfalls anbieten, das Arbeitsverhältnis zu beenden. Gegen Zahlung einer stattlichen Abfindung – von der er allerdings nicht wusste, wie er sie auftreiben sollte. Vielleicht würde sie das ja alles entspannt aufnehmen und sich über ihren notgeilen Chef amüsieren.

Zunächst musste er das Material des Journalisten sichten. Rafaelas Arbeitstag begänne morgen früh um neun. Bis dahin wollte Schmitz eine Entscheidung treffen.

Die nächsten Minuten vergingen nur zäh. Ein Fahrzeughalter kehrte zu seinem Auto zurück und fuhr davon. Schmitz dachte an die Ereignisse, die ihn aufs Radar der Bullen gebracht hatten. Er hatte verdeckt ermittelnden Polizisten mehrere freistehende Häuser gezeigt und sich dabei in ihren Augen auffällig verhalten. Aber nur, weil er noch unter dem Verlust seiner Zwillingsschwester gelitten hatte. Die Bullen hatten rasch verstanden, dass er nicht als Täter infrage kam.

Ein weißer Kombi fuhr langsam auf den Platz. Schmitz betätigte das Fernlicht. Dann stieg er aus. Das näher kommende Fahrzeug hatte ein Hamburger Kennzeichen. Nutzte der Journalist einen Mietwagen?

Gut zehn Meter von ihm entfernt blieb der Kombi stehen. Unsicher hob Schmitz die Hand. Der Fahrer lächelte ihm zu. Er griff zu Unterlagen auf dem Beifahrersitz und stieg aus.

»Herr Becker?«, fragte Schmitz.

»Wer sonst?« Nervös schaute der Mann über die Schulter. »Ich halte hier rund hundert Ausdrucke in der Hand, die Sie betreffen.«

»Hundert?«

»Die Schlapphüte sammeln Daten ohne Ende.« Der Journalist hielt ihm den Schnellhefter hin. »Überfliegen Sie das kurz, damit Sie das ganze Ausmaß begreifen. Dann reden wir weiter.«

Schmitz nahm die Akte entgegen. Wieder zitterten seine Finger. Er schlug den Hefter auf und starrte auf ein leeres Blatt Papier. Auch die zweite und dritte Seite waren leer. »Was soll das?«

Er schaute auf und erschrak. Sein Gegenüber hatte eine Pistole mit Schalldämpfer auf ihn gerichtet.

»Oh mein Gott! Was wollen Sie?«, flüsterte Schmitz entsetzt. »Ich habe kein Geld dabei. Nur mein Handy.«

Der vermeintliche Journalist starrte ihn hasserfüllt an. »Schweine wie du müssen sterben.«

»Nein!«, schrie Schmitz. »Hil...«

Ein Kopfschuss beendete sein Leben.

2

Die Kollegen der Spurensicherung hatten eine Zeltplane über dem Fundort der Leiche aufgebaut. Leichter Regen prasselte auf das weiße Dach. Hauptkommissar Peter Stenzel und seine neue Partnerin Jessica Golz schlüpften am Eingang in die obligatorische Schutzkleidung.

Für Golz war dies erst der zweite Tatorteinsatz als verantwortliche Ermittlerin. Die Mittzwanzigerin hatte bis vor Kurzem an der Polizeiakademie studiert und war Stenzel als Partnerin zugeteilt worden, nachdem ihre Vorgängerin in den Mutterschutz gegangen war.

Golz band sich ihre schwarze Mähne zu einem Pferdeschwanz zusammen und setzte eine Schutzbrille auf. »Wollen wir?«

Stenzel ließ seinen Blick über den Schützenplatz gleiten. Ein Mord in seiner Heimatstadt, nur wenige Kilometer vom eigenen Zuhause entfernt. Ausgerechnet während seines Bereitschaftsdienstes. Er seufzte.

»Peter, alles in Ordnung?«, fragte Golz.

»Nichts ist in Ordnung. Stellen wir uns dem Unvermeidlichen.«

Um die Leiche wuselten die Kollegen der Spurensicherung. Deren Chef nickte Stenzel zu. »Hallo, Peter.«

»Wolfgang! Kennst du schon Kriminalkommissarin Jessica Golz? Frisch aus der Akademie entlassen ...«

»... und dann bei dir gelandet. Herzlichen Glückwunsch. Da kann man Ihnen nur gratulieren.« Er lächelte. Stenzel wusste, wie die Worte gemeint waren. Wolfgang und er verstanden sich seit vielen Jahren blendend. Jessica runzelte wegen des leicht sarkastischen Tonfalls die Stirn. »Verzichten wir auf den Händedruck«, fuhr Wolfgang fort. Zur Erklärung hob er die Hände. An seinen Handschuhen klebte Blut.

»Was habt ihr für uns?«, erkundigte sich Stenzel.

»Der Tote heißt Klaus Schmitz, Todesursache ist ...«

»*Wie* heißt er?«, fragte Stenzel erneut.

»Klaus Schmitz.«

»Scheiße!«

»Was ist los?«, fragte Golz. »Kennst du ihn?«

Stenzel trat an die zugedeckte Leiche. Wolfgang kam zu ihm und schlug die Plane beiseite, die den Mann bedeckte.

»Ja, das ist er«, murmelte Stenzel. »Klaus Schmitz, freiberuflicher Makler. Vor einigen Jahren war er Verdächtiger in einer Mordermittlung. Mit der Tat hatte er allerdings nichts zu tun.«

»Würde ich dich schon länger kennen, könnte ich deinen Gesichtsausdruck interpretieren. Was geht dir durch den Kopf?«, wollte Golz wissen.

»Die damalige Ermittlung leitete das BKA.«

»Eine Mordermittlung?«, wunderte sich Golz. »Das ist gar nicht deren Aufgabe.«

»Das war eine Art Taskforce für eine groß angelegte Ermittlung im Darknet. Ich erzähle dir beizeiten Einzelheiten. Jetzt nur so viel: Der Hauptkommissar, den ich damals kennengelernt habe, ist mittlerweile ein hohes Tier bei der KEG.«

»Von der Behörde habe ich im Studium gehört. Der Mann heißt Karlsen, richtig?«

»Das ist deren oberster Boss. Die Ermittler heißen Drosten, Sommer und Kraft. Drosten war damals hier im Kreis Mettmann der hauptverantwortliche Polizist. Wir haben uns angefreundet und seitdem öfter miteinander zu tun gehabt. Anfang letzten Jahres hat er sogar versucht, mich beruflich nach Wiesbaden zu locken.«

»Hast du abgelehnt?«

Stenzel lächelte. »Ich bin sehr heimatverbunden. In deinem Alter versteht man das vermutlich nur schwer.«

Golz verdrehte die Augen. »Verrückt. Für eine solche Chance würden andere töten.«

»Jetzt frage ich mich, ob es Zufall ist, dass Schmitz hier ermordet liegt. Oder ob Drosten darüber Bescheid wissen sollte.« Unschlüssig schaute er auf seine Armbanduhr.

* * *

Die ersten leisen Klingeltöne weckten Robert Drosten unverzüglich. Er griff zum Handy auf dem Nachttisch. Im Display las er den Namen *Peter Stenzel*.

»Alles okay?«, nuschelte Melanie schlaftrunken.

»Ein dienstlicher Anruf. Ich geh raus. Schlaf weiter.« Er nahm den Anruf entgegen. »Einen kleinen Moment, Peter.« Drosten stand auf und verließ das Schlafzimmer.

Er setzte sich ins Wohnzimmer auf die Couch. »Jetzt bin ich bei dir. Was gibt's?«

»Tut mir leid, dass ich dich geweckt habe. Aber ich bin mir sicher, du willst sofort Bescheid wissen.«

»Was ist passiert?«

»Ein Mord hier in Monheim. Klaus Schmitz. Der Makler. Du erinnerst dich?«

Es dauerte nur ein paar Sekunden, bis Drosten den Namen einordnen konnte. »Ja klar. Wir haben ihn damals verdächtigt. Ermordet? Heute?«

»Mit einem Kopfschuss hingerichtet. Hintergründe kennen wir noch nicht. Ich wollte dich bloß schnellstmöglich informieren. Denn ich könnte mir vorstellen ...«

»... dass das irgendetwas mit uns zu tun hat«, vollendete Drosten den Satz. »Danke! Das war genau richtig. Was hältst du von einem Telefonat morgen um neun Uhr?«

»Ich melde mich bei dir, sobald ich es im Tagesablauf einrichten kann. Meinem Chef wird die Verbindung zu den früheren Ermittlungen nicht gefallen. Und jetzt zurück ins Bett, du Glücklicher.«

Drosten beendete das Gespräch, blieb aber noch eine Weile sitzen. Sein Appenzeller Sennenhund Rocky kam herbeigetrottet und gähnte. Drosten streichelte ihm den Kopf. In Gedanken war er jedoch bei den Ermittlungen, die ihn seinerzeit nach Monheim geführt hatten. Der erste Fall für die *Justice League*, wie sich die Gruppe inoffiziell genannt hatte. Letztlich war daraus, wenn auch mit anderem Personal, die KEG hervorgegangen.

Und nun fiel ausgerechnet ein damals verdächtigter Mann einem Mord zum Opfer? War das ein Zufall, oder würde es weitere Kreise ziehen?

Hoffentlich konnte Peter Stenzel in den nächsten Stunden erste Erkenntnisse sammeln.

Drosten kraulte seinen Hund am Ohr. »Ich geh jetzt zurück ins Bett«, flüsterte er. »Du solltest auch schlafen.«

Fast gleichzeitig gähnten Hund und Herrchen.

* * *

Beinahe Feierabend!

Carmen Lossius schaute aufs Handy. Es war dreiundzwanzig Uhr dreißig. Gerade eben hatten die letzten Gäste das Kino verlassen. Mit ihren noch vier anwesenden Mitarbeitern führte sie die abschließenden Arbeiten aus.

»Geschafft!«, rief sie endlich. »Den Rest erledigt die Putzkolonne morgen früh. Packt eure Sachen, und dann ab nach Hause. Den Feierabend haben wir uns redlich verdient.«

Ihre Mitarbeiter brummten zustimmend. Für einen Dienstagabend hatten ungewöhnlich viele Zuschauer für einen erfreulichen Umsatz gesorgt. Wieder einmal hatte der Kinotag mit den vergünstigten Ticketpreisen zu diesem Plus beigetragen.

Sie wartete an der Ausgangstür und verabschiedete jeden Mitarbeiter mit Handschlag. Dann aktivierte sie die Alarmanlage und schloss von außen die Tür ab. Draußen nahm sie die Zigarettenpackung aus ihrer Handtasche und zündete sich eine Zigarette an. Die dritte von fünf aufeinander folgenden Spätschichten lag hinter ihr. Noch zwei Abende, dann stand ihr ein langes Wochenende bevor, das sie für einen Trip nach Holland nutzen würde.

Einer der Mitarbeiter fuhr an ihr vorbei und winkte zum Abschied. Carmen winkte zurück. Sie nahm einen tiefen Zug und fragte sich nicht zum ersten Mal, wann sie dieses Laster endlich ablegen würde. Ihre erste Zigarette hatte sie mit neunzehn geraucht, um ihre Nerven zu beruhigen, bevor sie vor die Webcam getreten war. Seitdem waren sieben Jahre vergangen, sie hatte ihr Studium abgeschlossen und als Kinomanagerin einen guten Job gefunden. Vielleicht wäre es an der Zeit, die letzte Verbindung zu ihren wilden Studentenzeiten endlich zu kappen. Carmen schnippte die halb aufgerauchte Zigarette zu Boden und trat sie aus.

»Übermorgen ist auch noch früh genug«, sagte sie leise und lächelte über ihre eigene Schwäche.

In ihrem Auto verband sie das Handy mit dem Multimediasystem und startete eine Streaming-Playlist. Auf der zwanzigminütigen Heimfahrt ging es vor allem darum, nicht zu müde zu werden. Lautes Singen half dagegen besonders gut.

* * *

Er hatte einen guten Platz in unmittelbarer Nähe zu der Tiefgaragenzufahrt gefunden, direkt unter einem Baum. Die Stellplätze neben ihm waren belegt. So konnte er in Ruhe warten, bis sie nach Hause kommen würde. Im Handschuhfach lag eine Sturmhaube, die er gleich überstreifen würde. Sein Kennzeichen war gefälscht. Selbst wenn ein Zeuge sich zufällig die Kombination aus Buchstaben und Zahlen merken würde, hätte die Polizei keine Chance, ihn zu identifizieren. Er hatte an alles gedacht. Bevor er den nächsten Ort ansteuerte, würde er auf einen einsamen Rastplatz fahren und das Kennzeichen in Minutenschnelle austauschen. Keine einfachen Fehler oder dummen Fügungen könnten ihn aufhalten. Nicht heute Nacht und schon gar nicht in den folgenden Tagen.

Er hatte lange genug an dem Plan getüftelt und ihn immer wieder in Nuancen überarbeitet, bis er ihm perfekt vorgekommen war. Sowohl hinsichtlich der Opferauswahl als auch der Schritte, die er bis zur letzten Eskalation unternehmen würde.

Ein Auto bog um die Ecke. Er ließ sich tiefer in den Sitz sinken und sah Sekunden später seine Vermutung bestätigt. Das nächste Opfer kehrte heim.

Rasch setzte er die Sturmmaske auf und wartete. Unterdessen sprang das rote Licht an der Hauswand auf Grün, und das Gittertor der Garage öffnete sich ratternd.

»Warte«, flüsterte er. »Nichts überstürzen.« Seine Finger umklammerten den Türgriff. Bevor er ausstieg, schaute er sich um. Kein Wagen fuhr die Straße entlang, kein Passant kehrte zu später Stunde heim. Er öffnete die Tür. Bis zu dem Gitter, das sich nach genau dreißig Sekunden wieder senken würde, waren es rund einhundert Meter. In gebückter Haltung rannte er die Zufahrt hinunter. Das Durchqueren der Lichtschranke bewirkte, dass sich das Tor für weitere dreißig Sekunden nicht schließen würde, was sein Opfer vorwarnen könnte. Allerdings hatte die Frau einen der hinteren Plätze in der Garage. Er zweifelte daran, dass sie die Anomalie überhaupt bemerken würde.

Er huschte hinter eine Säule und nahm das Skalpell aus der Jackentasche. Die Frau saß noch im Wagen, der Motor lief. Er duckte sich ein Stück tiefer und näherte sich ihrem Parkplatz. Sie schaltete den Motor aus. Nun trennten sie keine zwanzig Meter mehr.

Sie verließ das Fahrzeug und verriegelte mit der Funkfernbedienung das Schloss. In dieser Sekunde setzte sich ratternd das Tiefgaragentor in Bewegung. Sie runzelte die Stirn.

Er richtete sich zur vollen Größe auf.

»Hallo, Schönheit«, zischte er und verkürzte weiter die Distanz.

Die Frau schrie auf. Panisch fummelte sie an ihrer Handtasche. Steckte darin ein Pfefferspray oder eine Waffe? Er schlug ihr die Tasche aus den Fingern, die am Boden aufschlug und sich öffnete. Ein paar Gegenstände rollten heraus, die sie hektisch musterte.

»Vergiss es!«

Er verkürzte die Distanz. Die Frau wich zurück, doch sie konnte ihm nicht entkommen. Noch einmal schrie sie um Hilfe. Seine Hand mit dem Skalpell schoss vor. Dem ersten Hieb entging sie mit einem geschickten Ausweichmanöver. Er nutzte ihre Bewegung, um dicht an sie heranzutreten. Dann stach er erneut zu und traf sie in die Brust. Das scharfe Skalpell drang wie durch weiche Butter in ihren Körper. Sie stöhnte vor Schmerz auf. Er zog die Klinge heraus, stach zu, zog sie heraus, stach zu. Sie wankte.

»Schlafenszeit«, flüsterte er und rammte ihr die Waffe erneut in die Brust.

Sie fiel zu Boden. Ohne jede Gefühlsregung sah er dabei zu, wie sie verblutete. Das Deckenlicht der Tiefgarage erlosch.

Zehn Minuten später betrachtete er zufrieden sein Werk. Mit ihrem Blut hat er ihr ein Clownsgesicht gemalt. Sie sah fast aus wie der Joker in der spektakulären Verfilmung vom Vorjahr. Wie passend, immerhin hatte sie als Kinomanagerin gearbeitet.

Aus der Hosentasche holte er eine laminierte kleine Karte heraus, auf der GPS-Koordinaten standen. Die legte er neben ihren Kopf. Erneut erlosch das Deckenlicht. Genervt stieß er den Atem aus und trat zur nächstgelegenen Säule, an der er den Schalter betätigte. Zuletzt sammelte er die Gegenstände ihrer Handtasche ein. Geschlossen platzierte er sie ebenfalls neben der Leiche.

Nun war er endgültig fertig. Er wandte sich von der Toten ab. Am Tor musste er warten, bis sich das Gitter hob. Er huschte zu seinem Fahrzeug, in dem er sich zuallererst die Sturmmaske abzog. Dann startete er den Motor und gab das dritte Ziel ein.

3

S andro Seydel blinzelte. Schwerfällig wälzte er sich im Bett herum und schaute zur Uhr. Es war Viertel nach acht. Normalerweise hätte er sich zu so früher Uhrzeit noch einmal herumgedreht und die Augen geschlossen, doch er war am Vormittag mit seinem Anwalt verabredet. Insofern musste er seinen inneren Schweinehund überwinden.

Um nicht aus Versehen wieder einzuschlafen, lehnte er sich gegen das Kopfteil des Bettes und griff zu seinem Tablet auf dem Nachttisch. Er weckte das Gerät aus dem Ruhemodus und aktualisierte ein geöffnetes Fenster. Das Programm präsentierte ihm zahlreiche bunte Balken und Übersichtszahlen. Die Ergebnisse irritierten ihn.

»Was war da los?«, murmelte er leise.

Er klickte zwischen den Auswertungen hin und her. Die Einnahmen lagen geschätzt zehn Prozent unter dem, was er an einem Dienstagabend erwartet hätte.

»Um jeden Mist muss man sich kümmern!«, fluchte Seydel.

Hatten die Weiber gestern mitbekommen, dass er sich

frühzeitig aus dem System ausgeloggt hatte? Oder gab es andere Erklärungen für die Einbußen? Darum würde er sich nach dem Anwaltstermin kümmern.

Seydel schlug die Decke beiseite und stand auf. Sein erster Weg führte ihn ins Badezimmer unter die Dusche. Keine Viertelstunde später betrat er die Küche. Zwar gehörte er nicht zu den Menschen, die morgens frühstückten, aber ohne einen Kaffeeschub könnte er das Haus nicht verlassen. Er schaltete den Kaffeevollautomaten an und drückte die Bohnenmahltaste.

* * *

Der Bewohner des Einfamilienhauses machte es ihm sehr leicht. Vom Schlafzimmer abgesehen, dessen Fenster mit dunklen Vorhängen verhangen waren, hatten viele Fenster weder Jalousien noch sonstige Sichtbarrieren. So sah der Mörder sein Opfer durch eine Milchglasscheibe das Bad betreten, und eine Weile später ging der Mann im kleinen Treppenhaus nach unten.

Diesen Moment nutzte der Täter, um seine Beobachtungsposition zu verlassen. Rasch stieg er aus dem Auto, überquerte die Straße und lief mit gesenktem Blick auf den Eingang zu. Aus der Tasche des Mantels, den er seit den frühen Morgenstunden trug, holte er das Einbruchswerkzeug heraus. Er stellte sich so vor die Tür, dass er wie ein Besucher wirkte. Er führte das Werkzeug ins Schloss ein und öffnete es in wenigen Sekunden. Vorsichtig drückte er die Haustür auf. Aus der Küche drang der Lärm eines Kaffeemahlwerks. Der Mörder lächelte. Das war perfekt. Das Schicksal unterstützte seinen Rachefeldzug. Leise schloss er die Tür. Das Mahlwerk stoppte. Er würde dem Mann noch einen oder zwei Schlucke Kaffee als Henkersgetränk gönnen, bevor er ihm das Leben stahl. Geräuschlos zog er den Mantel aus und legte ihn auf die vorletzte Stufe.

* * *

Hauptkommissar Stenzel meldete sich früher in Wiesbaden, als Drosten gedacht hatte. Drosten saß schon seit einer Dreiviertelstunde im Büro und hatte neben Polizeirat Karlsen auch seine Kollegen informiert. Als sein Handy klingelte und Stenzels Namen anzeigte, schaute er überrascht auf die Armbanduhr.

»Guten Morgen, Peter!«, begrüßte er den Anrufer.

»Robert! Ich wollte dir schon mal ein erstes frühes Update geben.«

»Perfekt! Ich bin gespannt.«

»Klaus Schmitz war seit zwei Jahren kein Angestellter mehr, sondern hatte den Schritt in die Selbstständigkeit gewagt. Mit überschaubarem Erfolg. Sein Angebot an freien Häusern beziehungsweise Eigentumswohnungen ist eher klein, ein bisschen besser sieht es bei Mietangeboten aus. Das Geschäftskonto steht zwar nicht im Minus, quillt jedoch auch nicht über.«

»Sind euch ungewöhnliche Zahlungen neueren Datums aufgefallen?«, erkundigte sich Drosten.

»Nein, diesbezüglich ist er sauber. Die Konten geben nichts her.«

Der Unterton war nicht zu überhören. »Aber?«

»Er ist ledig, lebt allein und hat ein sehr spezielles Hobby. Auf seinem PC sind verschiedene Lesezeichen zu Webcamgirlservices angelegt. Einem Webcamgirl hat er vor seinem Tod einen längeren Onlinebesuch abgestattet. Das konnten wir anhand des Verlaufs und der gespeicherten Login-Zeiten herausfinden. Wir haben uns Bilder der Frau angesehen, die unter dem Künstlernamen Rachel arbeitet, und uns ist ein sehr interessantes Detail aufgefallen. Die Dame heißt im echten Leben Rafaela Willsch. Ihr Haupterwerb ist nicht der Webcamservice.«

»Sondern?«

»Sie ist als Sekretärin bei Schmitz angestellt. Die Bilder auf der Homepage des Maklers lassen keinen Zweifel daran, dass es dieselbe Person ist.«

»Wow!«

»Wir statten ihr jetzt einen Besuch ab. Mal sehen, ob das eine heiße Spur wird oder Schmitz einfach nur auf seine junge, hübsche Sekretärin abfuhr. Du hörst von mir.«

Drosten bedankte sich und beendete das Gespräch. Schmitz hatte sich also gegenüber seiner Sekretärin unangemessen verhalten. Bloß im Schutz der Anonymität des Internets, oder hatte er sich auch im realen Leben etwas zuschulden kommen lassen, was die Ermordung erklärte? Dann hätte der Fall nichts mit den damaligen Ereignissen zu tun. Anderenfalls jedoch ...

Er griff zum Hörer, um Sommer und Kraft zu einer Art Brainstorming zusammenzurufen. Beide Kollegen waren nicht in die Darknet-Ermittlungen involviert gewesen. Zu der Zeit hatte Sommer undercover ermittelt und Kraft noch in Würzburg gelebt. Bis zur nächsten Rückmeldung von Stenzel blieb ihm also ausreichend Gelegenheit, um sie detailliert in Kenntnis zu setzen. Selbst wenn die KEG am Ende nicht in die neuen Ermittlungen eingreifen würde, waren die damaligen Ereignisse ein Lehrstück für gute Zusammenarbeit verschiedener Polizeibehörden.

* * *

Sandro Seydel saß mit dem Rücken zur offenen Küchentür. Er nippte an dem großen Kaffeebecher und dachte über die bevorstehenden Termine nach. Hoffentlich fand der Anwalt eine kostengünstige Lösung für das Problem, mit dem er sich seit einem halben Jahr herumplagte. Sein Blick fiel auf den silbern glänzenden Kaffeevollautomaten, den er sich erst vor wenigen Wochen gekauft hatte. Eine verdammt gute Wahl. Mit den richtigen Bohnen schmeckte der ...

Seydels Herzschlag setzte aus. In der spiegelnden Fläche erkannte er, dass sich ein Mann hinterrücks anschlich. Seydel umklammerte den Becher und drehte sich blitzschnell um. Der Eindringling zuckte zusammen. Das Gesicht des Angreifers sagte Seydel nichts. Er warf das Gefäß nach dem Unbekannten. Allerdings war der Wurf nicht gezielt genug. Statt den Kopf traf der Becher nur die Schulter. Trotzdem ergoss sich der heiße Kaffee über den Mann, der aufschrie und ein Stück zurücksprang. Seydel nutzte den Augenblick, um zum Küchenschrank zu hechten, in dem er die Messer aufbewahrte. Er riss die Schublade auf. Durch die Wucht sprangen zwei Plastiklöffel heraus. Seydel griff zum erstbesten Messer und drehte sich um. Auch der Eindringling hielt mittlerweile eine Stichwaffe in der Hand. Leider wirkte dessen Springmesser deutlich gefährlicher als das unhandliche Brotmesser, das Seydel umklammerte.

»Ein Kampf Mann gegen Mann«, sagte der Eindringling amüsiert. »Mit so viel Spaß hätte ich heute Morgen nicht gerechnet.«

»Verschwinde!«

»Erst wenn du tot bist.«

Seydel schaute sich verzweifelt um. Wie ein Boxer stand er in der Ecke vor den Küchenschränken. Er musste raus, doch der Angreifer war keine vier Schritte entfernt. Seydel täuschte einen Stich an, jedoch fiel sein Gegenüber nicht darauf herein. Er bewegte sich keinen Zentimeter zurück und gab ihm keinen Spielraum. Was sollte Seydel tun?

* * *

Der durch das Hemd gesickerte Kaffee hatte ihn leicht verbrüht. Die Schmerzen ließen sich zum Glück ertragen. Viel schwerer wog das Brotmesser in der Hand des Mannes. Zwar eine unhandliche, aber keineswegs ungefährliche Waffe. Falls ihm damit ein Treffer gelänge, hätte das weitreichende Konsequenzen.

Der Mann schaute nach links. Offenbar wollte er zur Seite ausweichen, sich vielleicht hinter dem Tisch verbarrikadieren. Er täuschte einen Stoß an. Der Mörder reagierte nicht auf die Finte.

Wie sollte er vorgehen? Das Springmesser war eine wunderbare Wurfwaffe, könnte er es ihm in den Leib jagen? Falls er ihn allerdings verfehlte, hätte er ein Problem.

Auf dem Küchentisch lag ein Holztablett in greifbarer Nähe.

»Für den Wurf mit dem Kaffeebecher wirst du teuer bezahlen.«

Der Gegner umklammerte den Messergriff stärker. Diesen Moment nutzte der Mörder. Er warf das Messer nach dem Mann und traf. Der Kerl schrie vor Schmerz auf. Der Mörder schnappte sich das Holztablett und schlug seinem Opfer auf die Hand, das die Waffe fallenließ. Den zweiten Schlag führte er mit der Kante aus und zielte auf den Mund. Sofort schoss Blut zwischen den Lippen hervor, Zähne zersplitterten. Der Mörder sprang vor und umklammerte das in der Brust steckende Springmesser. Er drückte es dem Mann tiefer in den Körper. Der versuchte, sich mit einem Fausthieb zu wehren, doch der Aktion fehlte die Kraft. Der Mörder schlug erneut mit dem Holztablett zu. Seydel wankte und stürzte zu Boden. Sofort setzte sich der Mörder auf ihn und zog das Messer aus der Brust.

»Verschwinde.« Wegen des Blutes im Mund war das Wort kaum verständlich.

»Gleich. Versprochen. Aber zuerst muss ich ein Schwein wie dich erledigen.«

»Wieso?«

»Weil du ein widerlicher Mistkerl bist, der sich an naiven Frauen bereichert.«

Da das Hemd durch den Kaffee schon ruiniert war, musste der Mörder sich nicht um herumspritzendes Blut scheren. Er stach seinem Opfer in den Hals und beendete sein unwürdiges Leben. Ein Blutspritzer erwischte ihn, bevor er sich weit genug zurückgelehnt hatte. Genüsslich sah er dabei zu, wie die rote Flüssigkeit pulsierend aus dem Schwein herauslief.

Zehn Minuten später riss der Mörder das blutgetränkte T-Shirt des Mannes entzwei und legte dessen Brust frei. Am liebsten hätte er den Brustkorb so weit aufgeschnitten, dass das Herz freigelegt wäre, doch dafür fehlten ihm die anatomischen Kenntnisse. Also begnügte er sich damit, die Klinge des Springmessers in die Haut zu stechen und dem Toten einen Herzumriss einzuritzen.

Auch diese Botschaft sollte klar genug sein. Vorausgesetzt, die Polizisten waren nicht blind.

Zufrieden betrachtete er sein Werk und stand auf. Was für eine Schweinerei. Die dritte Tat war die blutigste dieser langen Nacht, die erst am Vormittag ein Ende gefunden hatte.

»Drei Morde in zwölf Stunden«, sagte er leise. »Gut gemacht. Drei Schweine weniger. Wann wird man wohl seine Leiche finden?«

Er schaute sich in der Küche um. An der Wand hing ein Kalender, auf dem zwei Einträge standen.

Zehn Uhr dreißig Dr. Michel

Sechzehn Uhr Massage hier

Wer auch immer dieser Doktor Michel war, würde vermutlich nicht gleich nach Seydel suchen lassen. Der Vermerk »hier« hinter »Massage« wirkte allerdings vielversprechend. Für den nächsten Schritt kam idealerweise die Nacht von Samstag auf Sonntag infrage. Er musste im Auge behalten, ob man Seydels Leiche rechtzeitig fand. Eins war er nämlich nicht: ein unfairer Spieler. Die Polizisten sollten genug Gelegenheit haben, den Plan hinter den Taten zu erkennen.

Aus dem im Hausflur abgelegten Mantel zog er das altmodische Handy. Das Modell stammte aus den späten Neunzigern. Wenn man es ans Stromkabel anschloss, lief es noch immer einwandfrei. Er kehrte in die Küche zurück und suchte die zur Leiche nächstgelegene Steckdose, mit der er das altertümliche Gerät verband. In dem sehr überschaubaren Menü, durch das man sich nur mit Tastendruck bewegen konnte, rief er den Punkt *Uhr* auf und wählte die Unterfunktion *Countdown*. Er rechnete kurz nach und beschloss, neunundachtzig Stunden einzugeben. Sobald er die Eingabe ausgeführt und den Countdown gestartet hatte, legte er das Mobiltelefon neben die Leiche.

»Das gibt euch genügend Zeit. Ob ihr klug genug seid, mich zu durchschauen?«

Der Mörder betrachtete die von ihm arrangierte Szenerie. In seiner Erinnerung sah er alle drei Leichen. Damit es keinen Zweifel gab, wer der Täter war, holte er aus der Hosentasche eine weitere laminierte Karte mit GPS-Koordinaten. Er steckte sie zwischen die blutigen Lippen des Opfers.

Es wurde Zeit, die Heimfahrt anzutreten.

4

Ausgerechnet an einem Tag, an dem krankheitsbedingt die ersten zwei Stunden in der Grundschule ihrer Zwillinge ausfielen, hatte ein Anruf alles auf den Kopf gestellt. Kerstins Mutter hatte angerufen und ihr von Tante Annas Nachricht erzählt. Onkel Paul hatte eine niederschmetternde Krebsdiagnose erhalten. Da Kerstin und ihre Kinder ein enges Verhältnis zu Tante Anna pflegten, hatte sie sich sofort bei ihnen gemeldet – und viel zu lange telefoniert. Ohne die Anwesenheit der Kinder hätte das Gespräch allerdings wohl doppelt so lang gedauert. Nun musste Kerstin die Zwillinge antreiben, damit sie rechtzeitig zum Ende der ersten großen Pause die Schule erreichten.

Doch ihre Kinder waren gerade in ein Spiel vertieft, mit dem sie sich während des Telefonats die Zeit vertrieben hatten.

»Charlotte, Josefine, wir müssen los. Sofort!«

»Noch fünf Minuten, Mama«, quengelten die Mädchen gleichzeitig. »Wir sind fast fertig.«

»Nein. Ihr könnt das heute Nachmittag zu Ende spielen. Los jetzt!«

»So gemein«, murmelte Charlotte. Aber wenigstens stand sie vom Tisch auf.

Ihre zwanzig Minuten jüngere Schwester folgte dem Beispiel. »Total gemein.«

Lustlos trotteten die beiden in den Flur und zogen sich ihre Jacken über. Kerstin kam es so vor, als würden sie sich dabei absichtlich viel Zeit lassen.

»Geht das auch ein bisschen schneller? Ich bin nicht diejenige, die von eurer Lehrerin wegen der Verspätung angemeckert wird.«

Die Mädchen verdrehten die Augen. Immerhin schien der Appell zu fruchten, denn ihre Schuhe zogen sie zügiger an.

Gemeinsam verließen sie die Dachgeschosswohnung, fuhren mit dem Aufzug ins Erdgeschoss und traten ins Freie.

»Der Wagen steht in der Garage«, sagte Kerstin.

Sie trieb ihre Kinder an und blieb nur kurz an der Schlüsselbox der Garagenzufahrt stehen, um das Torgitter zu aktivieren.

»Wer zuerst am Auto ist, hat gewonnen«, rief Charlotte und rannte los.

»Du schummelst!«, schrie Josefine. »Bist viel zu früh losgelaufen.«

Die Zwillinge mussten sich ducken, um unter das langsam hochfahrende Gitter zu passen.

»Seid vorsichtig«, rief Kerstin ihnen nach.

Keines der Mädchen antwortete, sie waren zu sehr in ihren Wettkampf vertieft. Kerstin folgte den beiden und ging im Kopf die Einkaufsliste durch. Sie würde zuerst zum Discounter fahren und ein paar ...

Ein schriller Schrei riss sie aus ihren Gedanken.

»Charlotte! Josefine!«

Kerstin rannte los. War in der Garage jemand losgefahren und hatte eines der Mädchen erwischt? Etwa eines dieser verdammten Elektroautos, die geräuschlos unterwegs waren und deshalb leicht überhört werden konnten?

Sie bog um die Ecke. Beiden Kindern schien es gut zu gehen. Zumindest standen sie aufrecht und starrten auf etwas, was Kerstin von ihrer Position aus nicht erkennen konnte.

»Charlotte, Josefine, was ist los?«

Die Mädchen drehten sich zu ihr um und liefen weinend in ihre Arme.

»Da ... vorn ... da ... Carmen«, stammelte Charlotte.

»Was ist mit Carmen?«, fragte Kerstin besorgt.

»Sie liegt da und bewegt sich nicht«, erklärte Josefine.

»Ihr beiden bleibt hier stehen.« Mit zittrigen Beinen ging Kerstin zum Auto der Nachbarin.

* * *

Die junge Frau hatte den Telefonhörer am Ohr, als Stenzel und Golz das Immobilienbüro betraten. Sofort legte sie ihn beiseite und setzte ein professionelles Lächeln auf. »Schönen guten Morgen und willkommen bei der KS Immo KG. Haben Sie einen Termin mit Herrn Schmitz?«

»Wir sind nicht wegen Ihrer Immobilienangebote hier«, erklärte Stenzel. »Es geht um Ihren Chef.«

»Herr Schmitz ist leider noch nicht hier. Ich habe gerade versucht, ihn zu erreichen. Eigentlich müsste er schon längst da sein.«

Auf Stenzel wirkte die Sekretärin völlig unverdächtig.

»Ist das ungewöhnlich?«, erkundigte sich Golz.

»Total. Eigentlich ist Herr Schmitz immer vor mir im Büro.«

»Wann haben Sie ihn zuletzt gesehen?«, fragte Stenzel.

»Gestern Abend, als ich Feierabend gemacht habe. Da hat er nichts von einem frühen Termin heute Morgen erwähnt.«

»Wie hat er bei der Verabschiedung auf Sie gewirkt?«

»Ganz nor...« Irritiert hielt sie inne. »Wieso fragen Sie das alles? Wer sind Sie überhaupt?«

»Hauptkommissar Stenzel. Das ist meine Partnerin Kriminalkommissarin Golz.« Sie zeigten ihre Ausweise vor. »Frau Willsch, könnten Sie die Tür abschließen? Wir müssen uns mit Ihnen unterhalten.«

Die Sekretärin wurde blass. »Was ist passiert? Wieso kennen Sie meinen Namen?« Ohne die Antwort abzuwarten, stand sie auf und verriegelte die Tür. Sie lehnte sich gegen die Glasscheibe. »Ist Herrn Schmitz etwas zugestoßen?«

»Leider ja. Wir haben seine Leiche gestern Abend am Schützenplatz gefunden.«

»Leiche? Oh Gott!«

Sie führte eine Hand an den Mund. Ihre Schultern bebten. Tränen traten ihr in die Augen. Offenbar hatte sie keinen Groll gegen ihren Chef gehegt. Ihre Anteilnahme wirkte echt.

»Setzen Sie sich bitte«, sagte Golz. Sie brachte die Sekretärin zu einer kleinen Sitzecke. »Soll ich Ihnen Wasser einschenken?«

»Nein«, antwortete Willsch. »Was ist Herrn Schmitz passiert? Hatte er einen Herzinfarkt? Er nahm ja diese Blutdruckmittel.«

»Nein. Ein Unbekannter hat ihn erschossen«, erklärte Stenzel.

Willsch riss ihre Augen auf. »Das kann nicht sein! Absurd! Wer sollte das tun?«

»Genau das versuchen wir herauszufinden. Frau Willlsch, bei der Überprüfung von Herrn Schmitz' Computer sind wir auf interessante Lesezeichen gestoßen. Sie haben einen Nebenjob, richtig?«

»Nein!«, stöhnte die Sekretärin. »Er wusste davon? Wie peinlich!«

»Sie haben es ihm also nicht offiziell als Nebentätigkeit gemeldet?«

»Natürlich nicht. Ich mache das bloß, um alte Schulden zu begleichen. In einem Jahr höre ich damit auf.«

»Woher haben Sie die Schulden?«, fragte Golz.

»Mein Vater war verschuldet. Als er starb, nahm ich nichtsahnend das Testament an. Tja. Dumm gelaufen. Wie gesagt, in einem Jahr habe ich die Verpflichtungen abgetragen. Oh Gott! Wie peinlich!«

»Herr Schmitz hat Sie also nie darauf angesprochen?«, vergewisserte sich Stenzel.

»Zum Glück nicht. Ich hätte aus Scham sofort gekündigt.«

»Leider ist das nicht alles. Hatten Sie gestern bei Ihrem Zweitjob Kontakt zu einem Kunden namens Manuel?«

»Ja, das ist ein Stamm...« Plötzlich verstand sie, warum sich Stenzel danach erkundigte. »Das war Herr Schmitz? Oh nein! Das habe ich nicht gewusst. Aber er klang beim Chat ganz anders als in echt. Sind Sie sicher?«

»Wir haben eine Software auf dem PC gefunden, mit

der sich die Stimme verändern lässt. Herr Schmitz hat im Arbeitsalltag nie Andeutungen gemacht, die Ihnen unangenehm waren?«, fragte Golz.

»Nein, er hat ein einziges Mal eine leicht schlüpfrige Bemerkung wegen meiner Figur fallen gelassen, sich aber sofort entschuldigt. Obwohl der Spruch gar nicht schlimm war. Das ist ungefähr zwei Monate her. Keine Sekunde habe ich geglaubt, er wüsste davon oder sei sogar ein Stammgast. Scheiße! Was mache ich jetzt bloß? Ich brauche den Job hier im Büro, um die Schulden abzutragen.«

»Das wird sich bestimmt regeln. Je nach Vermögenswerten steht Ihnen vorläufig eine Lohnfortzahlung zu. Jemand muss ja die Geschäfte abwickeln«, sagte Stenzel optimistisch. »Wir benötigen in den nächsten Tagen ganz sicher Ihre Hilfe. Zum Beispiel, um auf den PC Ihres Chefs zuzugreifen. Ist er passwortgeschützt?«

»Ja«, sagte Willsch. »Ich kenne das Passwort. Kommen Sie.« Sie erhob sich. »Sie müssen seinen Mörder finden. Herr Schmitz war ein guter Mensch. Dass er mein Stammkunde war, ändert nichts daran. Als Manuel war er im Chat immer freundlich zu mir. Er hat sich seine Fantasien erfüllen lassen, allerdings auf eine angenehme Weise. Ich wünschte mir, alle Kunden wären so wie er.«

Stenzel saß zusammen mit seiner Partnerin über einen Schriftwechsel gebeugt. Ein Mann war mit der Zahlung der Courtage deutlich im Rückstand und deswegen von Schmitz angemahnt worden. Der Vorgang lag Wochen zurück. Daraus hatte sich ein böser E-Mail-Verkehr ergeben, in dem der Kunde Schmitz unverhohlen Konsequenzen androhte, wenn er nicht das gerichtliche Mahnverfahren stoppen würde.

Stenzels Telefon klingelte. »Die Zentrale«, sagte er nach einem Blick aufs Handy. »Passt ja, die können gleich prüfen, ob gegen den E-Mail-Schreiber etwas vorliegt.« Er nahm das Gespräch entgegen.

»Hallo, Peter«, sagte die Anruferin. »In Hagen hat es einen Mord gegeben. Eine Kinomanagerin, die nach ihrem Schichtende gestern Nacht zu Hause getötet wurde. Neben der Leiche lag ein Zettel mit den GPS-Koordinaten des Monheimer Schützenplatzes.«

»Scheiße!«, fluchte Stenzel.

»Ich habe Hauptkommissar Appelmann in der Leitung. Kann ich ihn dir durchstellen?«

»Natürlich. Danke!«

Sekunden später meldete sich der Hagener Kollege und informierte ihn über die Vorgänge in seiner Stadt. Die Details, die er berichtete, klangen eigentlich zu bizarr, um zur Ermordung des Maklers zu passen. Doch die laminierte Karte mit den GPS-Koordinaten war eindeutig. Stenzel setzte Appelmann daher umgekehrt über die Tat in Monheim in Kenntnis. So kam er auch auf Drosten und die KEG zu sprechen. »Ich würde die Behörde gern ins Boot holen. Zwei Morde in unterschiedlichen Städten rechtfertigen das.«

»Tun Sie das«, sagte Appelmann. »Allerdings schätze ich, dass das LKA in Düsseldorf von den Ereignissen ebenfalls Wind bekommt. Hoffentlich zerreiben die Behörden uns nicht zwischen sich.«

»Mit der KEG habe ich schon mehrfach zusammengearbeitet, da sehe ich keine Gefahr. Darf ich Hauptkommissar Drosten Ihre Telefonnummer weiterleiten?«

»Machen Sie das!«

* * *

»Hallo, Robert!«, meldete sich Stenzel. »Habt ihr über eure Schnittstellen schon von den Ereignissen in Hagen gehört?«

Drosten ahnte Böses. »Was ist dort passiert?«

Stenzel berichtete, was er von dem zuständigen Hauptkommissar erfahren hatte. »Klingt nach unterschiedlichen Mördern, aber wieso liegen neben der Hagener Leiche GPS-Koordinaten unseres Tatorts? Das ist kein Zufall.«

»Sicher nicht«, bestätigte Drosten. »Kannst du mir die Rufnummer von Appelmann geben? Dann bringe ich uns bei ihm ins Spiel.«

Stenzel nannte ihm die Nummer. »Wie geht ihr jetzt vor?«

»Wenn du nichts dagegen hast, würden wir gern zu euch kommen«, sagte Drosten. »Und von unterwegs Kontakt zu Appelmann aufnehmen.«

»Je früher ihr hier seid, desto besser. Ich habe ein ganz mieses Gefühl.«

Drosten nickte. Ihm erging es nicht anders.

5

Bei der Fahrt in den Kreis Mettmann, zu dem die Stadt Monheim gehörte, saß Verena Kraft am Steuer. Drosten hatte wie so oft auf der Rückbank Platz genommen. Neben ihm lag ein Tablet, auf dem er sich Informationen durchlas, die ihm Stenzel geschickt hatte. Eine minimale Spur zu einem Kunden des Maklers, der mit Zahlungen im Rückstand war, hatte sich zerschlagen, denn der Mann verfügte über ein lupenreines Alibi.

Eine halbe Stunde vor der berechneten Ankunftszeit wählte Drosten Hauptkommissar Appelmanns Handynummer. Die beiden hatten bereits von Wiesbaden aus miteinander telefoniert – doch die zugesagten Tatortfotos waren bislang nicht eingetroffen.

»Hier ist noch mal Drosten.«

»Hallo, Herr Hauptkommissar. Sie rufen bestimmt wegen der Fotos an. Tut mir leid, die Ereignisse haben sich überschlagen«, entschuldigte sich Appelmann.

»Was ist passiert?«

»Ich hatte von Hauptkommissar Stenzel erfahren,

dass das Monheimer Mordopfer gewisse erotische Internetangebote genutzt hat«, sagte Appelmann. »Sie werden es nicht glauben. Die ermordete Kinomanagerin Carmen Lossius hat ihr Studium als Webcamgirl finanziert.«

»Das sind interessante Neuigkeiten.«

»Sie hat damit vor rund zwei Jahren aufgehört. Aber in ihren Unterlagen haben wir genügend Material gefunden, inklusive Bewerbungsfotos, mit denen sie sich damals bei verschiedenen Anbietern beworben hat.«

»Zwei Morde, die ins selbe Milieu führen«, sagte Drosten. »Da halte ich einen Zufall für unwahrscheinlich.«

»Geht uns nicht anders. Wir prüfen in Zusammenarbeit mit den Mettmanner Kollegen, ob sich Überschneidungen ergeben. Vielleicht hat der Makler früher die Dienste der Toten in Anspruch genommen. Aber da stehen wir noch ganz am Anfang. Da Frau Lossius' Studium eine Weile her ist, könnte das schwierig werden. Jetzt schicke ich Ihnen erst mal die Tatortfotos zu. Bei Fragen einfach melden.«

Drosten informierte seine Kollegen über die Erkenntnisse aus Hagen. Dann empfing das Tablet bereits das Datenpaket mit den Bildern. Der Anblick der toten Frau wirkte verstörend. Wieso hatte der Mörder ihr mit Blut eine Art Lächeln ins Gesicht gemalt?

»Schau dir das an.« Drosten reichte Sommer das Tablet nach vorn. »Soll sie im Tod glücklich aussehen?«

»Vielleicht ein Hinweis auf ihren alten Job«, mischte sich Kraft ein, nachdem sie einen kurzen Seitenblick auf das Foto geworfen hatte. »Diese Webgirls müssen immer lächeln und erregt wirken. Hat der Mörder das andeuten wollen?«

Sommer zuckte lediglich die Achseln.

»Geht dir eine andere Erklärung durch den Kopf?«, fragte Drosten.

»Ich will nicht zu viel hineininterpretieren«, erwiderte sein Kollege. »Dazu wissen wir noch zu wenig. Nicht, dass wir hinterher der falschen Spur nachjagen.«

*　*　*

Peter Stenzel empfing sie zusammen mit seiner neuen Partnerin im Präsidium. Drosten bemerkte sofort, dass der Hauptkommissar sich verändert hatte. Bei ihrer letzten Begegnung hatte er gealtert gewirkt und ein bisschen zugenommen, nun war das Gegenteil eingetreten. Stenzel war schlanker geworden und wirkte deutlich vitaler. Ob das der Einfluss seiner attraktiven, neuen Partnerin war?

»Wie viel hast du abgenommen?«, platzte es aus Drosten heraus.

Kraft und Golz grinsten.

»Normalerweise ist das eher ein Frauenthema, aber ja, es stimmt, Peter, du hast wirklich gut Gewicht verloren. Hast du deine Ernährung umgestellt?«, fragte Kraft.

»Und ich habe gedacht, ihr wärt hier, um uns in einer Ermittlung zu unterstützen.« Stenzel verdrehte übertrieben theatralisch die Augen. »Meine Frau hat mich im Sommer zu einer dreiwöchigen Heilfastenkur am Bodensee überredet. Was soll ich sagen, seitdem fühle ich mich wirklich besser. Obwohl die ersten Tage ohne Essen hart waren. Es sind neun Kilo weniger. Als wir von der Fastenkur zurückkamen, waren es sogar elf.«

Also hatte es nichts mit der neuen Partnerin zu tun, dachte Drosten. Er wunderte sich selbst, wie sehr ihn das erleichterte. Gescheiterte Ehen hatte er bei zu vielen Kollegen mitbekommen. Zumal auch seine Ehe im letzten Jahr auf der Kippe gestanden hatte. »Das hat dir ganz offensichtlich gutgetan. Okay, kommen wir zum Dienstlichen.«

»Hat euch Appelmann über den Studentenjob der Toten informiert?«, vergewisserte sich Stenzel.

»Ja«, bestätigte Sommer. »Ob der Makler mit der Studentin früher Kontakt hatte?«

»In den Lesezeichen haben wir keinen Hinweis darauf gefunden«, antwortete Golz in bedauerndem Ton. »Wir suchen als Nächstes in den Kreditkartenabrechnungen, ob Schmitz Gelder an die Firma überwiesen hat, für die Lossius gearbeitet hat.«

»Appelmann hat schon den Vorschlag gemacht, diesen ehemaligen Arbeitgeber um Offenlegung aller IP-Adressen zu bitten, die ihnen noch zur Verfügung stehen. Aber ich kann mir nicht vorstellen, dass sie die Daten so lange speichern«, fuhr Stenzel fort. »Vermutlich ist das eine Sackgasse.«

Sein Bürotelefon klingelte. Er nahm den Hörer ab und lauschte. Sein Gesichtsausdruck verhieß keine guten Neuigkeiten.

»Schick sie zu uns hoch«, bat er den Anrufer und beendete das Telefonat. »Jetzt wird's komplizierter. Wir kriegen Besuch.«

»Das LKA«, vermutete Drosten.

Stenzel nickte.

Es dauerte nicht lange, bis es an der Bürotür klopfte. Stenzel öffnete den Neuankömmlingen. »Langsam ist es mir hier zu eng. Sie sind die Kollegen vom LKA?«

»Hauptkommissar André Greger«, antwortete der ältere der beiden Männer, den Drosten auf Ende vierzig schätzte. »Und das ist mein Partner Kommissar Constantin Sickinger. Wer sind Sie alle?«

»Gehen wir in einen Besprechungsraum«, schlug Stenzel vor. »Da ist genug Platz für uns.«

* * *

Stenzel stellte seine Gäste nacheinander vor. Als er erwähnte, für welche Behörde Drosten und seine Kollegen arbeiteten, runzelte Greger die Stirn. Doch er hielt sich mit Nachfragen zurück, bis der Hauptkommissar fertig war.

»Nur damit ich das richtig kapiere«, begann Greger schließlich. »Wir haben einen Mord in Monheim und einen in Hagen. Beide Taten scheinen im Zusammenhang zu stehen. Die Städte liegen in NRW, wodurch automatisch das LKA neben den örtlichen Polizeibehörden verantwortlich ist. Soweit korrekt? Ich verstehe nämlich nicht die Anwesenheit der Wiesbadener Kollegen.«

»Ich habe Hauptkommissar Drosten und die gesamte KEG bei früheren Ermittlungen sehr zu schätzen gelernt«, führte Stenzel aus. »Der ermordete Makler war vor Jahren Verdächtiger in einem Fall, in dem Drosten die Ermittlung leitete.«

»Langsam wird mir einiges klar«, platzte es aus Sickinger heraus. »Auch wir in Düsseldorf haben schon von den *großartigen* Ermittlungserfolgen der KEG gehört. Und uns immer gefragt, wie Ihnen das gelingt. Sie nutzen offenbar Ihre Kontakte, schauen sich Fälle an und versuchen die an Land zu ziehen, bei denen einigermaßen akzeptable Erfolgsaussichten bestehen. Picken sich also die Rosinen heraus, selbst wenn Sie gar nicht zuständig sind.« Er klatschte höhnisch Beifall. »Respekt! Auf das Erfolgsrezept muss man erst mal kommen.«

»Constantin!«, zischte Greger.

»Ist doch wahr«, verteidigte sich der junge Beamte.

»Das ist eindeutig ein Fall fürs LKA. Ich wüsste nicht, wieso wir unsere Kapazitäten mit den Wiesbadener Superstars teilen sollen.«

»Niemand von uns beansprucht den Status eines *Superstars*«, sagte Sommer genervt.

»Wie demütig von Ihnen«, entgegnete Sickinger sarkastisch.

»Außerdem haben wir festgestellt, dass die Zusammenarbeit verschiedener Behörden oft zu den schnellsten Festnahmen führt«, fuhr Sommer fort.

»Die Sie sich dann ans Revers heften.«

Sommer suchte den Blickkontakt zu Greger. »Ist der immer so anstrengend?«

Sickinger sprang erbost auf und schaute wütend zu Sommer. »Reden Sie über mich?«

Drosten seufzte. »Können wir bitte alle einen Gang runterschalten? Niemand zweifelt Ihre Zuständigkeit an. Unsere Behörde kann Sie effektiv unterstützen. Wie mein Kollege bereits sagte, die besten Ergebnisse ...«

»Schon gut«, erwiderte Greger. »Constantin, setz dich. Du verhältst dich peinlich.«

Sickinger schaute zu seinem Partner, verzichtete aber auf die nächste spitze Bemerkung. Er griff zu einer der Wasserflaschen in der Tischmitte und nahm wieder Platz.

Stenzels Handy klingelte. Er entschuldigte sich bei den Anwesenden. »Das ist mein Vorgesetzter, den ich besser nicht ignoriere.«

»Peter, wir haben ein akutes Problem wegen der Ermittlung Schützenplatz. Es gibt einen weiteren Mord«, sagte der Anrufer. »Jemand hat der Leiche die GPS-Koordinaten vom Schützenplatz ...«

»Das weiß ich schon«, unterbrach Stenzel seinen Chef.

»Du verstehst nicht. Es geht um einen dritten Mord. Diesmal in Koblenz. Also in Rheinland-Pfalz. Ich habe die verantwortliche Hauptkommissarin in der Leitung.«

»Shit.« Stenzel schloss die Augen. »Stellst du sie durch?« Er legte das Handy auf den Tisch und aktivierte den Lautsprecher.

»Hallo?«, erklang eine weibliche Stimme.

»Hauptkommissar Peter Stenzel hier. Ich bin der Ermittlungsleiter für den Mord in Monheim am Rhein. Da wir in NRW einen zweiten Mord in Hagen hatten, haben wir Besuch vom LKA, außerdem sind auch Vertreter der KEG im Raum.«

»Das nennt man volle Hütte«, erwiderte die Frau amüsiert. »Ich bin Hauptkommissarin Renate von Haake. Wir sitzen jetzt wohl im selben Boot.«

In der nächsten halben Stunde tauschten sie sich über die einzelnen Mordfälle miteinander aus. Die Erwähnung des Handys, auf dem ein Countdown lief, sorgte für Unruhe bei den verschiedenen Ermittlern. Schließlich ging von Haake in die Offensive. »Da wir jetzt Mordfälle in zwei Bundesländern haben, wäre ich erfreut, auf die Ressourcen der KEG zurückgreifen zu können. Zumal ja die Zeit drängt. In der Nacht von Samstag auf Sonntag läuft der Countdown ab. Wer weiß, was dann passiert? Sind Sie meine Schnittstelle zu den Vorgängen in NRW?«

»Wenn Sie nichts dagegen haben, könnten wir noch heute zu Ihnen fahren«, schlug Drosten vor. »Vom Rheinland nach Koblenz ist es ja nicht allzu weit. Wir teilen Ihre Meinung. Die Zeit drängt.«

»Das wäre fantastisch«, sagte von Haake. »Kommen

Sie, wann immer es Ihnen passt. Ich rechne heute ohnehin mit einem sehr späten Feierabend.«

* * *

Drosten schüttelte zuerst Golz und Stenzel die Hand. »Ihr bekommt auf jeden Fall noch heute Abend eine erste Rückmeldung aus Koblenz von uns.«

»Wie nicht anders zu erwarten.« Stenzel zwinkerte ihm zu.

Drosten wandte sich an Greger. »Sollen wir Sie ebenfalls zeitnah informieren?«, erkundigte er sich. »Denn wir meinen das mit der Zusammenarbeit ernst. Uns geht es nicht um die Lorbeeren, sondern nur um die Aufklärung der Fälle.«

»Danke. Und entschuldigen Sie die anfängliche Verstimmung.« Greger entnahm der Jackentasche eine Visitenkarte. »Hier ist meine Nummer. Sie können Tag und Nacht anrufen.«

»Versprochen.« Drosten steckte die Karte ein.

»Ich mache meinem jungen Kollegen noch klar, wie wichtig eine gedeihliche Zusammenarbeit ist«, fuhr Greger fort. »Verlassen Sie sich drauf.«

Sickinger verdrehte genervt die Augen »Ja, Papa.« Er streckte Drosten die Hand entgegen, der sie schüttelte. »Sie haben ja Papas Nummer. Ich empfehle mich.« Der Kommissar verließ den Besprechungsraum.

»Wie schon gesagt, es tut mir leid«, entschuldigte sich Greger. »Keine Ahnung, welche Laus ihm über die Leber gelaufen ist.«

* * *

Sickinger wartete im Wagen, bis Greger zustieg, und fuhr dann vom Parkplatz des Mettmanner Präsidiums.

»War das gerade dein Ernst?«, fragte Sickinger. »*Anfängliche Verstimmung? Gedeihliche Zusammenarbeit?* Ich bin fast auf deiner Schleimspur ausgerutscht.«

»Der Mord in Rheinland-Pfalz verändert alles«, erklärte Greger. »Ich musste verhindern, dass sie uns deinetwegen ausbooten. Du hast dich unmöglich verhalten.«

»Schwachsinn! Die Wiesbadener sonnen sich viel zu sehr in ihrem Ruhm. Wir ermitteln kein bisschen weniger hart als sie. Aber klar, die KEG bekommt die aufsehenerregenderen Fälle zugespielt. Die stehen in der Öffentlichkeit völlig überbewertet da. Genau das werde ich Ihnen beweisen!«

»Und wie soll dir das gelingen, wenn sie dich nicht mehr aufs Feld lassen?«

»Bei den Morden in NRW können Sie uns nicht einfach ausschließen.«

»Du hast ja keine Ahnung. Ein Anruf aus Wiesbaden und unser Chef kuscht. Froh darüber, einen Fall abgeben zu können. Aber manchmal ist es wichtig, weiter auf dem Feld zu stehen, selbst wenn man nicht mehr der Kapitän ist.«

Ein Stich in der Magengegend ließ ihn aufstöhnen. Instinktiv fasste er sich an die Stelle und massierte sie. Sickinger schaute zu ihm herüber.

»Noch immer Probleme mit dem Magengeschwür? Warum hast du die Krankmeldung nicht verlängert?«

»Mein Arzt meinte, es wäre okay. Außerdem habe ich mich zu Hause gelangweilt. Bestimmt geht's gleich wieder. Ich fürchte, über kurz oder lang komme ich nicht um eine weitere Magenspiegelung herum.«

Greger veränderte seine Sitzposition, um die schmerzende Stelle zu entlasten. Er bemerkte Sickingers kritischen Blick.

»Du bist einer der härtesten Männer, die ich kenne«, sagte der. »Wie kann sich ein Bär wie du vor einer Magenspiegelung fürchten?«

»Eher vor dem Ergebnis, du Jungspund. Nicht vor der Untersuchung.«

»Nichts für ungut, aber schieb das nicht zu weit vor dir her. Du siehst ziemlich blass aus.«

6

Im Koblenzer Präsidium führte ein Schutzpolizist die Mitglieder der KEG nach einem kurzen Telefonat in einen Besprechungsraum der zweiten Etage. Drosten bemerkte an den Wänden des Zimmers diverse Fotos vom Tatort. Eine Frau blickte von ihren Unterlagen hoch.

»Die Wiesbadener Unterstützung«, sagte sie erfreut. »Willkommen. Ich hoffe, Sie haben gut hergefunden. Ich bin Renate von Haake.«

Die Hauptkommissarin, die einen langen Jeansrock und eine weiße Bluse trug, über die sie das Schulterhalfter geschnallt hatte, erhob sich. Sie reichte ihnen nacheinander die Hand.

»Mein Partner ist schon im Feierabend. Junger Familienvater, ich wollte ihm keinen Stress mit seiner schwangeren Frau bescheren. Vielleicht lernen Sie ihn bei anderer Gelegenheit kennen. Setzen Sie sich!«

»Darf ich?«, fragte Drosten. Er deutete zu den Bildern an der Wand.

»Natürlich. Wie Sie sehen, sind das die Tatortfotos.

Spuren weisen auf einen kurzen Kampf hin. Ich vermute, der Mörder hat das Opfer in der Küche angegriffen, denn nur dort fanden sich die entsprechenden Rückstände. Das Mordwerkzeug war ein Messer, außerdem hat der Täter mit einem Holztablett auf sein Opfer eingeschlagen. Der in den Brustkorb eingeritzte Herzumriss wurde postmortal zugefügt.«

»Zumindest das«, sagte Kraft leise.

Die Eskalation war unübersehbar. Von Tatort zu Tatort wurden die Tötungen brutaler. Der Makler mit einem gezielten Kopfschuss hingerichtet, die Kinomanagerin mit einem Skalpell erstochen und nun das deutlich blutigere Vorgehen. Welche Botschaft verbarg sich dahinter? Hegte der Mörder gegen das dritte Opfer den meisten Hass? Oder war er bei Seydel nur auf den größten Widerstand gestoßen?

Drosten bemerkte, dass Sommer die Nahaufnahme von dem eingeritzten Herz besonders lange musterte.

»Erkennst du etwas, was ich übersehe?«, fragte er.

Sommer schüttelte den Kopf. »Ich denk bloß nach. Ist aber noch nicht spruchreif.«

Drosten wunderte sich über die Zurückhaltung seines Kollegen, sprach ihn jedoch vor der fremden Hauptkommissarin nicht darauf an.

»Während Sie hierher unterwegs waren, ist uns ein Bezug zu den anderen Opfern aufgefallen«, erklärte von Haake.

Drosten schaute sie überrascht an. »Hat das etwas mit Webcamgirls zu tun?«

Von Haake lächelte zufrieden. »Sie haben es erfasst! Sandro Seydel hat als Geschäftsführer einer Firma gearbeitet, die eine Plattform für Webcamdienstleistungen anbietet. In dem Business arbeitete er seit dreieinhalb

Jahren. Er war allerdings nicht der Gründer der Firma.« Sie schaute auf ihre Armbanduhr. »Der hat mir zugesagt, in einer Viertelstunde vorbeizukommen.«

»Schnelle Arbeit!«, lobte Drosten. »Haben Sie weitere Informationen? Wie heißt die Plattform, für die Seydel tätig war?«

In den nächsten Minuten gingen sie die bisherigen Erkenntnisse durch. Es gab keine direkte Verbindung zwischen den einzelnen Mordopfern. Schmitz hatte kein Mädchen virtuell aufgesucht, das für Seydel arbeitete. Auch bei Lossius fand sich keine Querverbindung zu einem der toten Männer. Trotzdem hatten alle drei Opfer mit diesem Business zu tun.

Zur vereinbarten Zeit klopfte jemand an den Besprechungsraum. Die Hauptkommissarin stand auf und öffnete die Tür. Dabei postierte sie sich so, dass der Besucher keinen Blick auf die Fotos an der Wand werfen konnte. Sie bat den Streifenbeamten, den Zeugen in einen Vernehmungsraum zu führen. Dann wandte sie sich zu Drosten um. »Einen von Ihnen kann ich mitnehmen.«

Drosten schaute zu seinen Kollegen, die ihm zunickten.

Der Gründer der Plattform war ein Mittfünfziger, den man auch für einen harmlosen Großvater hätte halten können. Nichts an ihm wirkte so, als würde er sein Geld mit Pornografie verdienen.

»Schreckliche Sache«, murmelte er betroffen. »Sandro war ein guter Mann. Auf ihn konnte ich mich verlassen.«

»Seit wann kannten Sie sich?«, fragte die Hauptkommissarin.

»Seit bestimmt fünfzehn Jahren, vielleicht sogar länger. Ich habe ihn vor ungefähr drei Jahren als Geschäftsführer eingestellt. Im Gegensatz zu seinem Vorgänger war er total motiviert. Bei schlechten Umsatzzahlen hat er nicht lang gefackelt, sondern die Frauen um Erklärungen gebeten. Die kriegen bei uns übrigens einen Festlohn und überdurchschnittliche Erlösbeteiligungen. Insofern fand ich das Nachhaken stets sehr angemessen. Guter Lohn für gute Arbeit, das war schon immer mein wirtschaftliches Motto.«

»Hat Herr Seydel vielleicht auch mal zu viel Druck ausgeübt? Frauen sogar entlassen?«, erkundigte sich Drosten.

»Vertragsaufhebungen gehörten zu seinem Aufgabenbereich. Das stimmt. Aber zu viel Druck? Darüber ist mir nie etwas zu Ohren gekommen.«

»Würden Sie uns den Kontakt zu Ihren Mitarbeiterinnen herstellen, damit wir uns ein eigenes Bild machen können?«, bat von Haake. »Idealerweise auch zu jenen, die in den letzten Monaten ausgeschieden sind?«

Der Zeuge zögerte kurz. »Prinzipiell schon. Ich fürchte allerdings, das wird nicht jeder Dame gefallen. Manche von ihnen scheuen den Kontakt zu Ordnungsbehörden.«

»Das gehört zu den Risiken meines Berufs«, sagte die Hauptkommissarin. »Ist in letzter Zeit sonst etwas Ungewöhnliches vorgefallen?«

»Oh ja!«, antwortete der Mann sofort. Er wirkte erzürnt. »Zwei Hackerangriffe auf unsere Plattform. Meine IT-Fachleute haben sie abgewehrt. Sie vermuten russische Banden dahinter, die Lösegeld erpressen wollten.«

»Wie lange ist das her?«, fragte Drosten.

»Das war im letzten Vierteljahr. Juli und August, also ziemlich schnell hintereinander. Aber wir waren gut vorbereitet und haben seitdem unsere Sicherheitsmaßnahmen erhöht.«

»Haben Sie in diesem Zusammenhang je Drohungen erhalten?«, erkundigte sich die Hauptkommissarin. »Sie oder Herr Seydel.«

»Ich nicht. Und Sandro hat in dieser Hinsicht nichts anklingen lassen.«

Drosten und von Haake warfen sich Blicke zu. Zwar würden sie der Sache nachgehen, doch Drosten spürte keinen großen Optimismus für ihre Ermittlungen. Der Hauptkommissarin schien es ähnlich zu ergehen.

* * *

Gegen einundzwanzig Uhr bezogen Drosten und seine Kollegen ihre Hotelzimmer in einem Koblenzer Hotel, das ihnen von Haake empfohlen hatte. Von dort würden sie am nächsten Morgen nach Hagen aufbrechen. In Koblenz gab es vorläufig nichts zu tun, was nicht auch die ortsansässigen Polizisten schafften. Um die Erkenntnisse des Tages zu besprechen, setzten sie sich an die Hotelbar.

»In sechsundsiebzig Stunden läuft der Countdown ab«, sagte Kraft nach dem Blick auf die Uhr. »Was glaubt ihr, wird dann passieren?«

»Ein weiterer Mord? Vielleicht sogar mehrere hintereinander? Wir müssen das unbedingt verhindern.« Nachdenklich nippte Drosten an einem Glas Rotwein. »Die

Erotikbranche ist unübersichtlich. Es gibt diverse Plattformen, außerdem Einzelkämpferinnen. Und die meisten von ihnen wollen wahrscheinlich nichts mit uns Bullen zu tun haben. Wenn wir keinen Zusammenhang zwischen den Toten finden, weiß ich nicht, wo wir anfangen sollen.«

Kraft schaute zu Sommer. »Du bist schon den ganzen Tag ungewöhnlich schweigsam. Was brennt dir auf den Nägeln?«

Er trank einen Schluck Bier, bevor er ihr antwortete. »Was ist, wenn wir der Zusammenhang sind?«

»Wie meinst du das?«, fragte Drosten.

»Das erste Opfer war Teil einer von dir geführten Ermittlung, Robert. Eure Taskforce war damals ja quasi der Vorgänger zur KEG. Richtig?«

»Im Prinzip schon. Aber ich sehe keine Verbindung zu den Mordfällen zwei und drei.«

Sommer tippte sich mit dem Zeigefinger auf die Brust.

»Du bist die Verbindung?«, vergewisserte sich Drosten.

Sommer nickte.

»Ich kapiere nur Bahnhof«, gestand Kraft. »Könntest du aufhören, in Rätseln zu sprechen?«

Sommer antwortete ihr nicht, sondern suchte Drostens Blick. Und der verstand endlich.

»Warum habe ich das nicht gleich bemerkt? Es geht um deinen Tarnnamen.«

»Wartet! Wie hieß der noch mal?«, fragte Kraft.

»Luke Hertz. Die meisten Gangmitglieder haben mich allerdings nicht Luke, sondern Lucky genannt. Hertz schrieb sich mit *tz*.«

»Scheiße!«, brummte Drosten. »Das ergibt auf

verschrobene Art Sinn. Der Mörder hat Lossius ein Lächeln aufs Gesicht gemalt. Als wenn sie glücklich wäre. *Lucky*.«

»Und der Täter hat Seydel ein Herz in den Brustkorb geritzt«, ergänzte Kraft. »Seit wann geht dir das durch den Kopf?«

»Schon seit uns Appelmann die Tatortfotos geschickt hat. Aber da klang das noch zu weit hergeholt. Ihr wisst ja, dass ich wegen des Artikels von Haller förmlich auf Ärger warte.«

Drosten nickte. Eine Kölner Journalistin hatte vor wenigen Wochen in der Süddeutschen Zeitung einen Bericht über die KEG geschrieben. Das Ganze diente als Ablenkungsmanöver, denn es hatten sich zuvor die Hinweise verdichtet, dass Sommers Jahre zurückliegende Undercovertätigkeit in einer Rockergang ans Tageslicht kommen könnte. Der Artikel hatte sich daher auf Drosten und Kraft konzentriert und Sommer nur am Rande erwähnt. So sollten andere Journalisten von tiefergehenden Recherchen über die Mitglieder der KEG abgehalten werden. Bislang schien ihr Plan aufgegangen zu sein. Hatte sich das Blatt nun gewendet?

»Das ist nicht alles«, fuhr Sommer fort.

»Was denn noch?«, fragte Drosten.

»Soweit möglich, verfolge ich die Wege meiner ehemaligen Gangfreunde. Suche ihre Namen im Internet oder in den Polizeiakten. Das beruhigt meine Nerven. Wenn ich weiß, was sie tun, können sie mir nicht hinterrücks auflauern. Einer von ihnen hat irgendwann letztes Jahr eine Firma gegründet, zu deren Dienstleistungen Webcamshows gehören.« Sommer leerte mit einem großen Schluck das Bierglas. »Glaubt ihr an einen Zufall?«

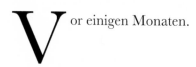 or einigen Monaten.

»Herzlich willkommen.«

Wohlwollend musterte sie ihren Besucher. Er trug einen extrem gut sitzenden, dunkelblauen Anzug inklusive Einstecktuch. Seine Schuhe waren frisch geputzt, und er hielt einen bunten Blumenstrauß in der Hand.

»Schön, dass es so kurzfristig geklappt hat.« *Er hauchte ihr einen Kuss auf die Wange.*

»Komm rein.«

»Warte kurz.« *Er musterte sie und lächelte. Offenbar gefiel ihm das rote Kleid, das sie mit gleichfarbigen High Heels kombinierte.* *»Du bist atemberaubend schön.«*

Sie deutete einen Knicks an und erwiderte das Lächeln.

»Ich hoffe, der Strauß trifft deinen Geschmack.« *Er reichte ihr die Blumen.*

»Hundertprozentig. Eine gute Wahl.«

Sie nahm ihm die Blumen ab und führte ihn in ihre Maisonette.

»Ein Schmuckstück«, sagte er anerkennend, als er sich umsah. »Mir gefallen offen gestaltete Räume. Ich wohne ähnlich.«

»Ja. Man braucht Luft zum Atmen.« Sie sah sich um. Auch sie hatte sich damals in den Schnitt der Wohnung und in die hohen Decken verliebt. Die neunzig Quadratmeter der unteren Ebene füllten ein kombinierter Wohn-, Ess- und Küchenbereich aus. Hinter einer Tür war ein Badezimmer. In der oberen Etage lagen das Schlafzimmer, der Ankleideraum, ein kleines Gästezimmer und das Hauptbad.

»Wie lange wohnst du schon hier?«

»Rund zwei Jahre.«

Aus einem Highboard holte sie eine Vase, füllte sie mit Wasser und stellte den Blumenstrauß auf den Esstisch. Sie lächelte. Das Geschenk gefiel ihr wirklich gut. Hoffentlich hielt es sich ein paar Tage.

»Darf ich dich an das Honorar erinnern? Siebenhundert Euro. Dafür gehöre ich dir bis Mitternacht.«

Wortlos zog er einen Briefumschlag aus der Innentasche des Anzugs und reichte ihn ihr. Sie nahm ihn entgegen, warf einen kurzen Blick hinein und nickte zufrieden.

»Danke.« Sie legte den Umschlag in die Schublade eines Sideboards.

»Ich bin sicher, du wirst dich ins Zeug legen.«

»Darauf kannst du dich verlassen. Wie vereinbart habe ich Rinderfilet mit Beilagen vorbereitet. Zum Abschluss gibt es ein Schokoladendessert. Oder möchtest du erst nach oben, und wir essen später? Ein bisschen Druck abbauen. Das Essen lässt sich gut warm halten, ohne dass es an Geschmack verliert.«

»Nein, wir machen es wie besprochen.«

»Dann nimm Platz.« Sie rückte einen Stuhl vom Esstisch ab.

Von der Kochinsel holte sie eine bereits entkorkte Flasche Rotwein und ließ ihn probieren. Er roch an dem Wein und nahm einen kleinen Schluck.

»Mein Händler besorgt die besten Weine aus Südafrika. Aus einem Anbaugebiet in der Nähe von Kapstadt.«

»Eine gute Wahl.«

Sie schüttete ihm ein. Ihre gastronomische Ausbildung kam ihr dabei zugute, ihn perfekt zu bedienen.

»Das Filet steht im Ofen. In fünf Minuten kann ich es servieren.«

»Dann setz dich zu mir. Erzähl mir etwas von dir.«

Sie nahm ihm gegenüber Platz.

* * *

Eine gute Stunde später musterte sie sich im Ganzkörperspiegel des Badezimmers. Das Date hatte ihre Erwartungen nicht erfüllt. Unter der oberflächlichen Kultiviertheit ihres Gastes schimmerte ein roher Charakter durch. Hatte das zweifellos vorhandene Geld seine Persönlichkeit ruiniert? Er hatte sie mehrfach unhöflich mitten im Satz unterbrochen, und seine Essmanieren waren nicht sehr ausgeprägt. Ohne die fürstliche Bezahlung würde er nicht in den Genuss ihres jetzigen Anblicks kommen.

Falls er sie am Ende des Abends um eine Wiederholung ihres Dates bitten würde, müsste sie aus fadenscheinigen Gründen ablehnen. Oder ihren Preis erhöhen. Manchmal wirkte das abschreckend. Männer wie er glaubten oft, eine zweite Verabredung würde günstiger.

Ihr gefiel der eigene Anblick. Sie liebte teure Dessous und wusste um die Wirkung ihres Äußeren. Viermal in der Woche Sport und eine genau festgelegte Ernährung sorgten für das perfekte Ergebnis. Vielleicht waren siebenhundert Euro wirklich zu wenig. Aber die Anzahl der Interessenten nahm schlagartig ab, sobald sie vierstellige Beträge aufrief. Das hatte sie bereits ausprobiert.

Sie warf einen Blick auf die Uhr. Ihm blieben noch zweieinhalb Stunden übrig. Vermutlich würde er es mehr als einmal wollen.

*Hoffentlich kamen ihre eigenen sexuellen Bedürfnisse dabei nicht zu
kurz. Sie verließ das Bad und trat in das benachbarte Schlafzimmer.
Er saß nackt an der Bettkante, die Beine gespreizt. Was er von ihr
erwartete, war offensichtlich.*

*Sie blieb zwei Meter von ihm entfernt stehen. Er musterte
ausgiebig ihren Körper.*

»Gefällt dir, was du siehst? Oder soll ich mich ganz ausziehen?«

»Lass das Zeug an. Und jetzt quatsch nicht so viel. Komm her!«

*Sie seufzte innerlich. Falls er sich am Tisch noch ein bisschen
zusammengerissen hatte, warf er nun jedes gute Benehmen über
Bord. Trotzdem lächelte sie.*

*»Du bist mein Gebieter.« Sie trat zu ihm und kniete sich
zwischen seine Beine.*

* * *

*Sein Gewicht presste sie in die Matratze. Er stöhnte angestrengt und
stieß fest zu, als würde er sie pfählen wollen. Die Kunst des Liebe-
machens beherrschte er leider nicht. Trotzdem täuschte sie ein erregtes
Stöhnen vor. Vielleicht wäre er nach dieser zweiten Runde gesättigt.*

*Er bedeckte ihre Nase und Augen mit der Hand. Das Atmen fiel
ihr schwer. Vorsichtig schob sie seine Hand beiseite. Für einen
Moment gab er sie frei, dann packte er sie plötzlich am Hals und
drückte zu. Viel zu fest.*

»Nicht!«, bat sie. »Ich kriege keine Luft.«

Statt loszulassen, erhöhte er den Druck.

*Sie versuchte, die Hand zu lösen. In ihrer ungünstigen Position
war sie gegen seine körperliche Überlegenheit machtlos. Panik
überkam sie.*

»Bitte!«, presste sie hervor.

*»Schnauze!«, zischte er ihr ins Ohr. »Ich habe für dich bezahlt.
Du gehörst mir.«*

War es an diesem Abend so weit? Erfüllte sich ihr schlimmster

Albtraum? Hatte sie sich auf den einen Freier eingelassen, der sie töten würde?

Die Panik wuchs. Sie konnte nicht mehr klar denken. Es kam nur noch aufs Überleben an. Ihre Hand wanderte zur Seite. Sie berührte den Nachttisch. Ihre Finger suchten nach dem schweren, dekorativen Aschenbecher, der dort stand. Er stieß wieder fester zu. Sie erreichte den Aschenbecher und zog ihn zu sich. Als sie ihn packte, wartete sie auf eine günstige Gelegenheit. Voller Wut holte sie aus und schlug zweimal zu. Reglos sackte er auf ihr zusammen. Der Druck am Hals ließ schlagartig nach. Sie schob ihn von sich. Er blutete aus einer Kopfwunde. Der Anblick machte sie unfassbar wütend.

»Du Schwein!«, schrie sie. »Du mieser Wichser!«

Noch immer hielt sie den Aschenbecher in der Hand. Sie schlug damit auf sein Gesicht ein. Das Geräusch seiner brechenden Nase klang wie Musik in ihren Ohren. Nach ein paar Sekunden dämmerte ihr, was sie getan hatte. Entsetzt ließ sie den Aschenbecher fallen. Er rutschte vom Bett und landete polternd auf dem Boden.

Sie stand auf und wankte ins Badezimmer, in dem ihr Handy lag. Da sie stark zitterte, benötigte sie drei Versuche, um das Gerät mit ihrem Fingerabdruck zu entsperren. Dann scrollte sie durch ihre Kontakte, bis sie endlich die Nummer fand. Bevor sie es sich anders überlegen konnte, baute sie die Verbindung auf. In der Leitung erklang das Freizeichen.

»Geh ran«, flüsterte sie verzweifelt. »Geh bitte ran. Ich brauche dich wie noch nie in meinem Leben.«

Sekunden später meldete er sich. Sofort brach sie in Tränen aus. Seine Stimme beruhigte sie schlagartig.

* * *

Er benötigte eine knappe Stunde, um zu ihr zu kommen. Sie hatte sich in der Zwischenzeit eine Jeans und eine Bluse angezogen. An der Tür musterte er sie, ehe er sie in den Arm nahm.

»Erzähl mir, was passiert ist.«

Stockend berichtete sie ihm den Verlauf des Abends. Seine Miene verfinsterte sich.

»Wo liegt er jetzt?«

»Noch immer im Bett.«

»Er hat sich nicht geregt?«

»Nein. Ich glaube, ich habe ihn umgebracht.«

»So schnell bringt man keinen Menschen um.«

»Wenn ich's dir doch sage!«, kreischte sie verzweifelt.

Um sie zu beruhigen, legte er ihr eine Hand auf den Arm. Bei der Berührung zuckte sie zusammen. Dann fasste sie sich und lächelte.

»Ist das Schlafzimmer oben?«

»Ja.«

»Gehen wir hoch.«

Sie lief voran. Dabei hielt sie sich am Treppengeländer fest. Ihre Beine schienen jeden Augenblick nachgeben zu wollen. An der Türschwelle zum Schlafzimmer blieb sie stehen. »Ich schaff das nicht«, murmelte sie leise.

»Dann warte hier.« Er zwängte sich an ihr vorbei. Ohne zu zögern, ging er zum Bett. Er legte seine Finger an den Hals des Mistkerls.

»Ich spüre einen ganz schwachen Puls.«

»Wirklich?« Irrationale Hoffnung keimte in ihr auf.

Er horchte nach einem Atem und nickte. »Der Kerl ist nicht tot.«

Er stand vom Bett auf und sah sich um. Sein Blick fiel auf die High Heels und die Dessous, die vor dem Kleiderschrank lagen.

»Warum?«, fragte er.

»Weil ich damit leicht Geld verdiene. Das musst du nicht verstehen.«

»Du hast recht. Ich verstehe es nicht!«

»Hilfst du mir trotzdem?« Sie sah ihm flehentlich in die Augen.

»Du hast ihn schwer verletzt. Vielleicht so schlimm, dass er bleibende, geistige Schäden davongetragen hat. Das kann nur ein Arzt beurteilen.«

»Er hat mich vergewaltigt. Ich habe mich bloß gewehrt.«

»Bist du bereit, darüber auszusagen? Über den Verlauf des Abends? Wie du dein Geld verdienst? Was diesmal anders war?«

»Ich weiß nicht«, flüsterte sie.

»Er hat dir die Luft abgepresst. Und dann?«

»Ich habe nach dem Aschenbecher gegriffen und zugeschlagen. Um mein Leben zu retten. Das war Notwehr.«

»Er lag auf dir?«

»Natürlich.«

»Wie hast du es dann geschafft, sein Gesicht zu zerschmettern?«

»Was?« Sie verstand die Frage nicht.

Er zeigte auf die Verletzungen an der Schläfe. »Das kannst du erklären. Für mich sieht das nach Notwehr aus. Aber wieso das Gesicht?«

Sie brach in Tränen aus. »Ich war panisch. Da habe ich ein drittes Mal zugeschlagen.«

»Das war zu viel. Dafür wirst du bezahlen.« Er zögerte. »Weiß jemand von eurem Date? Hat er jemandem davon erzählt? Oder hast du irgendwen ins Vertrauen gezogen?«

»Nein. Ich nicht. Keine Ahnung, was er gemacht hat.«

»Bring mir sein Handy!«

Sie ging zu dem Stuhl, über den er ordentlich die Kleidung gehängt hatte, und tastete die Taschen ab. Rasch fand sie es.

»Es ist gesperrt.«

»Gib her!« Er nahm ihr das Telefon ab und drückte die Finger des Mistkerls auf das Smartphone. »Entsperrt!«, rief er zufrieden. Er vertiefte sich eine Weile ins Gerät. »Ich finde keinen Kalendereintrag, der auf eure Verabredung hindeutet. Keine Nachricht, die er mit einem Freund ausgetauscht hat. Wie hattet ihr Kontakt?«

»Er hat mir über die Plattform, auf der ich angemeldet bin, eine Nachricht mit seiner Telefonnummer hinterlassen. Dann habe ich angerufen.«

»Hast du deine Nummer unterdrückt?«

»Ja, das mache ich immer. Falls man sich nicht einig wird. Wir haben fünfzehn Minuten telefoniert, das Honorar und den Ablauf besprochen. Schließlich habe ich ihm meine Adresse genannt.«

»Das war's?«

»Ja.«

»Vielleicht haben wir Glück.«

»Und wenn nicht?«

»Dann muss uns etwas einfallen.« Er griff zu einem Kopfkissen. »Geh raus! Guck dir das nicht an.«

Wie paralysiert blieb sie an der Türschwelle stehen. Erst, als er ihm das Kissen auf das blutige Gesicht drückte, wandte sie sich ab und lief die Treppe hinunter. Was hatte sie bloß getan? Worin hatte sie ihn verwickelt? Und wieso half er ihr?

8

»Sie kommen genau rechtzeitig«, begrüßte
Hauptkommissar Appelmann seine Gäste an der
Eingangspforte des Hagener Präsidiums. Er schüt-
telte ihnen nacheinander die Hand.

»Haben Sie einen Fortschritt erzielt?«, erkundigte sich
Drosten. »Sie klingen zumindest optimistisch.«

»Wir hoffen auf neue Erkenntnisse. In unserem Büro
sitzt eine junge Dame, die zusammen mit Frau Lossius
für dieselbe Agentur gearbeitet hat. Kommen Sie mit!«

Appelmann führte sie in sein Büro im Erdgeschoss.
Dort saß eine attraktive Endzwanzigerin einem nicht viel
älteren Polizisten gegenüber.

»Das ist Luisa Biesing, eine ehemalige Freundin von
Frau Lossius«, stellte er die Zeugin vor. »Das sind Wiesbadener Kollegen, die ebenfalls in die Mordermittlung
involviert sind.«

Die Frau nickte ihnen zu und musterte neugierig
Lukas Sommer. Dabei nippte sie an dem Kaffeebecher,
den sie mit beiden Händen umklammerte.

»Und das ist mein Partner David Kownawki«, fuhr Appelmann fort.

Nachdem sie einander vorgestellt hatten, schaute sich der Hauptkommissar um. »Hier wird's langsam ein bisschen eng. Gehen wir in einen Besprechungsraum. Wenn wir Glück haben, stehen dort Kekse.«

Fünf Minuten später erzählte Luisa Biesing von ihrer gemeinsamen Vergangenheit mit dem Mordopfer. »Wir haben uns im zweiten Semester an der Uni kennengelernt. Carmen studierte BWL mit Schwerpunkt *Human Resources*, ich hatte mich für die Fachrichtung Marketing entschieden. Wir stießen am Schwarzen Brett aufeinander, wo wir nach passenden Jobangeboten Ausschau hielten. Als Carmen sich lautstark über den oft lächerlich niedrigen Stundenlohn beklagte, pflichtete ich ihr bei. Zumal ich zwei Tage vorher in einer Diskothek ein pikantes, aber auch verlockendes Angebot erhalten hatte. Wir kamen ins Gespräch und verstanden uns auf Anhieb. Carmen schlug vor, einen Kaffee trinken zu gehen. Wir setzten uns in die Cafeteria, ich fasste Vertrauen zu ihr und berichtete, dass mich in einer Disco ein Typ wegen Webcamdiensten angesprochen hatte.«

»Also eine Art Talentscout?«, fragte Sommer.

Biesing strahlte ihn stolz an. »Im Prinzip ja. Er hatte mich auf der Tanzfläche beobachtet und war dann zu mir gekommen. Der Lohn, den er versprach, war gigantisch. Der Nachteil an der Sache war, dass ich meinen Körper präsentieren müsste. Ich war unschlüssig. Carmen hingegen war sofort interessiert. Der Typ hatte mir seine Visitenkarte gegeben, und wir beschlossen, ihn anzurufen. Einen Tag später saßen wir in seinem Büro.

Er erzählte von den fantastischen Verdienstmöglichkeiten und dass man nur eine sehr gute Webcam und eine schnelle Internetverbindung benötigen würde. Dann könnte man im Homeoffice seinen Lebensunterhalt fürs Studium verdienen. Mit ein paar Stunden in der Woche. Um uns zu beweisen, wie harmlos der Job sei, wählte er sich heimlich in einen Chat zwischen einer seiner Mitarbeiterinnen und einem Kunden ein. Das überzeugte uns, denn der Mann überschüttete das Girl mit Komplimenten. Der Sex spielte sich eher nebenbei ab. Leider ahnten wir damals noch nicht, wie groß die Bandbreite bei den notgeilen Kerlen war. Von liebesbedürftigen Männern, die vor allem reden wollten, bis zu extremen Arschlöchern war alles dabei. In den ersten Jahren war es auch okay. Wir machten das höchstens zweimal wöchentlich und verdienten gutes Geld. Als wir beide im Masterstudium waren, fiel es uns jedoch immer schwerer. Die Sitten wurden von Jahr zu Jahr rauer, und gerade Carmen schien die Arschlöcher magisch anzuziehen. In unserem vorletzten Semester schmiss sie einen besonders zudringlichen Kunden, der extreme Vergewaltigungsfantasien äußerte, aus dem Chat. Der Kunde beschwerte sich per Mail, und weil die Geschäfte der Agentur nicht gut liefen, faltete der Chef Carmen übel zusammen. Da warf sie den Job hin, was den Boss aber nur noch wütender machte. Es schaukelte sich zwischen ihnen hoch. Carmen hatte damals zu allem Überfluss Ärger mit ihren Eltern, und eines Nachts demolierte sie den Sportwagen des Chefs. Leider hatte sie nicht an die Videokameras gedacht, die sie ganz in der Nähe des Abstellplatzes mit einem Radkreuz in der Hand gefilmt hatten.«

»Wie lange ist das her?«, fragte Drosten.

»Rund drei Jahre.«

Drosten erschien der Zeitraum zu lang, als dass jetzt noch ein Racheakt des Autobesitzers infrage kommen könnte. Trotzdem würde er die Spur im Auge behalten.

»Der Boss erstattete Anzeige, Carmen stritt aber alles ab. Die Sache ging vor Gericht. Sie wurde aus Mangel an Beweisen freigesprochen. Denn es ist ja kein Verbrechen, mit einem Radkreuz durch die Gegend zu laufen. Außerdem war sie klug genug, das Teil nach der Tat wegzuwerfen. Hinterher hat sie mir gestanden, dass sie es getan hatte. Ich beendete kurz darauf auch die Zusammenarbeit mit der Agentur, und nach dem Studium fanden wir beide schnell Jobs. Leider haben wir uns gerade im letzten Jahr aus den Augen verloren. Mehr als Geburtstags- oder Neujahrsgrüße waren zuletzt nicht drin.«

»Sagt Ihnen der Name Rafaela Willsch etwas, die unter dem Künstlernamen *Rachel2000* als Webcamgirl arbeitet?«, erkundigte sich Kraft.

Biesing überlegte kurz, ehe sie den Kopf schüttelte. »Tut mir leid.«

Auch die Namen der beiden männlichen Todesopfer konnte sie nicht zuweisen.

* * *

Im Büro der Hagener Polizisten kam Sommer auf einen neuen Zusammenhang zwischen den Mordopfern zu sprechen. »Klaus Schmitz war polizeilich in Erscheinung getreten. Jetzt erfahren wir, dass auch gegen Carmen Lossius ermittelt wurde? Zufall?«

»Ich setze die Koblenzer Kollegin darauf an, ob in

der Vergangenheit etwas gegen Seydel vorlag«, sagte Drosten.

Er griff zu seinem Handy und erreichte die Hauptkommissarin von Haake sofort. Die versprach ihm, sich darum zu kümmern. Kaum hatte Drosten das Telefon eingesteckt, klopfte es an der Bürotür.

»Herein«, rief Appelmann.

Die Tür öffnete sich.

»So trifft man sich wieder«, sagte Greger und klang amüsiert. »Guten Tag, die Herren. Und die Dame.« Er wandte sich dem Hagener Kollegen zu. »Hauptkommissar Appelmann? Kommissar Kownawki? Ich bin Hauptkommissar Greger vom LKA, das ist mein Partner Sickinger.«

»Wir anderen kennen uns ja schon«, fügte Sickinger grimmig hinzu.

Da das Büro der Hagener Polizisten für sieben Personen zu klein war, versammelten sie sich erneut im Besprechungsraum. Appelmann informierte die LKA-Beamten über die Aussage von Luisa Biesing.

»Wir warten jetzt noch auf Rückmeldung aus Koblenz, ob vielleicht auch gegen Seydel in der Vergangenheit ermittelt wurde.«

»Eine interessante Spur«, lobte Greger. »Klingt für mich schlüssig.«

»Wir haben eventuell noch eine ganz andere Verbindung gefunden«, erklärte Sommer. »Die führt allerdings nicht ins Erotikbusiness, sondern zu uns.«

»Zu wem?«, fragte Kownawki verständnislos.

»Der KEG«, antwortete Drosten.

»Jetzt bin ich gespannt«, sagte Greger.

»Bevor wir Sie einweihen, muss ich ausdrücklich auf Ihre Diskretion zählen. Einiges von dem, was Sie gleich erfahren, darf nicht an die Öffentlichkeit gelangen.«

»Ist das nicht selbstverständlich?« Sickingers genervter Unterton war nicht zu überhören.

Sommer und Drosten erzählten abwechselnd, inwiefern sich bei jedem der drei Mordfälle ein Zusammenhang zu ihnen selbst herstellen ließ. Dann kamen sie auf den Zeitungsartikel zu sprechen.

»Warum haben Sie der Veröffentlichung zugestimmt?«, wunderte sich Appelmann.

»Es gab deutlich Hinweise, dass zu jener Zeit verschiedene Journalisten über uns recherchierten. Mit der Veröffentlichung, die eine wohlgesonnene Journalistin verfasste, wollten wir den anderen Interessenten den Wind aus den Segeln nehmen«, erläuterte Drosten.

»Oder waren Sie einfach auf die Publicity aus?«, stichelte Sickinger.

Greger verdrehte die Augen. »Constantin, du nervst inzwischen sogar mich. Sollten wir den Kollegen nicht bis zum Ende zuhören?«

»Nicht, wenn sie sich auf so dünnem Eis bewegen«, entgegnete Sickinger.

»Was spricht denn Ihrer Meinung nach gegen die Theorie?«, fragte Kraft.

»Dass sich jemand in diesem sehr speziellen Business seine Opfer aussucht, kann ich absolut nachvollziehen. Da fallen mir spontan viele potenzielle Täter ein.« Sickinger ballte die Hand zur Faust und spreizte den Daumen ab. »Erstens könnte es jemand sein, der einen Krieg zwischen konkurrierenden Anbietern anzetteln will. Zweitens ein süchtiger Konsument, der sich wegen der Kosten verschuldet hat. Oder drittens einfach ein ehemaliger Profiteur, der aus dem Geschäft verdrängt wurde. Und das sind nur die Personenkreise, die mir spontan einfallen.« Er senkte die Hand. »Aber dass Sie, liebe Wiesbadener, so sehr von Ihrer eigenen Wichtigkeit überzeugt sind, grenzt schon an Hochmut.«

»Also halten Sie das glückliche Gesicht und das Herz für bedeutungslos?«, vergewisserte sich Drosten.

»Legen Sie mir keine Worte in den Mund. Das Lächeln bezieht sich meiner Vermutung nach viel stärker auf das Lächeln, das die Girls vor der Kamera immer zeigen müssen. Und das Herz könnte auch für ein gebrochenes Herz stehen. Aber das alles auf Ihren alten Tarnnamen zu beziehen, Hauptkommissar Sommer, erscheint mir sehr weit hergeholt.«

»Mir nicht«, schlug sich Appelmann auf die Seite der KEG. »In unserem Stadium der Ermittlung ist eine Erklärung genauso gut oder schlecht wie jede andere.«

Greger nickte nachdenklich.

»Dein Ernst?«, brummte Sickinger enttäuscht.

»Schält sich denn bei Ihrer Annahme ein Verdächtiger heraus?«, fragte Greger. »Mir macht der ablaufende Countdown Sorgen. Da ist mir ehrlich gesagt jede Theorie recht. Zumal wir genug Personalstärke haben, um verschiedenen Spuren zu folgen.«

Sommer lächelte dankbar. »Es gibt tatsächlich jemanden, der ins Schema passen würde. Ein ehemaliges Mitglied der Rockergang, in der ich damals undercover ermittelt habe. Er betreibt inzwischen seine eigene Plattform für Webcamgirls.«

»In welcher Stadt?«, fragte Kownawki.

»In Frankfurt.«

»Warum sollte er dann zwei Morde in NRW und

einen in Rheinland-Pfalz begehen?«, wandte Sickinger ein. »Sehen Sie nicht selbst, wie weit hergeholt das ist?«

»Ja, auf den ersten Blick wirkt das nicht logisch«, bekannte Drosten. »Trotzdem sollten wir das nicht leichtfertig abtun.«

»Das LKA wird dafür keine Kapazitäten verschwenden«, warnte Sickinger.

»Zumal Sie keine Ermittlungskompetenz in Hessen haben«, erwiderte Sommer kühl.

»Stimmt, solche Privilegien genießen nur die Wiesbadener Superstars.«

»Ich finde den Ansatz nicht verkehrt«, widersprach Greger seinem Partner. »Wie gehen Sie jetzt weiter vor?«

»Wir fahren zurück nach Hessen und nehmen den Mann unter die Lupe«, sagte Drosten.

»Halten Sie uns über Ihre Fortschritte auf dem Laufenden?«

Drosten nickte. »Und Sie uns.« Er erhob sich und schüttelte Greger die Hand.

Sickinger verschränkte demonstrativ die Arme vor der Brust.

9

Kenny Green drehte den Warmwasserhahn weit auf, ehe er sich unter die Dusche stellte. Der Dampf beschlug rasch die gläserne Kabinentür. Kenny legte den Kopf in den Nacken. Wieder einmal stand ihm eine lange Nacht bevor, doch zumindest lag ein tiefer, erholsamer Schlaf hinter ihm. Das war ihm nicht jedes Mal vergönnt. Manchmal quälten ihn die Geister der Vergangenheit mit Albträumen. Auch die Aussicht für die nächsten Stunden war verlockend, denn ein weiterer Höhepunkt wartete bereits in seinem Wohnzimmer. Das Wasser prasselte ihm ins Gesicht. Er öffnete den Mund, trank einen Schluck und spuckte den Rest aus. Dann griff er zu dem teuren Duschgel, das er sich von seinen regelmäßigen Auszeiten in den Vereinigten Arabischen Emiraten mitbrachte. Der Halbamerikaner liebte das Lebensgefühl des orientalischen Landes. Nirgendwo sonst legten Männer so viel Wert auf die eigene Pflege wie dort – ohne ihre Männlichkeit zu verlieren. Außerdem durfte man in dem Land seinen Reichtum ungeniert zeigen. Hier in Deutschland war das zumindest in gewissen Kreisen verpönt. Und selbst in seiner Zweitheimat Amerika gab es eine wachsende Bewegung von Kritikern des typischen *American Way of Life*.

Green wusch sich die Seife vom Körper. Jetzt fühlte er sich bereit für die Herausforderungen des Alltags. Von einer Kleinigkeit abgesehen. Er verließ die Dusche und trat auf den flauschigen Vorleger. Dann griff er zu dem dicken Handtuch, mit dem er sich rasch abtrocknete. Green wickelte es sich um die Hüften und verknotete es.

Er öffnete die Badezimmertür. Leider lag Nancy noch nicht da, wo sie hingehörte. Andererseits hatte Green auch nichts gegen eine Nummer auf der bequemen Wohnzimmercouch einzuwenden. Oder sollte er sie auf den Küchentisch pressen und es ihr von hinten besorgen?

»Nancy?«, rief er.

»Ich bin hier«, erschallte die Antwort aus dem Wohnzimmer.

Er fand die Zwanzigjährige auf der Couch, wo sie in einem Magazin blätterte. Ein ungewohnter Anblick, sie lesen zu sehen.

»Was ist das?«, fragte sie und hielt den Artikel hoch. »Warum hast du Textstellen unterstrichen?«

Er setzte sich zu ihr, nahm ihr das Heft aus der Hand und legte es zurück auf den Couchtisch.

»Vor einigen Jahren war ich Mitglied in einer Gang. Das war eine richtig wilde Phase. Mein Boss besaß diverse Clubs, Bordelle. Wir handelten mit Drogen. Ich habe in der Zeit viel gelernt. Uns allen ging es gut, solange wir spurten. Ich erinnere mich gern daran zurück. Wir waren wie eine große Familie.« Er lächelte wehmütig. »Ich freundete mich damals mit einem Mann an. Luke Hertz. Wir nannten ihn alle bloß Lucky. Ein Draufgänger. Für jeden Scheiß zu haben. Ging keinem

Risiko aus dem Weg. Wie sich herausstellte, war er eine Ratte.«

»Ein Bulle?«

»Undercoverpolizist. Die übelste Sorte Mensch, die man sich vorstellen kann. Er hat uns alle hintergangen.«

»Und er gehört zu dieser Behörde, von der das Magazin berichtet?«

»So ist es.«

»Hast du durch den Artikel davon erfahren?«

»Einiges, ja. Manches wusste ich auch schon vorher. Gerüchte über die Ratte in unseren Reihen gab es seit Längerem. Der Name Lucky fiel dabei immer wieder. Anfangs habe ich mir das nicht vorstellen können. Leider stellte es sich als wahr heraus.«

»Was ist damals passiert?«

»Die Bullen haben uns auffliegen lassen. Dank Luckys Informationen.«

»Warst du seinetwegen im Knast?«

»Achtzehn Monate.«

»Scheißkerl!«

»Du sagst es.«

»Was machst du jetzt?«

»Darüber musst du dir nicht dein schönes Köpfchen zerbrechen.« Er löste den Knoten des Handtuchs und präsentierte ihr seine männliche Pracht.

Nancy lächelte und streichelte ihn mit ihren langen Gelfingernägeln. »Du weißt, was wir Frauen wollen.«

»Und du weißt, dass ich mir nehme, was ich will.« Er legte seine Hand an ihren Hinterkopf und drückte sie herunter. Dann schloss er die Augen und genoss das Gefühl ihrer Lippen und Zunge. Anfangs war er gedanklich allerdings noch bei Lucky. Doch Nancy schaffte es, ihn rasch aus seinem Kopf zu verbannen. Auch wenn das kein langer Zustand bleiben würde. Denn dafür schwelten die Rachegelüste zu tief in ihm.

* * *

Die von der KEG geäußerte Theorie hatte sich eventuell als zutreffend erwiesen. Zwar hatte Hauptkommissarin von Haake bei der Eingabe des Namens Sandro Seydel keinen direkten Treffer erhalten. Doch nur zwei Stunden nach einer Rundmail an alle Koblenzer Polizeistationen hatte sich eine aufmerksame Schutzpolizistin gemeldet. Der Beamtin war der Name des Toten geläufig.

Nun stand von Haake allein vor der Wohnungstür einer mutmaßlichen Zeugin. Da es sich um ein prekäres Thema handelte, hatte sie beschlossen, die Frau ohne ihren Partner aufzusuchen.

Sie klingelte an der Tür in dem Mehrfamilienhaus, auf der ein rot-schwarzer *FCK-NZS*-Sticker prangte. Jemand, der Nazis verabscheute, war ihr schon mal grundsätzlich sympathisch. Besser als die in gewissen Kreisen verbreiteten *All-Cops-Are-Bastards*-Aufkleber war das allemal.

Eine leicht abgehetzt wirkende Frau öffnete ihr die Tür. »Sind Sie die Polizistin, mit der ich gerade telefoniert habe?«

Von Haake nickte. »Bin ich.« Sie zeigte ihren Dienstausweis vor.

»Kommen Sie rein. Entschuldigen Sie die Unordnung. Ich hatte nicht mit Besuch gerechnet.«

Hatte die Bewohnerin seit ihrem Telefonat hektisch aufgeräumt? Die vermeintliche Unordnung hielt sich zumindest in der Diele und im Wohnzimmer in Grenzen. Von Haake setzte sich an den Esstisch und verneinte die

74

Frage nach einem Getränkewunsch. Stattdessen kam sie direkt auf den Grund ihres Besuchs zu sprechen.

»Mir geht es um Sandro Seydel.«

»Der größte Mistkerl unter der Sonne«, erwiderte die Frau, die offenbar nichts von seinem Tod wusste – oder eine gute Schauspielerin war.

»Ich will Sie nicht ins offene Messer laufen lassen, Frau Brandt. Herr Seydel wurde ermordet.«

Die Frau riss die Augen auf. »Oh Gott. Wann?«

»Darauf komme ich später zu sprechen. Meine Informationen besagen, dass Sie vor etwa drei Monaten mit Polizeioberkommissarin Kalkstein gesprochen haben, um sich nach einer Anzeige zu erkundigen.«

»Das ist richtig«, bestätigte Brandt.

»Was genau ist passiert?«

»Neben meinem Teilzeitjob im Einzelhandel finanziere ich seit jeher meinen Lebensunterhalt mit pikanteren Stellen. Ich habe schon in Diskotheken als Go-Go-Tänzerin gearbeitet und in einem Bordell als Bardame. Nacktheit macht mir nichts aus.«

Sie schaute von Haake fest in die Augen. Die lächelte.

»Bei dem, was ich vor mir sehe, können Sie sich das auch erlauben. Falls Sie mich mit Ihrem Blickkontakt testen wollen, mir macht das nichts aus.«

Brandt lehnte sich entspannt auf der Bank zurück. »Danke. Jetzt machen Sie mich fast verlegen. Na ja, jedenfalls hatte ich vor gut einem Jahr die Idee, mich als Webcamgirl zu bewerben, und landete bei Seydels Agentur. In den ersten Monaten lief alles glatt. Er war mit meinen Umsätzen zufrieden und lobte mich manchmal sogar in E-Mail-Nachrichten. Nach ungefähr einem halben Jahr veränderte sich das Bild. Ich verdiente ein bisschen weniger, was ich aber darauf zurückführte, nicht mehr neu im Business zu sein. Seydel sah darin ein größeres Problem. In seinen Augen war es zwingend notwendig, meine Umsätze wieder zu steigern. Nach ein paar Wochen mit einigen Auf und Abs stand er unangekündigt vor meiner Wohnungstür. Völlig perplex ließ ich ihn herein. Er sagte, ich hätte seine Warnungen nicht ernst genug genommen, jetzt müsste ich die Konsequenzen tragen. Ich wollte wissen, was das bedeutet. Seydel warnte mich, eine Kündigung sei kaum zu vermeiden. Er würde nur eine Möglichkeit sehen, wie er mir noch eine Chance geben könnte. Ich ahnte, was er vorschlagen würde, gab mich aber ahnungslos und fragte ihn, was er meinte. Er sagte, wenn ich nett zu ihm sei, würde er mir drei Monate Zeit einräumen, meine Umsätze zu steigern. Ich schmiss ihn hochkant aus der Wohnung. Zwei Stunden später beendete er mit einer sehr formellen E-Mail unsere Zusammenarbeit. Ich war so wütend, dass ich sofort zu Ihrer Dienststelle aufbrach. Dort sprach ich mit Oberkommissarin Kalkstein. Eine total sympathische Person, die mir ausführlich zuhörte. Mir kluge Fragen stellte. Offenbar keine Vorurteile wegen des Jobs hatte. Allerdings machte sie mich auf einen entscheidenden Punkt aufmerksam. Ohne einen Zeugen stünde Aussage gegen Aussage. Die sexuelle Nötigung wäre nicht zu beweisen, weswegen sie mir von einer Anzeige abriet. Sie erkundigte sich, ob meine Kündigung gerechtfertigt sei, wenn man nur die reinen Umsätze zugrunde legen würde, die ich der Agentur einbrachte. Leider musste ich das bestätigen. Sie versprach mir, den Namen Sandro Seydel auf dem Schirm zu behalten. Sollte sie ein zweites Mal in ähnlicher Sache mit ihm konfrontiert sein, wollte sie sich melden.«

»Wie Sie sehen, hat die Kollegin das ernst gemeint.

Sie konnte sich an Ihren Namen erinnern. Haben Sie seitdem Kontakt zu Seydel gehabt?«

»Nein.«

»Wo arbeiten Sie momentan nebenberuflich?«

Brandt lächelte. »Am Wochenende kellnere ich bei Partys.«

»Partys?«

»Um genau zu sein, Swingerclubpartys. Total entspannter Job. Die Gäste sind ein Traum und sehr spendierfreudig. Ich bin froh, ihn gefunden zu haben.«

»Okay, jetzt noch die unvermeidliche Frage. Haben Sie für Mittwochvormittag ein Alibi?«

Sie überlegte nur kurz. »Mein Dienst in der Boutique Isabel am Jesuitenplatz begann um neun Uhr. Reicht das?«

Von Haake nickte. »Ich muss mir das allerdings bestätigen lassen. Ist das in Ordnung, oder befürchten Sie dadurch Ärger?«

»Ganz und gar nicht. Ich suche Ihnen die Nummer meiner Chefin heraus.«

* * *

Eine halbe Stunde später erreichte von Haake Drosten telefonisch und berichtete ihm von dem Gespräch.

»Ich verstehe das richtig?«, fragte er. »Der Fall ist nie aktenkundig geworden?«

»Genau«, bestätigte von Haake. »Die Polizistin hat aus guten Gründen Frau Brandt den Rat gegeben, keine Anzeige zu erstatten. Hätte die Kollegin nicht offenbar ein fantastisches Namensgedächtnis, wäre mir das verborgen geblieben. In keiner unserer Datenbanken taucht Seydel auf.«

»Und das Alibi?«

»Hat die Boutiquenbesitzerin bestätigt.«

»Also verläuft diese Spur im Sande«, sagte Drosten bedauernd. »Dass gegen die anderen Mordopfer polizeilich ermittelt wurde, spielt vermutlich bei der Opferauswahl keine Rolle.«

»So sehe ich das auch.«

Die beiden telefonierten noch ein paar Minuten miteinander, ehe sie sich voneinander verabschiedeten. Von Haake dachte nach dem Gespräch an den ablaufenden Countdown. Würden Sie vor Samstag einen Verdächtigen identifizieren? Und was würde Samstagnacht passieren, wenn es ihnen nicht gelänge?

10

Freitagmorgen bat Karlsen seine nach Wiesbaden zurückgekehrten Mitarbeiter zu einer Besprechung, um sich persönlich über den aktuellen Ermittlungsstand ins Bild setzen zu lassen.

»Wir operieren jetzt vorläufig von hier aus«, erklärte Drosten. »In Frankfurt hat sich vielleicht eine kleine Spur ergeben, die auf Sommer zurückführt.«

»Ein ehemaliges Gangmitglied?« Die Frage bewies, dass Karlsen die täglichen Berichte aufmerksam studierte.

»Genau«, bestätigte Sommer. »Kenny Green. Es existiert eine Schnittmenge zum Erotikbusiness. Seit der Freilassung aus dem Gefängnis hat er sich mit einer kleinen Plattform und ungefähr einem Dutzend Mitarbeiterinnen etabliert. Vermutlich nicht seine einzige Einnahmequelle, aber diese ist legal. Er hat ein Einfamilienhaus in besserer Lage gemietet.«

»Ich schätze, Sie planen eine Observation?«

»Wir wollen uns heute vor Ort umsehen«, sagte Kraft. »Allerdings nur Robert und ich. Die Gefahr, dass er Lukas erkennt, ist zu groß.«

Karlsen nickte zustimmend. »Und ansonsten warten Sie den Ablauf des Countdowns ab?«

»Wir stehen jederzeit parat, um die beteiligten Kommissariate zu unterstützen, inklusive des LKA in Düsseldorf. Aber ja, derzeit mangelt es an Spuren, und ich bin nicht sehr optimistisch, ob sich das bis morgen Abend ändert.«

»Hoffen wir das Beste.« Karlsen schlug die Unterschriftenmappe vor sich auf und signalisierte damit das Ende der Besprechung.

* * *

Zwei Stunden später saßen Drosten und Kraft rund zweihundert Meter von Greens Haus entfernt in ihrem Wagen. Das Viertel, in dem er lebte, prägten freistehende Einfamilienhäuser. Nicht ideal für eine unauffällige Beschattung. Allerdings hatten sie einen Parkplatz hinter einem Sportwagen gefunden, der ihnen einen gewissen Schutz bot.

»Freut sich Jonah, dass du momentan zu Hause bist?«, fragte Drosten.

Kraft lächelte verschmitzt. »Ja, gestern Abend hat er positiv reagiert.«

»Was habt ihr heute vor?«

Ihr Lächeln fiel in sich zusammen. »Er kann erst in ein paar Stunden sagen, ob er nachher Zeit hat.« Sie schaute auf die Handyuhr. »Gegen drei bekommt er Bescheid, ob ihn ein amerikanischer Geschäftsmann benötigt.«

»Stört dich das?«, wunderte sich Drosten. »Wir wissen in unserem Beruf doch selbst am Vormittag oft nicht, wo wir uns gegen Nachmittag aufhalten.«

»Aber wir sind Polizisten. Er steht Geschäftsleuten mit einer breiten Palette an Angeboten zur Verfügung, über die ich nicht einmal einen genauen Überblick habe. Das ist vermutlich das, was mich am meisten stört. Ich weiß nicht im Detail, wie mein Freund sein Geld verdient.«

Drosten grinste.

»Was ist?«, fragte sie verunsichert.

»Du hast ihn zum ersten Mal in meiner Gegenwart als deinen *Freund* bezeichnet.«

»Sehr witzig!« Trotz ihrer Wortwahl lächelte sie ebenfalls. »Von diesem Punkt abgesehen, läuft es richtig gut«, bekannte sie. »Er ist in vielen Dingen total offen und stimmt mit meinen Ansichten überein.«

»Hat er einen Kinderwunsch?«

»Robert! So lange kennen wir uns auch noch nicht. Das ist nicht mehr so wie in den Sechzigern, als du vermutlich Melanie kennengelernt hast.«

Von ihrem Spott ließ er sich nicht ablenken. »Aber ihr habt schon darüber gesprochen?«

»Ja. Er sieht es wie ich. Wir planen es nicht konkret, schließen es allerdings für die Zukunft nicht von vornherein aus.«

»Klingt vernünftig. Und was seinen Job anbelangt, solltest gerade du Verständnis haben. Wie oft muss ich Details vor Melanie verbergen, damit sie sich nicht unnötig sorgt. In dieser Hinsicht sind wir Polizisten verdammt schlechte Partner.«

»Würde es dich nicht stören, wenn du nicht genau über Melanies Tagesablauf Bescheid wüsstest?«

Er ließ sich mit der Antwort Zeit. »Doch. Es würde mich stören. Aber ich würde einsehen, dass ich kein

Recht darauf habe, alles von ihr zu wissen, während sie bei mir im Unklaren lebt.«

Kraft schaute ihn zweifelnd an.

»Was ist?«, fragte er. »Glaubst du mir nicht?«

»Kein einziges Wort. Du schwingst bloß große Reden.«

Er grinste erneut. »Kann sein.«

Kraft setzte zu einem bissigen Kommentar an. Genau in diesem Moment öffnete sich allerdings die Haustür an Greens Adresse.

»Da tut sich was«, sagte Drosten.

Eine junge Frau verließ das Haus.

»Ist das seine Tochter?«

»Robert, du bist so naiv!«

Sie beobachteten die Frau, die enganliegende Kleidung trug und auf unbequem wirkenden Absätzen die Straße entlangging. Sie kam ihnen auf dem gegenüberliegenden Bürgersteig entgegen. Als sie rund fünfzig Meter entfernt war, senkten die Polizisten die Köpfe.

»Steigt sie in ein Auto?«, fragte Kraft.

»Wirkt nicht so.«

Die Frau ging vorbei, ohne ihnen einen Blick zuzuwerfen.

»Auf diesen Schuhen wird sie kaum eine lange Wanderung unternehmen. Vielleicht will sie zu der kleinen Geschäftsstraße, an der wir vorbeigefahren sind.«

Rund einen halben Kilometer von ihrem Standort entfernt lag eine Straße, in der ihnen bei der Hinfahrt ein paar Boutiquen aufgefallen waren.

Kraft wartete, bis die Frau weitere hundert Meter zurückgelegt hatte. »Ich folge ihr, du bleibst hier.«

Drosten nickte. »Lass dich nicht erwischen.«

Kraft stieg aus. Leise drückte sie die Fahrertür zu und

nahm die Verfolgung auf. Die Frau hatte entweder keine Eile oder konnte aufgrund der Schuhe nicht schneller laufen. Wegen ihrer notorischen Ungeduld fiel es Kraft schwer, das langsame Tempo beizubehalten.

Am Ende der Straße bog die Frau nach links und verschwand um die Häuserecke. Endlich konnte Kraft beschleunigen. Sie schaute um die Ecke und sah ihren Verdacht bestätigt. Die beschattete Person wechselte die Straßenseite und steuerte eine kleine Boutique an. Kraft wartete und informierte Drosten übers Handy.

Eine Viertelstunde verging. Kraft musterte die Umgebung nach einer Ausweichposition, für den Fall, dass die Frau nach dem Einkauf zu Greens Haus zurückkehren würde. Ein geöffneter Kiosk erschien ihr ideal.

Nach weiteren fünf Minuten trat die unbekannte Person aus der Boutique. Sie schaute von der Tür in beide Richtungen. In der Hand trug sie neben der roten Handtasche eine kleine Tüte des Geschäfts. Statt den Rückweg anzutreten, entfernte sie sich weiter von Greens Haus.

Kraft folgte ihr.

* * *

Nancy Pulido blieb an der roten Fußgängerampel stehen. Jetzt bot sich endlich eine gute Gelegenheit. Sie öffnete die Handtasche und kramte nach dem Handy. Noch bevor die Ampel umsprang, wählte sie bereits Greens Nummer. Der meldete sich rasch.

»Hey, Kleine. Hast du so eine große Sehnsucht?«, fragte er lachend. »Du hast Glück. Habe gerade eben mein Workout beendet. Und du? Warst du erfolgreich?«

Die Ampel sprang auf Grün.

»Ich bin unterwegs zu mir nach Hause. Und ich glaube, eine Polizistin folgt mir.«

»Was? Wie kommst du darauf?«

»Als ich von dir aufgebrochen bin, habe ich ein Paar in einem Wagen sitzen sehen. Die haben auffällig den Blick gesenkt. Die Frau saß am Steuer. Und rate mal, wen ich gerade beim Verlassen der Boutique bemerke? Rund hundert Meter entfernt. Jetzt folgt mir die Alte.«

»Sicher?«

»Garantiert. Das ist kein Zufall.«

»Fuck! Verdammte Bullen.«

»Was soll ich tun?«

Green überlegte nur kurz. Pulido ging in ihrem normalen Schritttempo weiter, obwohl die Verlockung groß war, langsamer zu werden. Dann würde eine erneut umspringende Fußgängerampel die Polizistin entweder aufhalten oder zu einer verräterischen Entscheidung zwingen.

»Kannst du ein Foto von ihr schießen?«

»Ich könnte mich umdrehen und ihr entgegengehen.«

»Nein. Ich meinte unauffällig. Sie darf das nicht mitbekommen.«

»Dann gibt's unterwegs keine Chance.«

»Wie weit bist du noch von zu Hause entfernt?«

»Nicht mehr weit.«

»Probieren wir's«, sagte Green. »Versuch, sie durch ein Fenster zu fotografieren. Ruf mich an, falls es nicht klappt. Ansonsten warte ich auf dein Foto. Das hast du gut gemacht, Kleine.«

»Für dich immer.« Pulido beendete das Telefonat und steckte das Handy zurück in die Handtasche. Fünfzig Meter weiter vorn bog sie an der nächsten Kreuzung rechts ab. Unauffällig schaute sie zur Seite. Die Frau folgte ihr weiterhin, auch wenn sie den Abstand vergrößert hatte.

»Das war ein Fehler«, flüsterte Pulido.

Sie beschleunigte ihren Schritt. Mit ein bisschen Glück konnte sie in ihrem Hausflur verschwinden, bevor die Bullenschlampe erneuten Sichtkontakt aufgebaut hatte. Zehn Meter von der Haustür entfernt, angelte sie nach ihrem Schlüsselbund. Genau in dieser Sekunde trat ein Postbote aus dem Haus.

»Hallo«, begrüßte er sie. Wie ein Gentleman hielt er ihr die Tür auf.

»Danke.« Sie zwinkerte ihm zu und verschwand im Inneren.

* * *

Kraft bog um die Ecke. Von der Frau war nichts mehr zu sehen.

»Scheiße!«, fluchte sie.

Hektisch musterte sie die Umgebung. Außer einem DHL-Boten, der zu seinem geparkten Fahrzeug ging, hielt sich niemand in der Straße auf. Der Postmitarbeiter kam offenbar aus einem Haus, vor dem ein Baugerüst aufgebaut war. Hatte er der Zielperson die Tür aufgehalten? Oder hatte sie eines der vorherigen drei Häuser betreten?

Nein! Trotz des kleinen Vorsprungs schloss niemand so schnell die Tür auf. Das klappte zeitlich nicht. Sobald die Fremde um die Ecke gebogen war, hatte Kraft ihr Tempo erhöht. Sie hätte mitbekommen, welche Haustür die Frau aufgeschlossen hätte.

Langsam näherte sie sich dem Gebäude und musterte die einzelnen Fenster, ob sie irgendwo eine

Bewegung wahrnahm. Doch das Baugerüst beschränkte die Sicht.

* * *

Pulido eilte die Stufen zu ihrer Wohnung im zweiten Stock hinauf. Hoffentlich gelang ihr, worum Green sie gebeten hatte. Er würde sich bestimmt erkenntlich zeigen.

Hektisch schloss sie die Wohnungstür auf. In der Diele stellte sie die Handtasche und den Einkauf ab. Dann zog sie das Handy aus der Tasche. Die beste Sicht auf die Straße hatte sie vom Wohnzimmerfenster. Sie betrat den Raum und startete die Kamera-App. Vor dem Fenster hing ein Vorhang. Vorsichtig lüpfte sie ihn. Das Glück war ihr hold. Die Schlampe hatte sich dem Haus genähert. Pulido fotografierte sie und zog sich anschlie-ßend sofort zurück. Sie öffnete den Messenger-Dienst, über den sie Green das Foto zusandte.

Reicht dir die Qualität?, fragte sie.

* * *

Kraft trat nah an den Hauseingang heran. Mit ihrem Telefon fotografierte sie die Namensschilder. Vielleicht fanden sich in den zur Verfügung stehenden Daten-banken Hinweise zu einem der Bewohner. Mehr konnte sie vorläufig nicht tun.

* * *

Kenny Green überspielte das Foto auf den Laptop und vergrößerte es. Nancy hatte hundertprozentig recht. Alles an der Frau wirkte für ihn nach Polizistin. Er griff zu seinem Handy und wählte Nancys Nummer.

»Kannst du damit etwas anfangen?«, fragte sie sofort.

»Du bist die Allerbeste. Das hilft sehr. Du hast recht. Sie gehört garantiert zu den Bullen.«

»Und was wollen die von mir? Wieso folgt mir die Schlampe?«

»Genau das muss ich herausfinden.«

11

Am Samstagvormittag traf Robert Drosten als letzter seiner Kollegen im Büro ein. Rocky hatte die morgendliche Gassirunde ausgereizt und gefühlt an jedem einzelnen Baum geschnuppert.

»Entschuldigt die Verspätung«, sagte Drosten, als er sein Büro betrat, in dem Verena Kraft und Lukas Sommer bereits saßen. Köstlicher Kaffeegeruch erfüllte den Raum.

»Ich hoffe, mein kleines Mitbringsel ist noch nicht kalt.« Kraft deutete zu dem Kaffeebecher auf Drostens Schreibtisch.

Drosten nippte daran. »Die perfekte Temperatur. Danke! Kommen wir direkt zur Sache. Was machen wir wegen Nancy Pulido? Können wir ihre Vorstrafe zu unseren Gunsten ausnutzen?«

Das Foto, das Kraft von den Klingelschildern geschossen hatte, hatte bei der Suche nur zu einem Treffer geführt: Nancy Pulido war nach Jugendstrafrecht wegen Drogenhandels zu einer Bewährungsstrafe verurteilt worden. Dank des Fotos aus ihrer Akte war es leicht, sie als die Frau zu identifizieren, die aus Greens Haus getreten war.

»Kommen wir über Pulido an Green heran?«, fragte Sommer. »Mir fällt nämlich nicht ein, wie uns das gelingen sollte. Die Bewährungsfrist läuft zwar noch, aber es ist ja gesetzlich nicht verboten, sich auf einen zwielichtigen Kerl einzulassen. Selbst wenn der doppelt so alt ist.«

Drosten nippte erneut an dem Kaffeebecher. Er hatte sich schon am Vorabend den Kopf zerbrochen, wie sie Pulido zu ihren Zwecken einsetzen konnten – leider ohne Ergebnis. Bei seinen Kollegen sah es offenbar nicht besser aus.

»Sie ist volljährig, und solange sie keine Straftat begeht, können wir sie nicht gegen Green verwenden«, sagte Kraft. »Die Frage ist, ob es sich lohnt, sie zu beschatten. Das würde sich rentieren, falls sie illegale Botengänge für Green übernimmt. Oder in andere Straftaten verwickelt ist. Gestern hat sie allerdings wie eine harmlose Tussi gewirkt, die sich einen viel zu alten Freund geangelt hat und vermutlich auf dessen Kosten einkauft. Ich habe mich ja noch ein bisschen in der Boutique umgesehen. Da hängen ausschließlich hochpreisige Kleidungsstücke an den Bügeln, die ich mir höchstens zu einem besonderen Anlass leisten würde.«

»Bringen wir es auf den Punkt. Stand jetzt, ist Pulido kein Joker in unserem Blatt«, brummte Drosten resigniert.

Kraft und Sommer stimmten ihm zu.

»Also konzentrieren wir uns auf den heute Nacht ablaufenden Countdown«, sagte Sommer.

»Ich habe all unsere Schnittstellen informiert«, erklärte Drosten. »Man weiß zwar nie, wer das am Ende liest, aber ich hoffe, dass wir zeitnah Rückmeldungen bekommen, wenn der Mörder die nächste Botschaft hinterlässt. Doch machen wir uns nichts vor. Je nachdem, wo er wieder zuschlägt, ist es vielleicht erst Montag oder schlimmstenfalls Dienstag, bis wir davon erfahren. Und mein Bauchgefühl warnt mich, dass wir am nächsten Tatort einen neuen Countdown vorfinden.«

»Abwarten und Tee trinken«, murmelte Sommer. »Wie ich das hasse.«

»In unserem Fall eher Kaffee.« Drosten prostete den anderen zu und trank aus. »Habt ihr Pläne bis Montagmorgen?«

»Die Eltern von Jeremias' Freundin haben uns Sonntagvormittag zum Brunch eingeladen. Die Mutter feiert ihren fünfzigsten Geburtstag«, sagte Sommer. »Aber ich habe Jennifer vorgewarnt, dass ich eventuell kurzfristig absagen muss.«

Drosten nickte. »Und du, Verena?«

»Jonah hat heute am späten Nachmittag bis zum Abend einen Auftrag. Ich gehe jetzt gleich noch kurz einkaufen und bin danach die ganze Zeit zu Hause.«

»Mich erreicht ihr in jedem Fall übers Handy. Ich vermute ohnehin, dass sich wegen eines neuen Vorfalls zuerst jemand bei mir melden würde. Melanie weiß Bescheid. Außer Gassirunden mit Rocky steht kein Programmpunkt an. Wahrscheinlich findet mich meine Familie in den nächsten Stunden unausstehlich und wird dem Moment meines Aufbruchs entgegenfiebern.«

Sie saßen noch ein paar Minuten beieinander und unterhielten sich über Persönliches. Dann erhielt Sommer eine Nachricht seiner Frau, die ihn bat, in der Stadt ein bestimmtes Buch als Geburtstagsgeschenk zu besorgen. Das war für sie alle das Zeichen, ihre Besprechung zu beenden.

Bevor Drosten ging, prüfte er seinen E-Mail-Eingang. Niemand hatte bisher auf seine Anfrage reagiert. Der Countdown lief noch ein paar Stunden. Mit jeder verstrichenen Minute stieg seine innere Unruhe. Aufgrund der drei Morde innerhalb kürzester Zeit befürchtete er in der Nacht eine blutige Eskalation. Und sie hatten in den letzten Tagen keinen Hebel gefunden, weitere Taten zu verhindern. Momentan war ihnen der Mörder mehrere Schritte voraus.

* * *

Verena Kraft räumte gerade die Einkäufe in den Kühlschrank, als es an der Wohnungstür klingelte. Sie schaute auf die Uhr. War das Jonah? Sie warf den Kühlschrank zu und eilte in den Flur. Tatsächlich stand ihr Freund vor der Tür.

»Warum nutzt du nicht deinen Schlüssel?«, fragte sie verwundert.

Ehe er zu einer Antwort ansetzen konnte, gab sie ihm einen Kuss und zog ihn in die Wohnung.

»Irgendwie habe ich noch immer Angst, dass du dich erschreckst und mich über den Haufen schießt, wenn ich plötzlich hinter dir stehe.«

Kraft grinste. »Das verstehe ich. Komm mit! Ich räume gerade die Wochenendeinkäufe ein. Wie viel Zeit hast du überhaupt? Wann musst du los? Soll ich uns etwas kochen?«

»Wow!« Jonah lachte. »Ich würde dich zu gern bei einem Verhör erleben. Überfordert das einen Verdächtigen nicht total, wenn deine Fragen wie Maschinengewehrfeuer auf ihn einprasseln? Was war deine erste Frage? Ach so, ich weiß es wieder.« Er zog einen Stuhl vom Küchentisch zurück und setzte sich. »Mein Auftraggeber hat vor ein paar Minuten seine Buchung nach hinten verschoben.«

»Das heißt?«

»Ich soll ihn erst um zwanzig Uhr vom Hauptbahnhof abholen. Um zwei Uhr endet mein Dienst. Also habe ich jetzt viel Zeit, aber heute Nacht muss ich wohl oben allein schlafen.«

»Nicht unbedingt«, widersprach Kraft. »Der Countdown läuft auch um zwei Uhr ab. Vielleicht bleibe ich solange wach.«

Er lächelte erfreut. »Oder ich wecke meine schlafende Prinzessin. Vorausgesetzt, du hast deine Waffe nicht neben dem Bett liegen.«

»Die liegt im Tresor, wo sie hingehört.«

»Dann wecke ich dich gerne.«

»Wie groß ist dein Hunger?«, fragte sie.

»Kommt darauf an.«

»Ich könnte mir vorstellen, das Alternativprogramm wäre ganz in deinem Interesse.«

* * *

Um dreiundzwanzig Uhr gähnte Kraft und schaute zum wiederholten Mal aufs Handy. Jonah hatte sich in den letzten Stunden nicht bei ihr gemeldet. Sie wusste nicht einmal, welchen Geschäftsmann er durch das Frankfurter Nachtleben begleitete. Jonah hatte lediglich von einem US-Amerikaner gesprochen. Mehr hatte sie nicht aus ihm herausbekommen. Es fiel ihr schwer, seine Verschwiegenheit zu akzeptieren. Trotz des Verständnisses, das Robert aufgebracht hatte.

Sie gähnte erneut. Das Vorhaben, das Ende des

Countdowns und Jonahs Feierabend wach zu erleben, rückte in weite Ferne. Es ergab keinen Sinn, sich dafür zu quälen. Robert hatte garantiert recht. Bis sie von einem neuen Mord erführen, könnten mehrere Tage vergehen. Und Jonahs Rückkehr würde sie ohnehin wecken. Als Polizistin hatte sie keinen tiefen Schlaf.

Sie schaltete den Fernseher aus und rieb sich die Augen. Da sie am frühen Abend schon die Zähne geputzt hatte, konnte sie einfach ins Bett gehen. Kraft schlug die dunkelgraue Wolldecke von den Beinen und stand auf. Sie überprüfte den Akkustand des Handys. Da der nur noch bei dreiundzwanzig Prozent lag, schloss sie das Gerät ans Stromnetz an, ehe sie sich hinlegte.

* * *

Er schaute auf die Uhr. Noch fünf Minuten. So lange würde er abwarten. Danach begann die nächste Phase.

Die Polizisten würden sich wundern. Drei Morde innerhalb von vierundzwanzig Stunden kam ihnen vermutlich extrem brutal vor. Doch mehr als eine leise Ouvertüre war es nicht. Wie ein Prolog in einem Buch, der die schlimmen Dinge, die geschehen würden, andeutete.

Bis die Ermittler herausgefunden hätten, was tatsächlich vor sich ging, würde viel Zeit vergehen. Der Druck, unter dem sie ständen, wäre anschließend immens. Lähmte er sie, oder holte er das Beste aus ihnen heraus? Ihm war beides recht.

Die letzten zwei Minuten nahm er den Blick nicht mehr von seinem eigenen Countdown. Als die Uhr auf Null umsprang, erklang ein Benachrichtigungston, den er sofort abstellte. Nun war es so weit. Er verließ den Lieferwagen, den er eine halbe Stunde zuvor nahe am Haus geparkt hatte. In aller Ruhe ging er auf die Tür zu. Der Bewegungsmelder aktivierte eine Lampe unter dem Vordach. Um diese Uhrzeit musste er nicht befürchten, dass ihn ein neugieriger Nachbar beobachten würde. Und selbst wenn ... Es würde nichts ändern. Niemand konnte ihn jetzt noch aufhalten. Die nächste Phase hatte begonnen. Er verschaffte sich Zutritt und schlüpfte in den Hausflur.

* * *

Verena Kraft träumte. Jonah und sie saßen in seinem Auto. Sie waren spät dran, was hauptsächlich an ihr lag. Deswegen war die Stimmung zwischen ihnen ungewöhnlich angespannt.

Plötzlich erklang ein seltsames Geräusch. War das der Motor oder ...

Kraft erwachte. Verwirrt blinzelte sie zu dem Radiowecker. Es war kurz nach zwei. Was hatte sie aus dem Schlaf gerissen? Der Rest des wirren Traums schwirrte ihr durch den Kopf. Doch die Bilder verblassten bereits, und sie konnte nicht mehr sagen, wovon sie geträumt hatte.

Kurz nach zwei. Das hieß, der Countdown war gerade eben abgelaufen.

»Jonah?«, rief sie.

Wenn sie sich nicht täuschte, hatte sie das verstohlene Schließen der Wohnungstür aus dem Schlaf gerissen. Und das konnte nur bedeuten, dass ihr Freund nach Hause gekommen war.

»Jonah?«, wiederholte sie etwas lauter.

Er antwortete nicht.

Kurz nach zwei. Der Countdown war abgelaufen. Ein Geräusch an ihrer Wohnungstür. Schlagartig fiel jede Müdigkeit von ihr ab. Sie unterdrückte den Impuls, Jonahs Namen ein drittes Mal zu rufen. Geräuschlos schlug sie die Bettdecke beiseite. Die Schlafzimmertür stand halb offen. Sie lauschte angestrengt und schwang dabei die Füße auf den Boden. Der Tresor, in dem ihre Waffe steckte, war im Kleiderschrank untergebracht. Ob sie ihn rechtzeitig öffnen könnte, falls ihre Vermutung zutraf? Oder erlaubte sich Jonah bloß einen schlechten Scherz?

12

Um zwei Uhr zwanzig schlug Robert Drosten die Augen auf. Er versuchte, sich zu zwingen, sofort wieder einzuschlafen, doch es war zwecklos. Seine Gedanken waren zu sehr auf den abgelaufenen Countdown fixiert. Irgendwo in Deutschland hatte der Mörder vermutlich vor wenigen Minuten erneut zugeschlagen. Wann würde Drosten davon erfahren?

So leise wie möglich tastete er nach dem Handy. In den letzten Stunden war keine Nachricht eingegangen. Er legte es wieder zurück auf den Nachttisch. Die Machtlosigkeit, mit der er die Ereignisse abwarten musste, zerrte an seinen Nerven.

Neben ihm regte sich Melanie.

»Kannst du nicht schlafen?«, murmelte sie kaum verständlich.

»Bin nur kurz wach geworden.« Mit schlechtem Gewissen, da er sie geweckt hatte, drehte er sich zu ihr um und gab ihr einen Kuss. »Schlaf weiter!«

Sie brummte zustimmend. Es dauerte nicht lange, bis

sie wieder gleichmäßig atmete. Drosten lauschte ihr. Nach einer Weile spürte er endlich seine eigene Müdigkeit zurückkehren. Minuten später schlief er selbst ein.

* * *

Um halb acht saß die Familie beim Frühstück versammelt. Melanie hatte Tiefkühlbrötchen aufgebacken und den Tisch reichlich gedeckt. Drosten versuchte, nicht dauernd an den Countdown zu denken. Doch jedes Mal, wenn Dana und Melanie in ein Gespräch vertieft waren, schielte er zum Handy.

Kaum hatte er sein zweites Brötchen aufgegessen, stöhnte Melanie genervt. »Robert! Warum gehst du nicht in dein Arbeitszimmer?«

»Entschuldige. Ich finde es schön, hier bei euch zu sitzen.«

Sie verdrehte die Augen. Glücklicherweise wirkte sie nicht wütend.

»Papa lügt«, sagte Dana.

»Gar nicht«, entgegnete er.

Bereits seit über einem Jahr nannte Dana ihn »Papa«, trotzdem war es noch immer eine Anrede, die ihm das Herz öffnete. Seiner Familie zuliebe riss er sich zusammen und steckte das Handy in die Hosentasche.

Sie unterhielten sich eine Viertelstunde über die bevorstehenden Herbstferien. Dana hatte sich für einen einwöchigen Fechtkurs angemeldet und war schon sehr gespannt, was sie erwartete.

Das Mädchen trank den Kakao aus und fragte, ob sie zur Toilette dürfte. Melanie nickte. Kaum hatte Dana das Zimmer verlassen, wandte sich Melanie ihm zu.

»Jetzt hast du es geschafft, du tapferer Held. Geh in dein Arbeitszimmer. Ich schaffe das hier allein.«

»Du bist die beste Ehefrau der Welt.«

»Ich weiß.« Sie lächelte ihm warmherzig zu. »Wie lange warst du heute Nacht eigentlich wach?«

»Immer mal wieder. Aber alles in allem habe ich genug Schlaf bekommen.« Er stand auf.

»Deine Augenringe behaupten das Gegenteil.«

Drosten küsste seine Frau und verließ die Küche. In der Diele zog er das Handy aus der Hosentasche. Er hatte keine Nachricht verpasst.

Kaum hatte er sich an den Schreibtisch gesetzt, trottete Rocky zu ihm und legte seine Schnauze auf seine Oberschenkel. Abgelenkt streichelte Drosten ihm den Kopf. »Wir gehen gleich lange spazieren«, versprach er seinem Hund. »Aber ich brauche noch ein paar Minuten.« Er startete den PC und loggte sich in sein Mailprogramm ein. Es waren keine Nachrichten eingetroffen. Sollte er bei Verena oder Lukas nachfragen? Allerdings war es unwahrscheinlich, dass sie mehr gehört hatten als er.

»Gehen wir raus«, sagte er zu Rocky.

Der Hund bellte begeistert.

* * *

Eine Stunde später rief Drosten bei Sommer an.

»Gibt es Neuigkeiten?«, fragte der zur Begrüßung. So viel zur Frage, ob er über mehr Informationen verfügte.

»Bei mir nicht, und bei dir offenbar auch nicht.«

»So ist es.« Sommer stöhnte. »Diese Warterei. Jenny findet mich heut Morgen ein bisschen weniger toll als sonst.«

Die Männer lachten.

»Hat sich Verena gemeldet?«, fragte Sommer.

»Noch nicht. Ich ruf sie gleich mal an.«

»Sag Bescheid, sobald du etwas hörst.«

Sie beendeten das Telefonat, und Drosten wählte sofort Verenas Nummer. Zu seiner Überraschung landete er direkt auf der Mailbox.

»Äh, ja, hallo, Verena«, stammelte er. »Mit einem ausgeschalteten Telefon hatte ich jetzt nicht gerechnet. Ich hoffe, das ist ein gutes Zeichen. Meld dich bitte bei mir.«

Drosten legte das Handy beiseite. Wieso hatte Verena ihr Mobiltelefon ausgeschaltet? Für ein Mitglied der KEG absolut ungewöhnlich. Ob das mit Jonah zusammenhing? Vergnügten sie sich gerade miteinander, und Verena hatte vorsorglich das Smartphone deaktiviert? Er wünschte es ihr. Die erste Phase der Verliebtheit wäre irgendwann unwiderruflich vorbei.

Die folgenden zwanzig Minuten Wartezeit versuchte Drosten, geduldig zu bleiben. Doch es fiel ihm immer schwerer.

»Was ist los?«, fragte Melanie, nachdem er innerhalb kürzester Zeit zweimal zum Kühlschrank gegangen war, einen Blick hineingeworfen, jedoch nichts herausgeholt hatte.

»Verenas Handy ist ausgeschaltet. Seit einer knappen halben Stunde warte ich auf ihren Rückruf. Sie hat ja diesen neuen Freund, der im selben Haus wohnt. Das wäre ein guter Grund für eine kleine Pause. Aber so lange? Das sieht ihr nicht ähnlich.«

»Gib ihr noch eine Viertelstunde. Vielleicht ist ihr Nachbar leistungsfähig.« Melanie lächelte.

Trotz ihrer lockeren Antwort bemerkte Drosten im Blick seiner Frau Besorgnis. Als Ehepartnerin eines Polizisten erkannte sie, wie ungewöhnlich die ausbleibende Rückmeldung war. Um sich abzulenken, öffnete er erneut den Kühlschrank.

»Robert!«

»Ja, schon gut.« Er griff zu einem kleinen Schokoladendessert, den er ohne großen Genuss verdrückte.

* * *

Auch beim zweiten Versuch landete Drosten direkt auf der Mailbox. Im Gegensatz zum ersten Mal hinterließ er keine Nachricht. Ob das Telefon defekt war und Verena das gar nicht mitbekam? Aus seinen Kontakten suchte er ihre Festnetznummer heraus. Das Freizeichen erklang. Nach ungefähr zwanzig Sekunden sprang ebenfalls ein Anrufbeantworter an.

»Verena, Robert hier. Prüf bitte dein Handy, ich kann dich derzeit nicht erreichen.«

Er trennte die Verbindung und wählte Lukas' Nummer, der sich sofort meldete.

»Ich bekomme Verena nicht ans Telefon. Seit über einer halben Stunde warte ich auf ihren Rückruf. Weder mobil noch auf dem Festnetz ist sie erreichbar.«

»Scheiße!«, brummte Sommer.

»Wann brecht ihr auf?«

»Ich habe gerade eben die Jacke angezogen.«

»Übertreibe ich, oder sollten wir nachsehen?«, bat Drosten um Sommers Meinung.

»Hast du noch immer ihren Ersatzschlüssel?«

Da Verena und er in derselben Stadt lebten, hatte sie kurz nach ihrem Umzug Drosten einen Schlüssel überlassen – falls sie sich jemals aussperren sollte. »Ja.«

»Dann sollten wir nachsehen. Jeremias und Jennifer werden das doof finden, aber ich komme so schnell wie möglich zu dir. Ich brauche ungefähr eine halbe Stunde.«

»Danke.«

Drosten legte das Telefon beiseite. Melanie trat zu ihm ins Arbeitszimmer.

»Lukas ist auch besorgt. Er kommt her, dann fahren wir zu Verena.«

»Und wenn sie schneller Hilfe braucht? Ich könnte mit dir hinfahren.«

»Du musst bei Dana bleiben. Und ich glaube kaum, dass sie ein gesundheitliches Problem hat. Scheiße«, fluchte er leise. »Die Möglichkeit, dass sich die Bedrohung auf unser Team bezieht, habe ich nicht einkalkuliert.« Er schaute auf die Uhr. »Vielleicht ist es besser, wenn ich Lukas bei Verena vor der Haustür treffe. Ich schicke ihm eine Nachricht über die Planänderung.«

* * *

Nicht weit vom Hauseingang entfernt stand Verenas Fahrzeug. Der Anblick versetzte Drosten einen Stich. Warum ging sie nicht ans Telefon, wenn sie zu Hause war?

Er probierte es erneut auf dem Mobil- und dem Festnetzanschluss. Sie meldete sich nicht. Um die Nervosität zu vertreiben, stieg er schließlich aus und lief auf die Haustür zu. Er erwartete Lukas innerhalb der nächsten fünf Minuten. So lange würde er sich gedulden. Trotzdem drückte er ihre Klingel. Nichts passierte. Als

Nächstes probierte er es bei Jonah. Vielleicht könnte der die Situation aufklären.

Auch Verenas Freund öffnete ihm nicht. Stattdessen hörte Drosten einen Wagen näherkommen. Er drehte sich um und hob grüßend die Hand. Sommer fand einen nicht weit entfernten Parkplatz und rannte zu ihm.

»Keiner von den beiden macht auf. Aber ihr Auto steht vor der Tür.«

»Bringen wir es hinter uns«, sagte Sommer.

Drosten steckte den Schlüssel ins Schloss und verschaffte sich Zutritt zum Hausflur. Im Treppenhaus nahmen sie jeweils zwei Stufen auf einmal. An der Wohnungstür klopfte Drosten, ehe er das nicht versperrte Schloss öffnete.

»Verena?«, rief er an der Türschwelle. »Lukas und ich sind hier. Letzte Chance für dich, einer peinlichen Situation zu entgehen.«

Niemand antwortete. Die Polizisten zogen ihre Waffen und betraten die Wohnung. Sie sicherten sich gegenseitig und überprüften neben der Diele zunächst die Küche und das Wohnzimmer.

Die Tür zum Schlafzimmer war geschlossen. Was würde sie dahinter erwarten? Drosten zögerte, ehe er zur Türklinke griff und sie hinunterdrückte.

»Fuck!«, fluchte Sommer.

Die Spuren eines Kampfes waren unübersehbar. Ein Radiowecker lag am Boden, der Stecker aus der Steckdose gerissen. Ein Stuhl war umgefallen. Außerdem lag Verenas Kissen neben dem Bett.

»Scheiße! Scheiße! Scheiße! Warum haben wir das nicht vorausgesehen, Lukas?«

»Siehst du das Handy?«, fragte der.

Im ersten Moment verstand Drosten nicht, worauf

sein Partner hinauswollte. Dann entdeckte er das ältere Gerät, neben dem sich ein Zettel befand.

»Ein neuer Countdown?«, vermutete Sommer.

Sie gingen in die Ecke des Raumes. Tatsächlich hatte der Täter ihnen eine weitere Frist gesetzt. Die Uhr stand auf 57 Stunden und siebzehn Minuten.

»Was steht auf dem Zettel?«, fragte Sommer.

Drosten bückte sich. Die Worte erschütterten ihn, gaben ihm jedoch gleichzeitig Hoffnung, Verena zu retten. »So viel Zeit habt ihr, die Verschwundenen zu finden, bevor ich sie nacheinander töte«, las er vor.

»Also hat das Schwein nicht nur Verena in seiner Gewalt«, folgerte Sommer. »Wen noch? Ihren Freund?«

13

A n einem Holzbrett in der Diele hingen verschiedene Schlüssel. Unter anderem ein Einzelschlüssel mit einem roten Anhänger, auf dem Jonahs Name stand.

»Schauen wir bei ihm nach dem Rechten?«, fragte Sommer.

»Oder warten wir?«, murmelte Drosten.

»Worauf?«

Drosten zögerte mit der Antwort, die Sommer nicht gefallen würde. »Wir dürfen wegen Verenas Verschwinden nicht ermitteln. Das muss die Wiesbadener Kriminalpolizei übernehmen.«

»Nicht dein Ernst!«

»Du weißt, wie Karlsen entscheiden wird. Sie ist unsere Kollegin, wir sind nicht objektiv.«

»War ich objektiv, als Dana verschwunden war und ihr von den Entführern in eurem Haus festgehalten wurdet?«, fragte Sommer.

»Natürlich nicht! Aber du hast damals auch nicht offiziell ermittelt. Das hier ist etwas anderes.«

»Scheiße!«, fluchte Sommer. »Das gefällt mir gar nicht. Was ist, wenn die Kripo das verbockt? Es geht um Verena!«

»Wir sind ja nicht komplett raus.«

»Und jetzt willst du warten, bis die eintreffen? Vielleicht kämpft Jonah oben um sein Leben.«

Drosten überlegte, ob er Sommer allein in Jonahs Wohnung schicken sollte, während er Karlsen und die Wiesbadener Kriminalpolizei alarmierte. Aber eine Wohnung zu zweit zu inspizieren, barg weniger Risiken. »Gehen wir kurz zu ihm.«

Sommer ließ sich nicht zweimal bitten. Er schnappte sich den Schlüssel und trat in den Hausflur. Gemeinsam gingen sie zu Jonahs Wohnung hoch. Sommer klingelte und wartete. Nachdem eine halbe Minute lang nichts passiert war, zog Drosten seine Waffe. Er nickte Sommer zu. Der entriegelte die verschlossene Tür und stieß sie auf. Dann nahm er ebenfalls die Waffe in die Hand. Sie riefen abwechselnd den Namen des Mannes.

»Jonah? Bist du da?«

Drosten und Sommer hatten ihn auf einer Party kennengelernt und sofort geduzt. Diese Begegnung lag nun einige Monate zurück. Seitdem hatten sie sich nicht mehr gesehen.

Niemand antwortete ihnen. Sie inspizierten nacheinander die Räume, die wie Verenas Zimmer geschnitten waren. Sie stießen weder auf Kampfspuren noch auf einen Hinweis, ob Jonah die Nacht überhaupt in seinen vier Wänden geschlafen hatte. Die Bettdecke war zusammengefaltet. Das Waschbecken im Badezimmer trocken. Ebenso die Dusche. Nichts wirkte an der Wohnung so, als sei dort jemand erst kürzlich aufgestanden.

»Gehen wir wieder zu Verena«, schlug Drosten vor.

»Ich informiere zuerst Karlsen. Bestimmt kennt er einen hochrangigen Wiesbadener Beamten persönlich.«

Karlsen konnte kaum glauben, dass eine seiner Mitarbeiterinnen verschwunden war. Besonders beunruhigte ihn die schriftliche Botschaft des Täters.

»Was wissen Sie über diesen neuen Freund von Frau Kraft? Wie heißt er noch mal?«

»Jonah Kremer. Er ist Freiberufler. Geschäftsmänner, die in Frankfurt oder Umgebung zu tun haben, können ihn als eine Art *Mädchen für alles* buchen. Er bietet in erster Linie Chauffeurdienste an, kümmert sich aber auch um Restaurantbuchungen und anderen Kram.« Drosten nannte Jonahs Homepage, auf der man diese Informationen nachlesen konnte.

»Klingt nach einem dubiosen Job«, sagte Karlsen.

»Vor allem muss er sehr verschwiegen sein. Verena hat es am meisten gestört, dass sie so wenig über seinen Job wusste.«

»Woher haben Sie diese Information?« Karlsen klang misstrauisch.

Drosten gab das Gespräch wieder, das er bei der Observierung von Greens Haus mit Verena geführt hatte.

»Das gefällt mir gar nicht. Was ist, wenn ihr Instinkt richtig war und dieser Kremer nicht koscher ist? Da Kraft einen Schlüssel zu seiner Wohnung hatte, können wir wohl vermuten, dass er umgekehrt ebenfalls einen Schlüssel besitzt. Also könnte er sich nachts zu ihr schleichen und sie im Schlaf überwältigen. Das ist ziemlich übel.«

»Wir sollten zweigleisig fahren«, schlug Drosten vor.

»Wenn er verschwunden bleibt, sehen wir ihn entweder als potenzielles zweites Opfer oder als den Entführer.«

»Klingt vernünftig. Haben Sie jemanden bei der Wiesbadener Behörde, dem Sie vertrauen? Der uns seine fähigsten Mitarbeiter an einem Sonntag organisiert?«

»Ich kenne den Polizeipräsidenten des Präsidiums Westhessen sehr gut. Die sind ja auch für Wiesbaden zuständig.«

Drosten lächelte. Karlsen kannte anscheinend in jeder deutschen Behörde einen der Entscheidungsträger. Wenn er sich jemals pensionieren lassen sollte, wäre das ein herber Verlust.

»Ich rufe ihn an und gebe ihm Ihre Rufnummer«, fuhr Karlsen fort. »Sie warten bitte vor Ort, bevor Sie weitere Schritte unternehmen.«

Zunächst informierten Drosten und Sommer ihre Familien, um ihnen von der bedrohlichen Entwicklung zu berichten, die Auswirkungen auf die Planungen für den Rest des Tages hatten. Danach beschlossen sie, die involvierten Polizisten in den anderen Städten zu informieren. Drosten wählte Stenzels Nummer, während Sommer den Hagener Hauptkommissar Appelmann ins Bild setzen wollte.

»Hallo, Robert«, begrüßte Stenzel ihn. »Wenn du nur ein paar Stunden nach dem Ende des Countdowns anrufst, hast du wahrscheinlich keine guten Neuigkeiten.«

»Leider hast du recht«, bestätigte Drosten. Er berichtete von den Ereignissen in Wiesbaden.

»Oh nein«, stöhnte Stenzel. »Das tut mir sehr leid. Verdammt! Aber wir haben lange genug Zeit, um sie zu finden. Über zwei Tage. Ihr dürft nicht verzagen!«

Drosten freute sich über den Versuch des Monheimer Hauptkommissars, ihm Mut zuzusprechen. »Wir setzen alle Hebel in Bewegung. Ist in der Nacht etwas bei dir passiert?«

»Nein. Bislang habe ich keine Berichte erhalten, die auf einen Zusammenhang zu den ersten Morden hindeuten. Kann ich euch irgendwie helfen?«

»Wenn mir etwas einfällt, sag ich dir Bescheid.«

Kurz darauf beendeten sie das Telefonat. Sommer hatte Appelmann ebenfalls direkt erreicht. In Hagen gab es keine neue Entwicklung.

»Dann müssen wir noch in Koblenz und die LKA-Spinner anrufen«, sagte Sommer.

»Ich entnehme deiner Wortwahl, dass du mir die Kontaktaufnahme nach Düsseldorf überlässt?«

»Darauf lasse ich mich gerne ein.« Sommer zog sich wieder zum Telefonieren in die Küche zurück.

Drosten wählte zuerst Gregers Handynummer. Die Mailbox sprang direkt an.

»Hauptkommissar Greger, hier spricht Robert Drosten. Rufen Sie mich bitte schnellstmöglich zurück. Es ist sehr wichtig. Danke!«

Mit ungutem Gefühl trennte er die Verbindung. Aber im Gegensatz zu Verena, deren Nichterreichbarkeit ihn sofort beunruhigt hatte, wusste er zu wenig über Gregers Arbeitsweise, um besorgt zu sein. Er suchte die Nummer von Sickinger heraus. Auch bei dem jungen Polizisten erklang sofort die Mailbox. »Robert Drosten. Ich habe schon erfolglos versucht, Ihren Partner zu erreichen. Rufen Sie mich bitte so schnell wie möglich zurück. Danke!«

Sommer beobachtete seinen Kollegen von der Türschwelle. »Du hast die Düsseldorfer nicht ans Telefon bekommen?«

»Nein. Warst du in Koblenz erfolgreicher?«

»Von Haake ist informiert. In ihrem Einzugsgebiet ist nichts passiert. Wieso nehmen Greger und Sickinger deinen Anruf nicht entgegen?«

»Vielleicht telefonieren sie gerade miteinander.«

»Dann hätte es bei ihnen angeklopft.«

»Vorausgesetzt, Sie nutzen diese Funktion. Eventuell leiten sie in solchen Fällen direkt auf die Mailbox um.«

»Das wäre für Polizisten sehr ungewöhnlich.« Sommer klang nicht überzeugt.

Drostens Handy klingelte. »Das ist bestimmt ... oh, falsch gedacht, eine Wiesbadener Nummer.« Er nahm das Gespräch entgegen.

* * *

Der Polizeipräsident Mittelhessens hatte seinen beiden erfahrensten Hauptkommissaren das Wochenende ruiniert und sie zu Krafts Wohnung abkommandiert. Mit drei Kollegen der Spurensicherung trafen sie vierzig Minuten nach dem ersten Telefonat ein.

Die Hauptkommissare Glanz und Jensen ließen sich berichten, was Drosten und Sommer in der Wohnung ihrer Kollegin vorgefunden hatten. Schnell kamen sie auf Jonah Kremer zu sprechen.

»Sie waren bei ihm oben?«, vergewisserte sich Jensen.

»Mit dem Schlüssel, der hier am Schlüsselbrett hing«, bestätigte Sommer.

»Also könnten wir nach oben gehen und uns dort in Ruhe unterhalten, während die Spusi hier ihren Job erledigt.«

»Spricht nichts dagegen.«

Die vier Männer gingen die Stufen hoch. Sie betraten Jonahs Wohnung, und die Wiesbadener Polizisten verschafften sich einen Überblick.

»Ich teile Ihre Einschätzung«, sagte Glanz. »Hier hat heute Nacht garantiert niemand geschlafen.«

Drosten blickte auf seine Uhr. »Es gibt vielleicht noch ein weiteres Problem. Ich wollte vor einer Dreiviertelstunde die LKA-Beamten erreichen, die in NRW in die Ermittlung involviert sind. Bei beiden Kollegen sprang sofort die Mailbox an. Seitdem warte ich auf einen Rückruf.«

»Versuchen Sie es erneut«, bat Jensen. »Ich kenne keine aktiven Polizisten, die am Sonntag nicht auf ihre Diensthandys achten.«

Nacheinander wählte Drosten beide Nummern. Wie beim ersten Mal erreichte er jeweils nur die Mailbox.

»Sie teilen mein ungutes Gefühl«, stellte Drosten mit Blick auf die Hauptkommissare fest.

»Hundertprozentig«, bestätigte Glanz. »Niemand mit Verantwortungsbewusstsein würde sich nach dem Ablauf des Countdowns tot stellen, nur weil Sonntag ist. Was schlagen Sie vor?«

Es klopfte an der Wohnungstür. Glanz eilte in die Diele und öffnete einem Spurensicherungsbeamten. Er hielt eine Plastiktüte hoch. Darin steckte eine Spritzenschutzkappe.

»Die haben wir unter Hauptkommissarin Krafts Bett gefunden«, erklärte der Mann. »Wissen Sie, ob sich Ihre Kollegin regelmäßig ein Medikament spritzt?«

»Macht sie nicht«, sagte Drosten.

»Wir untersuchen das im Labor. Vielleicht finden wir Rückstände des dazugehörigen Medikaments. Aber ich glaube, wir lehnen uns nicht zu weit aus dem Fenster, wenn wir davon ausgehen, dass sie mit einem Narkosemittel außer Gefecht gesetzt wurde. Außerdem haben wir das Parkett im Schlafzimmer mit Luminol eingesprüht und ...«

Drosten hörte nicht weiter zu. Er rannte die Stufen hinunter und betrat Verenas Schlafzimmer. Auch wenn es sich nur um winzige Spuren in einer einzelnen Fuge handelte, war das bläuliche Schimmern am Boden verräterisch. Jemand hatte hier minimal Blut verloren. Hatte das mit der Injektion zu tun, oder gab es dafür andere Ursachen?

Niedergeschlagen kehrte Drosten in die obere Wohnung zurück. Er nickte Sommer zu.

»Das ist so eine geringe Blutmenge, dass wir einen Zusammenhang zur Spritze für wahrscheinlich halten«, bestätigte der Spurensicherungsbeamte. »Aber auch da stehen wir erst am Anfang der Untersuchung.«

Drosten versuchte es ein drittes Mal bei den Düsseldorfer Kollegen. Erneut landete er in beiden Fällen auf der Mailbox. Anschließend wählte er die Nummer des Polizeirats und aktivierte den Lautsprecher. Er informierte Karlsen über die anwesenden Glanz und Jensen, dann kam er auf die Spuren in Verenas Wohnung zu sprechen.

»Also besteht wohl kein Zweifel an einer gewaltsamen Entführung«, sagte Karlsen. »Das darf einfach nicht wahr sein!«

»Es gibt noch ein weiteres Problem«, ergänzte Drosten. »Ich versuche, seit über einer Stunde die Düsseldorfer LKA-Beamten Greger und Sickinger zu erreichen. Bei beiden Männern springt jeweils nur die Mailbox an. Die erbetenen Rückrufe bleiben aus.«

»Nicht Ihr Ernst!«

»Ich wollte, es wäre anders.«

»Was für ein Tag.« Karlsen zögerte. »Ich melde mich bei meinen Düsseldorfer Ansprechpartnern. Treffen wir uns in einer Stunde im Büro. Ich hoffe, bis dahin eine Rückmeldung zu bekommen.«

»Dürfen wir dabei sein?«, fragte Glanz.

»Meinetwegen. Zumindest einer von ihnen. Wir sehen uns gleich. Jetzt muss ich versuchen, jemanden in Düsseldorf zu erreichen.« Karlsen beendete das Telefonat.

14

Benommen schlug Verena Kraft die Augen auf. Sie erwachte zum zweiten Mal innerhalb der letzten Minuten. Im Gegensatz zum ersten Mal fühlte sie sich nun jedoch nicht mehr ganz so benebelt im Kopf.

Die Erinnerungen kehrten zurück. Das Geräusch, das sie geweckt hatte. Der abgelaufene Countdown. Die Gewissheit, in Gefahr zu schweben. Bevor sie aufgestanden und zum Tresor schleichen konnte, hatte die Gestalt das Zimmer betreten. Er hatte bloß kurz gezögert, weil sie wach war, und sich dann auf sie gestürzt. Im Kampf war sie ihm rasch unterlegen gewesen – trotz ihrer Kampfsporterfahrung.

Sein Gesicht war mit einer Maske verhüllt gewesen, und auch die weit geschnittene Kleidung hatte ihr keine Möglichkeit gegeben, ihn zu identifizieren.

Trotzdem war da etwas, das ihr bekannt vorgekommen war. Ein flüchtiger Geruch in ihrer Nase. Oder hatte sie sich das eingebildet? Ausgelöst durch die Todesangst? Sie wusste es nicht. Und bei dem Versuch, den Duft näher zu bestimmen, fielen ihr die Augen wieder zu.

Ein paar Minuten später erwachte sie erneut und fühlte sich endgültig munter. Der Raum war fast vollständig abgedunkelt. Lediglich durch eine Ritze an der Außenjalousie fiel etwas Licht. Sie lag in einer unbequemen Position. Die Arme hatte sie über den Kopf ausgestreckt. Sie spürte das Metall an ihren Handgelenken und ahnte, was das bedeutete. Trotzdem versuchte sie vorsichtig, die Arme zu bewegen. Ein Klirren erklang, und ein Ruck an den Händen stoppte ihre Bemühungen.

»Ruhig bleiben«, flüsterte sie, um die Panik zu bekämpfen.

Ganz vorsichtig drehte sie sich zur Seite. Zumindest das klappte, sorgte jedoch für eine noch unbequemere Liegeposition. Also unterließ sie es.

Sie spürte wachsenden Druck auf der Blase. Was erwartete der Entführer? Sollte sie das Bett einnässen?

»Hey!«, rief sie. »Hört mich jemand? Ich muss zur Toilette.« Sie zerrte immer wieder an den Handschellen. Die waren anscheinend mit Ketten an einem Heizkörper oder einer ähnlichen Vorrichtung befestigt. Es war unmöglich, sich zu befreien.

Die Aussichtslosigkeit fachte ihren Widerstand an. Ihr Entführer musste nur einen einzigen Fehler begehen. Den würde sie gnadenlos ausnutzen. Mehrfach zerrte sie an den Handschellen, um das Klirren zu erzeugen.

»Hey! Hört mich jemand?«

Der Druck auf die Blase wuchs. Sie würde so lange wie möglich einhalten. Ein eingenässtes Bett und feuchte Kleidung würde ihren Widerstandsgeist lähmen. Plötzlich kam ihr ein anderer Gedanke. Sie schaute an sich hinab. Soweit sie erkannte, trug sie nicht das Nachthemd. Der Entführer hatte ihr stattdessen ein weißes Sweatshirt angezogen. Außerdem spürte sie an den Beinen Stoff. Der Mistkerl hatte ihr das Nachthemd ausgezogen und ihr etwas anderes übergestreift. Hatte er mit gierigen Händen ihren Körper berührt? Sie empfand bei dieser Vorstellung Ekel und Wut zugleich.

Dafür würde er büßen.

Doch erst einmal müsste sie warten und gegen das Bedürfnis ankämpfen, dem Druck ihrer Blase nachzugeben.

Gefühlt vergingen ungefähr zehn Minuten, bis Kraft ein Geräusch hörte. Die Tür flog auf, und das grelle Deckenlicht ging an. Es blendete sie. Instinktiv schloss Kraft die Augen, wartete ein paar Sekunden und öffnete sie dann wieder.

Im Raum stand eine zierliche Frau, die ihr Gesicht mit einer Maske verdeckte. Sie trug Jeans und ein weißes Oberteil.

War das Nancy Pulido? Figurmäßig würde es passen, und Pulido war bislang die einzige Frau, die im Rahmen der Ermittlungen aufgetaucht war.

Würde es Kraft Vorteile bringen, ihre Vermutung auszusprechen? Sie entschied sich spontan dagegen.

Die Frau hielt ein Tablett mit Nahrung und einer Wasserflasche in der Hand.

»Setz dich hin!«, sagte sie.

»Ich muss so dringend zur Toilette«, erwiderte Kraft.

»Nein! Du bekommst erst zu essen und zu trinken. Danach bringe ich dich zum Klo.«

»Bit...«

»Solange wirst du aushalten! Oder soll ich wieder gehen? Setz dich aufrecht hin. Dann öffne ich eine Schelle an der rechten Hand.«

Offenbar handelte es sich um ein Machtspiel zwischen Wärterin und Gefangener. Vorläufig blieb Kraft nichts anderes übrig, als dieses Spiel mitzuspielen. Mühselig schwang sie die Beine auf den Boden und verrenkte sich dabei beinahe.

»Können Sie mir helfen?«

»Du machst das allein.«

Stöhnend richtete sie sich auf, bis sie auf der Bettkante saß. Ihr Körper schmerzte und kribbelte an verschiedenen Stellen. Doch immerhin hatte sie es geschafft.

»Jeden Versuch, mich zu überwältigen, würdest du bitter bereuen.«

»Ich mache nichts«, versicherte Kraft. Sie meinte es ernst. Die Wärterin war bloß eine Gehilfin. Wahrscheinlich wartete der Entführer irgendwo im Hintergrund. Widerstand würde sie nur bei einer besseren Ausgangssituation in Betracht ziehen.

Die Maskierte stellte das Tablett auf den Boden und kam näher. »Rechts- oder Linkshänderin?«

»Rechtshänderin.«

Die Wärterin griff in ihre Hosentasche und zog einen kleinen Schlüssel heraus. Sie löste die Schelle am linken Handgelenk. Anschließend trat sie rasch zwei Schritte zurück und steckte den Handschellenschlüssel wieder in die Hose. Mit dem Fuß schob sie das Tablett zum Bett, bis es für Kraft in Reichweite war.

»Die Flasche ist geöffnet. Du kannst den Deckel einfach abnehmen. Das Brötchen ist mit Käse belegt.

Wenn du heute Abend lieber etwas anderes willst ...« Sie wartete kurz. »... hast du Pech gehabt.«

Ob das Miststück unter der Maske grinste?

Kraft nahm den Schraubverschluss von der Flasche und trank. Ihre Kehle war ausgedörrt. Das Wasser tat unglaublich gut. Danach griff sie zu dem pappigen Brötchen. Es war offenbar schon vor einigen Stunden geschmiert worden.

»Wie oft darf ich zur Toilette?«, fragte sie.

»Es gibt zweimal am Tag etwas zu essen und zu trinken. Zusätzlich komme ich einmal kurz rein, lasse dich trinken und führe dich zum Klo. Vorausgesetzt, du benimmst dich.«

Langsam kaute Kraft jeden einzelnen Bissen des Käsebrötchens. Trotz des inzwischen fast unerträglichen Drucks auf der Blase wandte sie eine Taktik an, die im Verhörraum oft erfolgreich war: Schweigen. Das könnte ihr Gegenüber zum Reden animieren. Leider funktionierte das bei der Wärterin nicht. Sie sprach in der ganzen Zeit kein Wort und starrte sie bloß an.

Kraft trank den letzten Schluck Wasser und stellte die Flasche zurück aufs Tablett. »Fertig.«

»Ich löse jetzt die Kette von der Heizung und bringe dich zur Toilette. Du hältst Abstand. Zwei Meter. Wenn du Widerstand leistest, wirst du dafür schmerzhaft bezahlen.« Sie griff unter ihr Oberteil und hielt eine Stromschockpistole in der Hand.

»Hauptsache, ich kann endlich zum Klo.«

Die Wärterin löste die Kette vom Heizkörper. »Los!«

Kraft erhob sich. Bei den ersten Schritten fühlte sie sich unsicher – fast so, als würde sie jeden Moment stürzen. Sie ging zum Ausgang. War es klug, jetzt schon einen Befreiungsversuch zu starten? Die Frau hatte vermutlich keine Kampferfahrung. Und der Stromschocker könnte Kraft dabei helfen, den Entführer auszuschalten.

»Die dritte Tür auf der rechten Seite.«

Sie liefen an geschlossenen Türen vorbei. Kraft entschied sich vorläufig gegen Widerstand. Da es ihr erster Ausflug war, wäre die Wärterin total angespannt. Vermutlich rechnete sie mit einem Befreiungsversuch. Taktisch gesehen war es besser, sie in Sicherheit zu wiegen und zu einem späteren Zeitpunkt zu überraschen.

Sie erreichte die offene Tür zu einem kleinen Bade-zimmer, in dem lediglich ein Klo und ein winziges Waschbecken untergebracht waren. Kraft drehte sich um und streifte die Jogginghose nach unten. Sie trug keinen Slip. Erneut stellte sie sich vor, was der Entführer mit ihr angestellt hatte. Der Klodeckel war bereits hochgeklappt. Sie setzte sich. Zumindest besaß die Wärterin den Anstand, sie nicht beim Pinkeln zu beobachten.

»Beeil dich!«

Kraft entleerte ihre Blase und spülte ab. Dann stand sie auf und zog sich wieder an.

»Du gehst jetzt rückwärts«, befahl die Maskierte.

Auch dagegen setzte sie sich nicht zur Wehr. Vermeintliche Gefügigkeit würde zu einem späteren Zeit-punkt die Achtsamkeit der Wärterin verringern.

Sie erreichten das Zimmer, in dem Kraft gefangen gehalten wurde. Die Frau verband die Kette wieder mit dem Heizkörper.

»Setz dich!«, sagte sie dann. »Ich muss deine Hand fesseln.«

Kraft folgte der Anweisung und rührte sich nicht, als die Wärterin die Schelle um die linke Hand legte.

»Könnten Sie die Außenjalousie hochziehen?«, bat

Kraft. »Es ist so dunkel, und ich will mein Zeitgefühl nicht verlieren.«

»Dein Pinkelbedürfnis und dein Hungergefühl werden dir Anhaltspunkt genug sein.«

Die Frau nahm das Tablett vom Boden und verließ den Raum. An der Türschwelle betätigte sie den Lichtschalter. Sekunden später fiel die Tür zu, und Kraft hörte, wie das Schloss von außen verriegelt wurde.

* * *

Langsam beruhigte sich ihr klopfendes Herz. Für ihr erstes Mal war das nahezu perfekt gelaufen. Offenbar funktionierte die Bedrohung mit dem Stromgerät. Selbst bei einer hartgesottenen Polizistin. Er hatte das vorhergesagt und recht behalten.

Sie zog die Maske vom Kopf und atmete erleichtert durch. Gemächlich ging sie in die Küche. Aus einem Seitenregal nahm sie die nächste Halbliterflasche Wasser und schraubte sie auf. Dann öffnete sie den Kühlschrank. Im untersten Fach lagen die in Folie eingeschlagenen Brötchen, die sie vor Stunden geschmiert hatte. Jeder ihrer Gefangenen bekäme das Gleiche. Sie griff nach einem der Käsebrötchen und legte es aufs Tablett neben die Wasserflasche. Ihr zweiter Gast stellte vermutlich eine geringere Gefahr dar. Trotzdem müsste sie jederzeit wachsam sein.

Um ihre Nerven unter Kontrolle zu bringen, holte sie aus einer Schublade einen Schokoriegel, den sie gierig mit drei Bissen verschlang.

»Auf geht's.«

Sie atmete noch einmal tief durch, dann zog sie die Maske übers Gesicht. In aller Ruhe ging sie zu dem

Raum, in dem der zweite Gefangene untergebracht war. Ein unerwarteter Gast und trotzdem außerordentlich hilfreich für ihre Pläne.

Sie schloss das Zimmer auf und drückte die Türklinke hinunter. Der Mann lag auf dem Bett und starrte sie an.

»Hilfe!«, schrie er plötzlich. »Hilfe!«

»Scheiße!«, fluchte sie.

Hektisch schlüpfte sie in den Raum und warf die Tür zu. Sie stellte das Tablett ab.

»Das war ein schwerer Fehler!«, zischte sie wütend.

Sie trat ans Bett und ohrfeigte den liegenden Mann.

»Mach das nie wieder!«

Die Gefangenen sollten nichts von der Existenz der anderen wissen. Waren die Türen geschlossen, dämpften sie jeden Lärm – das hatten sie vorher ausprobiert. Doch bei einer geöffneten Tür konnte sie nicht ausschließen, dass die anderen die Hilferufe hörten.

Ihre Wut wuchs. Noch einmal schlug sie zu. Der Kopf des Mannes flog zur Seite. Es fiel ihr schwer, ihn nicht mit einem Stromschlag zu bestrafen.

* * *

Atemlos lauschte Verena Kraft. Nur einen Sekundenbruchteil später hörte sie den erneuten Hilfeschrei. Also hatte sie sich nicht verhört.

Ein zweiter Gefangener. Was hatte das zu bedeuten? Die Stimme war zu gedämpft und zu leise, um sie zu identifizieren. Aber wieso hatten der Entführer und seine Gehilfin eine weitere Person verschleppt? Welchen Sinn ergab das?

Fieberhaft dachte Kraft nach. Lukas vermutete bei

den ersten Morden einen Bezug zur KEG. Bedeutete das im schlimmsten Fall, dass der Kidnapper die drei Hauptermittler der KEG in seine Gewalt gebracht hatte? Zunächst drei Morde, dann ebenso viele Entführungen? Einerseits ein schrecklicher Gedanke, der ihr die Zuversicht raubte. Andererseits wären sie kampferfahrene Gegner. Wenn es nur einem von ihnen gelänge, sich zu befreien, hätten sie schnell eine schlagkräftige Allianz zusammen.

Oder hatte sich der Mistkerl jemand anderen geschnappt?

Automatisch dachte sie an Jonah. Konnte das seine Stimme gewesen sein? Er hatte ihr das Ende des Auftrags für den Zeitpunkt angekündigt, als der Countdown ablief. Es wäre also nicht ausgeschlossen, dass er zum falschen Moment zu Hause aufgetaucht und dem Entführer in die Hände gefallen war.

Kraft zwang sich, tief einzuatmen. Sie hatte das Gefühl, losschreien zu müssen, um nicht den Verstand zu verlieren. Doch die Wärterin sollte in ihr keine Gefahr sehen – bis sie ihren Irrtum einsehen müsste.

15

Punkt vierzehn Uhr startete eine Videokonferenzschaltung mit zwei LKA-Hauptkommissaren, die in Düsseldorf die Leitung übernommen hatten. Sie stellten sich kurz als Hauptkommissar Ulrich Taffertshofer und Oberkommissar Janis Röser vor. Taffertshofer hatte nicht nur den höheren Dienstgrad, sondern war auch der Wortführer.

»Im Rahmen der technischen Möglichkeiten haben wir den Status der Handys unserer Kollegen geprüft. Das Mobiltelefon von Greger ist seit acht Uhr morgens ausgeschaltet, nachdem es davor stundenlang in derselben Funkzelle eingebucht war. Das Gerät von Sickinger ist ein paar Minuten vorher offline gegangen, war allerdings zuvor ebenfalls in der Funkzelle, in der sich auch Gregers Telefon befand.«

»Wohnen die beiden nah beieinander?«, fragte Drosten.

»Nein. Sie leben in Düsseldorf über fünfzehn Kilometer voneinander entfernt.«

»Also scheint Sickinger am Sonntagmorgen auf dem

Weg zum Kollegen gewesen zu sein«, schlussfolgerte Sommer. »Kurz darauf buchen sich die Handys aus. Ungewöhnlich.« Er musste gar nicht laut aussprechen, was er dachte.

Taffertshofer nickte. »Finden wir auch. Wir sind sehr gespannt, welche Erklärung dahintersteckt.«

»Wissen Sie, wo das Telefon zuvor eingebucht war? Zum Beispiel gegen zwei Uhr morgens?«, fragte Drosten.

»In der Funkzelle, die Sickingers Wohnung zugeordnet ist«, gab ausnahmsweise Röser die Antwort.

»Hat es vor dem Ausschalten Anrufe zwischen den Kollegen gegeben? Oder wurden überhaupt ausgehende Telefonate von einer der Nummern vermerkt?«, fuhr Drosten fort.

»Nein«, antwortete der Düsseldorfer Hauptkommissar. »Wir haben zwei SEKs in Stellung gebracht, die sich Zutritt zu den Wohnungen der Kollegen verschaffen. Beziehungsweise, um es zu konkretisieren, zu Gregers Haus und Sickingers Wohnung.«

»Für wann ist das geplant?«, erkundigte sich Sommer.

»Janis und ich brechen nach dieser Videoschalte direkt auf, um die Einsätze vor Ort zu koordinieren. Die jeweils vierköpfigen Teams sind schon bei den Adressen eingetroffen und sondieren die Lage.«

»Dann wollen wir Sie nicht weiter aufhalten«, sagte Drosten. »Geben Sie uns bitte sofort Bescheid, sobald Sie Neuigkeiten haben?«

»Selbstverständlich. Aber was halten Sie davon, wenn wir einen festen Termin ausmachen? Dann sind wir flexibler. Achtzehn Uhr?«

»Okay«, sagte Drosten. »Sollte sich bei Ihnen jedoch Ungewöhnliches zutragen ...«

»... hören Sie früher von uns«, versprach Taffertshofer. »Bis dann!«

Die Videoverbindung brach ab. Sommer und Drosten schlossen das Programm, über das sie konferiert hatten.

»Du weißt, wonach das aussieht, oder?«, vergewisserte sich Sommer.

»Natürlich. Wieso befindet sich Sickingers Handy in der Nähe von Gregers Zuhause? Das wirkt verdammt verdächtig.«

»Andererseits war es nachts in der Funkzelle, die seiner Wohnung zugeordnet ist. Und nicht irgendwo in Wiesbaden.«

»Er könnte das Telefon nachts zu Hause gelassen haben«, erwiderte Drosten. »Das gefällt mir alles gar nicht.«

* * *

Eine halbe Stunde später erhielt der im KEG-Büro sitzende Wiesbadener Hauptkommissar Jensen einen Anruf seines Kollegen Glanz. Der hatte Kontakt zur Schwester des verschwundenen Jonah Kremer hergestellt und mit ihr ein Treffen im Wiesbadener Präsidium ausgemacht. Jensen bot einem der KEG-Beamten an mitzukommen. Sommer überließ Drosten den Vortritt. Gemeinsam mit Jensen machte der sich auf den Weg.

In dem Präsidium saß die Enddreißigerin und trank einen Kaffee. Jemand hatte ihr einen Donut besorgt, von dem sie zumindest ein Stück abgebissen hatte. Sie wirkte beunruhigt.

Die beiden neu hinzugestoßenen Männer stellten sich vor.

»Ihr Bruder führt seit einigen Monaten eine Beziehung mit meiner Mitarbeiterin Verena Kraft. Wissen Sie darüber Bescheid?«

Britta Thiede, die vor Jahren bei der Hochzeit den Nachnamen ihres Ehemanns angenommen hatte, lächelte warmherzig. »Klar. Ich habe Verena schon dreimal privat getroffen. Marvin, mein Sohn, ist total begeistert von ihr. Besonders überzeugt ihn ihr Filmgeschmack. Den er viel cooler als den seiner Mutter findet.«

»Hauptkommissarin Kraft wurde entführt«, sagte Glanz.

»Oh mein Gott! Verena auch? Warum haben Sie mir das bisher verschwiegen? Was ist da in dem Haus letzte Nacht passiert?«

»Ich sag's Ihnen doch jetzt«, entgegnete Glanz. »Die Spuren in Hauptkommissarin Krafts Wohnung sind eindeutig. Es gab einen Kampf, den die Kollegin offenbar verloren hat. Da Ihr Bruder ebenfalls nicht anzutreffen ist, schließen wir einen Zusammenhang nicht aus. Was wissen Sie über seinen gestrigen Auftrag?«

»Was wollen Sie wissen?«

»Das klingt ja, als wüssten Sie darüber genau Bescheid«, wunderte sich Drosten.

»Das sollte ich, oder? Jonah beschäftigt mich auf Minijobbasis. Wenn er wegen eines Auftrags das Telefon ausgeschaltet hat, leitet er auf meine Handynummer um. Ich organisiere auch gelegentlich Kleinigkeiten für seine Kunden. Zum Beispiel, wenn die sich Blumenarrangements wünschen. Dafür hat Jonah als Mann einfach kein Händchen.«

»Wie hieß sein gestriger Auftraggeber?«

»Clarence Stone. Ein Stammkunde. Lebt in New

York, hat aber regelmäßig in Frankfurt zu tun. Jonah wird mindestens fünfmal im Jahr von ihm gebucht.«

»Worin besteht die Aufgabe Ihres Bruders?«, fragte Jensen.

»Er holt ihn vom Flughafen oder vom Hauptbahnhof ab und fährt ihn zu seinem Termin. Für gestern musste er eine Restaurantbuchung organisieren, die sich dann zeitlich nach hinten verschoben hat. Ob Stone nach dem Geschäftstermin in eine Bar gehen wollte, weiß ich nicht. Die beiden verstehen sich ziemlich gut. Nicht ausgeschlossen, dass Jonah mitgegangen ist.«

»Ist dieser Clarence Stone noch in Deutschland?«, fragte Jensen.

»Bis Ende der Woche. Am Dienstag hat er Jonah erneut gebucht.«

»Können Sie bei ihm nachfragen, ob gestern etwas Ungewöhnliches passiert ist?«

Britta Thiede nickte sofort. Sie nahm ihr Handy aus der Handtasche heraus und scrollte durch die geschäftlichen Kontakte. »Jonah hat mir für den Job ein Smartphone gekauft, in das man zwei SIM-Karten legen kann«, erklärte sie geistesabwesend. »Auf einer sind all seine geschäftlichen Nummern hinterlegt. Ah! Da ist sie!« Thiede räusperte sich, bevor sie die Verbindung aufbaute.

Es dauerte nicht lange, bis sich ihr Gesprächspartner meldete. »Mr. Stone. Hier spricht Britta Thiede, die Schwester von Jonah Kremer. Ich bin gerade bei der Polizei, weil mein Bruder verschwunden ist. Darf ich den Lautsprecher einschalten?«

Sie hörte kurz zu, ehe sie nickte und das Telefon auf den Schreibtisch legte. Dann aktivierte sie die Mithörfunktion.

»Jetzt können wir Sie alle hören.«

»Verschwunden?«, erklang eine stark akzentuierte Stimme. »Was bedeutet das?«

»Guten Tag, Mr. Stone. Ich bin Hauptkommissar Glanz. Frau Thiede hat uns schon informiert, dass Sie gestern Abend die Dienste von Herrn Kremer in Anspruch genommen haben. Leider ist Herr Kremer derzeit unauffindbar, und sein Verschwinden steht eventuell im Zusammenhang mit einem ähnlich gelagerten Fall.«

»Oh je«, sagte der Amerikaner. »Das klingt bad.«

»Ist gestern Abend etwas Ungewöhnliches vorgefallen?«, fragte Glanz.

»Anfangs nicht«, antwortete Jonahs Kunde. »Er hat mich zur vereinbarten Zeit vom Hauptbahnhof abgeholt, und wir plauderten auf dem Weg zum Restaurant. Ich bin großer Fan Ihrer Fußballbundesliga. Die Eintracht ist mein Favorit, seit Jonah letztes Jahr Karten besorgt hatte. Wir redeten über den bisher schlechten Saisonverlauf. Very bad. Dann kamen wir beim Restaurant an. Als mein Termin um Viertel vor eins zu Ende war, wartete Jonah an der Stelle, an der ich ausgestiegen war. Ich fragte ihn, ob wir noch gemeinsam in der Hotelbar etwas trinken wollten, aber er entschuldigte sich wegen headache ... Kopfschmerzen.«

»Kopfschmerzen?«, vergewisserte sich Glanz.

»Genau. Ich war überrascht, denn die hatte er zuvor gar nicht erwähnt. Mit Jonah kann man gut nach solchen Terminen etwas trinken. Ich war traurig, aber letztlich war das kein Problem. Also verabschiedeten wir uns. Was ist danach passiert?«

»Das versuchen wir herauszufinden. Hat er Sie am

Hotel abgesetzt, oder waren Sie noch an einem anderen Ort?«

»Nein. Am Hotel.«

»Wie spät war es da?«

»Nach ein Uhr. Vielleicht zehn Minuten nach eins? Oder eher fünfzehn Minuten später«

»Sagen Sie uns den Namen des Restaurants und in welchem Hotel Sie untergekommen sind?«

Stone gab ihnen beide Informationen. Drosten schaute Jensen über die Schulter, der den Restaurantnamen in Google Maps eingab und die Strecke zum Hotel berechnen ließ. Zeitlich konnten die Angaben des Amerikaners passen. Hotel und Restaurant lagen in weit entfernten Stadtteilen. Eine annähernd halbstündige Anfahrt war nicht unwahrscheinlich, selbst in der Nacht.

»Hat er bei Ihrer Verabschiedung beunruhigt gewirkt? Oder gehetzt?«

»Nein. Er war nur ein bisschen stiller als sonst.«

»Das war's schon, was wir wissen wollten. Vielen Dank, Mr. Stone.«

»You're welcome«, antwortete der Mann. »Frau Thiede, informieren Sie mich? Ich muss mich ansonsten wegen Dienstag um einen Chauffeur kümmern. Aber lieber wäre mir Ihr Bruder.«

»Das mache ich, Mr. Stone. Wir hören voneinander.«

»Goodbye.« Der Amerikaner beendete das Gespräch.

»Sind Sie jetzt schlauer?«, fragte Thiede.

»Klagt Ihr Bruder öfter über Kopfschmerzen?«, erkundigte sich Drosten.

»Nein. In unserer Familie habe nur ich damit Probleme, er nicht.«

. . .

Fünf Minuten später verließ Britta Thiede das Präsidium. Jensen begleitete sie nach draußen. Kaum hatte sich die Tür hinter den beiden geschlossen, kam Glanz auf den wichtigsten Aspekt ihrer neuen Erkenntnis zu sprechen.

»Wenn Kremer um Viertel nach eins Stone am Hotel abgesetzt hat ...«

»... hätte er es bis zum Ablauf des Countdowns zurück nach Wiesbaden geschafft«, führte Drosten den Gedanken zu Ende.

»Also könnte er dem Entführer Ihrer Kollegin in die Quere gekommen und deswegen jetzt selbst in dessen Gewalt sein.«

»Oder er ist der Entführer, weshalb er Stones Einladung ausgeschlagen hat, um den Countdown einzuhalten«, brachte Drosten eine zweite Erklärung vor. Kaum hatte er sie ausgesprochen, schüttelte er unzufrieden den Kopf. »Ergibt das Sinn? Nehmen wir an, Kremer ist unser Täter. Wieso sollte er dann einen Auftrag annehmen, von dem er nicht weiß, wann der endet? Das ist unlogisch.«

»Sehe ich genauso«, bestätigte Glanz. »Für mich klingt die erste Variante viel wahrscheinlicher.«

Drosten schaute auf seine Uhr. Ob Lukas schon eine Rückmeldung des LKA erhalten hatte?

16

Taffertshofer leitete den Einsatz in dem Haus, in dem Hauptkommissar Greger lebte. Das Einfamilienhaus lag in einer verkehrsberuhigten Spielstraße. Eine ungewöhnliche Wahl für einen Mann, dessen Ehefrau mit den beiden Kindern schon vor vielen Jahren nach Spanien zu ihrem neuen Partner ausgewandert war. Das hatte Taffertshofer zumindest bei Gesprächen mit Kollegen herausgefunden, die Greger persönlich kannten. Der Personalakte zufolge war er vor drei Jahren hierhin umgezogen. Wenn sich der Einsatz in Wohlgefallen auflösen würde, müsste Greger ihm Rede und Antwort stehen. Wieso zog ein Alleinstehender in ein Familienviertel?

In der Straße lagen auf beiden Seiten jeweils bloß sechs Häuser. Dem Team, das über eine Stunde die Gegend sondiert hatte, war nichts aufgefallen. In der ganzen Zeit hatten nur zwei Kinder draußen Ball gespielt. Trotz des stabilen Hochdruckwetters war an diesem Sonntag nicht viel los.

»Das Haus verfügt über eine kleine Terrasse. Allerdings sind die Außenjalousien herabgelassen«, erklärte der Leiter des SEK. »Der Kollege hat vermutlich dank seiner Berufserfahrung die bestmögliche Variante der Außenjalousien gewählt. Absolut einbruchssicher. Ein Zugriff von zwei Seiten ist also nicht gleichzeitig möglich. Wir gehen über den Hauseingang rein.«

»Dann vertrödeln wir keine Zeit mehr.« Taffertshofer zog an der unbequemen, schusssicheren Weste, die für solche Einsätze vorgeschrieben war. Zwar würde er dem SEK den Vortritt lassen, dem letzten Mitglied des vierköpfigen Teams jedoch unmittelbar folgen.

Der Einsatzleiter gab den Startbefehl. Der Mannschaftswagen rollte in die verkehrsberuhigte Zone und hielt vor der Haustür. Die Männer sprangen heraus, zwei von ihnen trugen eine Ramme.

»Zugriff!«

Die Einsatzkräfte benötigten drei Schläge, um die Haustür aufzubrechen. Taffertshofer wartete ein paar Sekunden im Wagen und betete still, nicht die Leiche des Kollegen vorzufinden.

Lukas Sommer musterte in seiner Motorradkleidung die Umgebung. Er hatte beschlossen, nicht untätig in Wiesbaden zu warten, während ihnen die Zeit zwischen den Fingern zerrann. Also war er zurück nach Hause gefahren. Aber statt in die Familienwohnung zurückzukehren, hatte er die angemietete Garage aufgesucht, in der sein nur noch selten benutztes Motorrad stand. Er hatte sich die an einem Haken hängende schwarze Lederkombi angezogen und den Helm übergestreift. Von der Garage war es bloß ein viertelstündiger Weg zu Kenny Green.

Sommer hatte lange überlegt, ob er ohne Roberts Rückendeckung hier auftauchen sollte. Wahrscheinlich wäre sein Partner gegen die Stippvisite gewesen. Zum jetzigen Zeitpunkt gab es keine Chance auf einen Durchsuchungsbeschluss. Trotzdem hatte Sommer das Gefühl, der richtigen Spur zu folgen. Er musste zumindest einen Eindruck für Greens neue Lebensumstände gewinnen. Schließlich war es nicht verboten, einen fremden Garten zu betreten, solange man nicht von dem Grundstücksbesitzer verwiesen wurde.

Sommer ging auf das Haus zu. Vielleicht fand er eine Möglichkeit, durch ein Fenster oder eine Terrassentür ins Innere zu schauen.

* * *

Taffertshofer fotografierte mit der Kamera seines Smartphones die beunruhigenden Eindrücke, die sich ihm in der Küche boten. Im restlichen Haus wirkte alles normal – inklusive des nicht gemachten Betts, in dem anscheinend in der Nacht jemand geschlafen hatte. Die Küche hingegen zerstörte das Gesamtbild. Einer der insgesamt vier Stühle am Tisch war umgekippt. Auf einem Teller lag ein nicht zu Ende gegessenes Brot, der daneben stehende Kaffeebecher war noch halbvoll. Auch in der ausgeschalteten Filterkaffeemaschine war genug Kaffee für mindestens zwei weitere Tassen.

Was hatte das zu bedeuten?

Der Einsatzleiter trat zu ihm in den Raum. »Genauere Ergebnisse zeigt vermutlich erst eine Laboruntersuchung, aber die Haustür weist keine erkennbaren Einbruchspuren auf.«

Taffertshofer dachte an die Auswertung der Handy-daten. Gregers Mobiltelefon hatte sich die ganze Nacht in seiner Heimatlocation eingebucht – bis es ausgeschaltet worden war. Das Handy von Gregers Partner Sickinger hingegen hatte sich am Morgen der aktuellen Position genähert. Zu einem Zeitpunkt, zu dem Greger durchaus gefrühstückt haben könnte.

»Scheiße«, murmelte Taffertshofer leise.

»Denkst du das Gleiche wie ich?«

»Nehmen wir an, Greger wurde ebenfalls entführt. Wirkt dann nicht alles so, als sei eine ihm sehr vertraute Person der Täter? Haben die beiden vielleicht sogar noch gemeinsam gefrühstückt?«

Taffertshofers Blick fiel auf die geschlossene Spülma-schine, die sie bislang nicht beachtet hatten. Er öffnete die Klappe. In der Maschine waren lediglich ein Teller, ein Kaffeebecher und ein Messer. Der Hauptkommissar holte den Becher heraus.

»Frisch gespült«, sagte er. »Ob der Kollege die Sachen nach dem Spülvorgang in der Maschine stehen lässt?«

»Dafür wirkt es hier zu aufgeräumt«, entgegnete der Einsatzleiter. »Dann müsste sich irgendwo das benutzte Geschirr stapeln.«

Taffertshofer nickte. »Oder jemand hat die Maschine angestellt, um eventuelle DNA-Spuren zu beseitigen. Ich fürchte, Greger steckt in Schwierigkeiten. Haben wir schon etwas von dem Team gehört, dass für Sickingers Wohnung zuständig ist?«

* * *

Lukas Sommer presste die Stirn an die Glasscheibe und schirmte mit den Händen die Augen ab. Green hatte den Vorhang bloß halb zugezogen, was Sommer einen Blick ins Wohnzimmer ermöglichte. Er bemerkte nichts Ungewöhnliches.

Er trat von der Tür weg und schaute sich um. Würde man in einer solchen Gegend Menschen festhalten können? Sommer dachte automatisch an das Gefängnis von Carla Holtzmann und ihrem Bruder. Der Entführer hatte sie ebenfalls in seinem freistehenden Haus gefangen gehalten. Jahrelang. Dafür hatte er den Keller ausgebaut.

Green hätte allerdings spontaner gehandelt. Keine monatelangen Planungen betrieben. Wäre es sinnvoll, die Nachbarn zu befragen? Könnten sie in den letzten Wochen etwas bemerkt haben, was auf die Vorbereitung für eine Entführung hindeutete? Eher unwahrscheinlich. Außerdem wusste Sommer nicht, welches Verhältnis Green zu den Nachbarn pflegte. Es könnte dem ehemaligen Gangmitglied zu Ohren kommen, dass er die Nachbarschaft nach ihm ausgefragt hatte.

Sommer registrierte ein röhrendes Motorengeräusch. Kehrte Green nach Hause zurück? Er hatte schon früher ein Faible für getunte Autos besessen. Hektisch schaute sich Sommer um.

* * *

Sickinger lebte in einer Dreizimmerwohnung. Aufgeteilt hatte er es in Wohn- und Schlafzimmer, außerdem nutzte er einen Raum als persönliches Trainingsstudio. Eine Hantelbank, diverse Kurz- und Langhanteln sowie ein an der Decke hängender Boxsack befriedigten die grundlegenden Bedürfnisse eines Kraftsportfans.

Nichts in der Wohnung deutete auf ungewöhnliche Umstände hin. Keine Kampfspuren, keine ausgeprägte Unordnung. Das Gesamtbild war stimmig. Der Junggeselle hatte sogar das Bett gemacht.

Janis Röser informierte seinen Partner telefonisch über die Erkenntnisse der Wohnungsdurchsuchung. So erfuhr er von den Spuren, die man bei Greger gefunden hatte.

»Das klingt nicht gut«, pflichtete er Taffertshofer bei.

»Aber in Sickingers Wohnung gibt es keine Hinweise?«, vergewisserte sich Taffertshofer. »Habt ihr auch den Keller durchsucht?«

»Bislang noch nicht. Wir müssen erst mal herausfinden, welcher Kellerraum seiner ist.«

»Mach das! Und meld dich wieder. Ich fürchte, wir müssen Sickinger zur Fahndung ausschreiben. Aber du weißt, was das für ihn bedeutet, falls er unschuldig ist. Etwas bleibt immer hängen.«

»Wir beeilen uns.«

Röser beendete das Telefonat. Er berichtete dem Einsatzleiter des hiesigen Teams, was die Kollegen vorgefunden hatten. Dann trat er in die Diele. In einem kleinen Schrank hingen diverse Schlüssel.

»Manchmal muss man Glück haben«, sagte er erfreut, als er auf einem weißen Anhänger das Wort Keller las.

Er schnappte sich den Schlüssel und ging mit dem Einsatzleiter und einem weiteren Teammitglied ins Kellergeschoss. Am dritten Schloss waren sie erfolgreich. Die Tür schwang nach innen auf. Von der Decke baumelte eine nackte Lampe, die Röser anschaltete. Sickinger bewahrte hier unten hauptsächlich verschiedene Getränkevorräte auf. Wasser, Softdrinks, Bier.

Außerdem lagen in einem offenen Regal diverse Werkzeuge. In einer Ecke des Raums stand ein geschlossener Schrank, an dem ein kleines Schloss hing. Röser zerrte daran.

»Haben wir einen Bolzenschneider dabei?«, fragte er den Einsatzleiter.

»Im Fahrzeug.« Der Mann wandte sich seinem Teammitglied zu. »Malik, holst du ihn?«

Der Angesprochene nickte und verließ den Raum.

Röser wackelte an dem schmalen Schrank. Im Inneren klapperte es leicht. Was lagerte Sickinger darin?

* * *

Green betrat das Wohnzimmer. Wie immer, wenn er die Nacht oder sogar einen längeren Zeitraum nicht zu Hause verbracht hatte, hing ein abgestandener Geruch in der Luft. Nancy zog ihn wegen seines vermeintlichen Lüftungswahns gerne auf. Ihr zufolge bildete er sich den Geruch bloß ein. Ob das eine Folge seiner Zeit im Gefängnis war? Oder besaß er eine sensiblere Nase?

Er trat an die Terrassentür und schob den Vorhang auf. Plötzlich hielt er verwirrt inne. Was war das?

Green legte den Türgriff um und öffnete die Tür. Er schritt über die Schwelle und schaute sich den Fleck genauer an. Außen an der Glastür bemerkte er Spuren, die dort nicht hingehörten. Sie waren ungefähr in Kopfhöhe und wirkten so, als habe jemand einen Körperteil dagegen gedrückt.

Er blickte hektisch umher. Auf der Terrasse hielt sich niemand auf. Kritisch nahm er den Rasen in Augenschein, der an die Terrassenfliesen grenzte. Zahlreiche

Grashalme waren plattgedrückt. Es gab keinen Zweifel. Jemand hatte sich von hinten dem Haus genähert und versucht, ins Innere einzudringen. Oder zumindest hineinzusehen.

Er nahm die Geräusche eines startenden Motorrads wahr. Green rannte um das Haus herum. Als er die Straße erreichte, war von dem Motorrad nichts mehr zu sehen.

* * *

Der Bolzenschneider zertrennte den Bügel des Vorhängeschlosses. Röser riss die Schranktür auf.

»Wow!«, sagte der Einsatzleiter. »Was hat das zu bedeuten? Sammelt der Kollege Sickinger Schrott?«

»Das ist kein Schrott«, widersprach Röser.

»Elektroschrott. Die alten Dinger sind für nichts mehr zu gebrauchen. Aus welchem Jahr stammen die? Ende der Neunziger? Wieso verschließt er die in einem Schrank?«

Röser griff zu seinem Smartphone und aktivierte in der Kamera-App zunächst das Blitzlicht. Dann schoss er drei Fotos.

»Der Täter hat an bislang zwei Tatorten einen Countdown hinterlassen«, erklärte er.

»Das habe ich gelesen. Und?«

»Der Countdown läuft an solchen alten Mobiltelefonen ab. Ich bin sicher, sie sind noch funktionsfähig, wenn man sie mit dem Stromnetz verbindet.«

»Das darf nicht wahr sein.«

Röser musterte die drei alten Telefone in dem Regal. Im Fach darüber lagen die dazugehörigen Ladekabel.

»Wir brauchen die Spurensicherung hier. Die sollen die Geräte nach Fingerabdrücken absuchen.«

Er verließ den engen Kellerraum und wählte Taffertshofers Telefonnummer.

17

Wegen der dramatischen Entwicklung in Düsseldorf startete die für achtzehn Uhr angesetzte Videokonferenzschaltung mit dem LKA zwei Stunden früher. Drosten und Sommer hörten zunächst gebannt zu, was die Kollegen aus NRW zu berichten hatten. Ihre eigenen Erkenntnisse konnten vorläufig warten.

»Die Spurenlage ist eindeutig«, sagte Taffertshofer. »Die Handys, die wir im Kellerschrank gefunden haben, entsprechen exakt dem Modell, das in Koblenz und in Wiesbaden am Tatort hinterlegt war. Wir fragen uns, wie ein junger Kerl wie Sickinger an solche Geräte kommt. Als die modern waren, steckte der Kommissar maximal in der Pubertät.« Taffertshofer strich sich erschöpft übers Gesicht. »Außerdem beschäftigt uns der Punkt, wofür er drei weitere Modelle benutzen wollte. Na ja. Zumindest kann er mit diesen Telefonen keinen Countdown mehr ankündigen.«

»Die Basisstation hat Sickingers SIM-Karte vor dem Ausschalten des Handys in der Funkzelle erfasst, die

Gregers Haus abdeckt. Daher erscheint uns folgender Ablauf realistisch: Der Kommissar fährt in der Nacht nach Wiesbaden und bringt um zwei Uhr morgens Ihre Kollegin in seine Gewalt. Das spurlose Verschwinden des Nachbarn deutet darauf hin, dass der Mann Sickinger in die Quere gekommen ist. Der Kommissar wird ihn entweder ebenfalls entführt oder im schlimmsten Fall sogar schon getötet haben.«

»Sagen Sie so etwas nicht«, brummte Drosten. »Wir haben übrigens Informationen, wie genau Kremers Termin Samstagabend abgelaufen ist. Er hat seinen Kunden nachts gegen Viertel nach eins am Hotel in Frankfurt abgesetzt. Er hätte etwa um zwei Uhr in Wiesbaden sein können.«

»Jonah Kremer passt nicht ins Opferschema«, sagte Röser. »Er ist kein Polizist. Ich würde nicht darauf wetten, dass er noch lebt. Na ja. Hoffen wir das Beste. Weiter im Text. Sickinger verschleppt das oder die Opfer zu seinem Versteck und bricht frühmorgens zu Greger auf. Der öffnet seinem Kollegen nichtsahnend; vermutlich, während er frühstückt. Vielleicht haben sie sogar gemeinsam gegessen. Dann schlägt Sickinger erneut zu und überwältigt Greger.«

»Aber natürlich lassen wir auch zwei andere Varianten der Ereignisse nicht außer Betracht«, ergänzte Taffertshofer. »Sickinger könnte wie Greger ein Opfer sein, und der wahre Täter hat absichtlich Spuren gelegt, die auf Sickinger hindeuten. Oder es hat sich genau umgekehrt zur ersten Version zugetragen und Greger ist der Täter. Ihm wäre es sicher leichter gefallen, diese falschen Spuren zu legen als einem gänzlich Fremden. Für die vierte Alternative, dass die beiden Beamten zusammenarbeiten und gemeinsam Ihre Kollegin entführt haben, fehlt momentan jeglicher Ansatzpunkt. Deshalb berücksichtigen wir das derzeit nicht weiter in unseren Überlegungen.«

»Trotzdem wollen wir uns nichts vormachen«, sagte Röser. »Es deutet alles auf Constantin Sickinger hin.«

»Wie gehen Sie jetzt vor?«, fragte Drosten. Er hoffte, die LKA-Beamten würden von allein die richtige Antwort geben. Er wollte sie nicht bedrängen.

»Wir haben hier in Düsseldorf ein ähnliches Problem wie Sie in Wiesbaden«, sagte Taffertshofer. »Mindestens ein Kollege wurde entführt, ein anderer ist der Hauptverdächtige. Das LKA ist involviert, wir dürfen die Ermittlungen nicht leiten. Die Kripo Düsseldorf muss in den Fall einbezogen werden.«

Drosten atmete erleichtert aus. Zumindest zogen die Kollegen die notwendigen Schlussfolgerungen. Trotzdem gefiel ihm ihr Vorhaben nicht. »Dann haben wir eine weitere Dienststelle, die ins Bild gesetzt werden muss und mitentscheidet. Uns läuft die Zeit davon. Deswegen habe ich einen anderen Vorschlag.«

»Sie wollen die Ermittlung hier in Düsseldorf übernehmen«, vermutete Taffertshofer.

Drosten nickte.

»Robert«, sagte Sommer. »Können wir darüber kurz reden?«

Überrascht schaute Drosten zur Seite.

Sommer und Drosten verließen das Büro und unterhielten sich im Gang vor der Tür.

»Wenn wir jetzt nach Düsseldorf aufbrechen, lassen wir Green zu sehr aus den Augen. Weder Glanz noch Jensen dürfen in Frankfurt ermitteln. Also müsste das

Frankfurter Präsidium hinzugezogen werden. Dann könnten wir gleich vor Ort bleiben und die Düsseldorfer Kriminalpolizei einbeziehen.«

»Hältst du Green für einen potenziellen Verdächtigen?«

»In seinem Haus kann man garantiert zwei oder drei Menschen verstecken.«

»Ich halte es für unwahrscheinlich, dass Greger und Sickinger Opfer sind«, wandte Drosten ein.

»Ich auch. Trotzdem will ich Green auf den Pelz rücken. Fahr du allein nach Düsseldorf. Wenn du Hilfe brauchst, wird dir Peter Stenzel garantiert zur Seite stehen. Der wäre eh fast einer von uns geworden.«

Drosten runzelte die Stirn. Die Idee besaß Charme. Aber würde sich das LKA auf Stenzels Beteiligung einlassen?

* * *

Kenny Green brütete an seinem Schreibtisch über einem technischen Problem, das in den letzten Wochen vermehrt aufgetreten war und ihn Einnahmen gekostet hatte. Als es an der Tür klingelte, wechselte er überrascht zu dem Bild der Videoanlage, die mit seinem PC verbunden war. Draußen wartete der minderjährige Nachbarsjunge Leon. Der 17-Jährige wohnte mit seinen extrem konservativen Eltern im Nachbarhaus. Leons Vater und Mutter waren beide im Bankensektor tätig. Sie kümmerten sich wenig um ihr einziges Kind, da sie regelmäßig bis spätabends arbeiteten. Immer wenn Green Leon auf der Straße traf, zeigte der unverhohlene Bewunderung für Greens Sportwagen. Manchmal plauderten sie eine Weile miteinander. Green war es nicht verborgen geblieben, dass Leon gern auf dem zu seinem Zimmer gehörigen Balkon stand, sobald sich Nancy fast unbekleidet im Garten sonnte. Dieses Vergnügen gönnte er dem Jungen, der offensichtlich unter dem Desinteresse seiner Eltern litt, von ganzem Herzen.

Green ging zur Haustür und öffnete sie.

»Hi, Leon. Was verschafft mir die unerwartete Ehre?«

»Hallo, Herr Green.«

»Wie oft muss ich dir noch sagen, dass du mich duzen sollst. Komm rein!«

Er ging in die Küche und holte aus dem Kühlschrank zwei Flaschen Fritz-Kola, die er mit einem Flaschenöffner entkorkte. Der Nachbarsjunge wirkte so, als würde ihn etwas beschäftigen. Eine nette Geste lockerte hoffentlich seine Zunge.

»Danke«, sagte Leon und trank einen Schluck.

»Was willst du hier?«

»Ich war vorhin auf dem Balkon«, begann Leon.

»Nancy hat heute leider keine Zeit. Sie erledigt außerhalb etwas für mich«, erwiderte Green grinsend.

Der 17-Jährige wurde knallrot.

»Hey, alles gut. Ich kann dich verstehen. Halbnackte Frauen zu beobachten macht schon Spaß. Du weißt ja, wie ich mein Geld verdiene.«

Der Junge nickte. »Wenn ich achtzehn bin und eine Kreditkarte habe, werde ich Ihr, äh dein Kunde«, versprach er.

»Was hast du auf dem Balkon gemacht?«

»Eine Beobachtung.« Leon zog das Handy aus der Hosentasche. »Als du nicht da warst, hat sich ein Typ in Motorradkleidung angeschlichen. Und dann hab ich ein paar Minuten später gesehen, wie du ums Haus gerannt bist. Ich konnte bloß nicht sofort herkommen, weil meine

Eltern erst gerade eben zum Golfplatz gefahren sind. Die sollen nichts von unserem engen Kontakt wissen.«

»Hast du den Mann fotografiert?«, fragte Green hoffnungsvoll.

Leon nickte. Er hantierte an seinem Smartphone. »Einmal habe ich ihn sogar von vorne erwischt. Kennen Sie ihn?«

Green kommentierte nicht, dass Leon wieder ins Siezen verfiel. Er nahm dem Jungen das Handy ab und vergrößerte das Foto.

»Dieser Mistkerl!«

»Sie, äh, du kennst ihn«, stellte Leon fest.

»Allerdings.«

Es gab keinen Zweifel. Der Mann, der sich von außen gegen die Glasscheibe gepresst hatte, war Lucky Hertz. Beziehungsweise Lukas Sommer, wie er mit richtigem Namen hieß. Seit ihrer gemeinsamen Zeit in der Gang war er nur wenig gealtert.

»Hast du ihn erwartet? Wart ihr verabredet?«, erkundigte sich Leon.

»Ganz im Gegenteil.« Green wischte durch die weiteren Fotos, die Leon geschossen hatte. Bis er auf das Bild einer nackten Schönheit stieß. »Ich hoffe, du lässt das Handy nie irgendwo rumliegen«, sagte Green und hielt ihm das Display vors Gesicht.

Wieder lief der Junge knallrot an. »Nein, das ist passwortgeschützt.«

»Wer ist das?«, fragte Green.

Leon zögerte kurz. »Niemand, den ich kenne. Leider. Aber ich habe einem Freund gegenüber behauptet, das wäre meine Freundin.« Beschämt senkte er den Kopf.

»Leon, du gefällst mir. Du bist ein Klassetyp. Leitest

du mir die Fotos weiter?« Er nannte ihm seine Handy-nummer. Dann stand er auf. »Ich bin gleich wieder da.«

Er ging in sein Arbeitszimmer und holte aus einer Schreibtischschublade eine Visitenkarte, die er gelegentlich zu Werbezwecken verteilte. Auf dem Weg zurück brummte bereits sein Handy.

»Ich hab's geschickt«, sagte Leon.

Green überprüfte den Eingang. »Perfekt! Damit hilfst du mir sehr! Und ich habe eine Belohnung für dich.« Er schob dem Jungen die Karte zu.

»Was ist das?«, fragte Leon neugierig.

»Darauf befinden sich Zugangsdaten zu meiner Webagentur. Mit denen kannst du dir auch ohne eigene Kreditkarte einen Account anlegen. Der vierzehnstellige Code gibt dir ein Guthaben von einhundertzwanzig Minuten.«

Der Junge sah ihn strahlend an. »Echt?«

»Lass dich nicht von deinen Eltern erwischen. Schließ am besten deine Zimmertür ab, wenn du online bist. Sag Bescheid, sobald dein Guthaben leer ist. Wir werden uns bestimmt einig. Die Hilfe von cleveren Männern wie dir kann ich immer gebrauchen.«

»Wow! Danke! Hammer!« Hastig steckte Leon die Karte ein.

»Und jetzt entschuldige mich. Ich muss arbeiten.«

Sofort sprang er auf. »Na klar! Wir sehen uns! Bis bald!« Eilig verließ der Nachbarsjunge die Küche. Sekunden später fiel die Haustür zu.

Green starrte auf das Foto, das Lucky von vorn zeigte. »Wenn du Krieg haben willst, kannst du ihn haben«, zischte er hasserfüllt. »Ich verspreche dir, es wird sehr blutig, du verdammte Ratte!«

* * *

Nach der Videokonferenz packte Drosten die benötigten Sachen in seine Aktentasche.

»Willst du dich nicht bei Stenzel ankündigen?«, fragte Sommer.

»Ich rufe ihn von unterwegs an«, entgegnete Drosten. »Du kennst ihn mittlerweile auch. Er wird mir den Wunsch nicht abschlagen. Und falls sein Vorgesetzter morgen Stress macht, darf Karlsen das klären.«

»Okay, mein Freund«, sagte Sommer. »Dann werden wir wohl die nächsten Tage getrennt voneinander ermitteln. Irgendwie habe ich das Gefühl, du wirst mir fehlen.«

Drosten hielt beim Packen inne und trat um den Schreibtisch herum. »Wir müssen Verena unversehrt finden. Das sind wir ihr schuldig.«

»Ich weiß. Noch haben wir zwei Tage Zeit.«

Die beiden Männer nahmen sich in den Arm.

»Pass auf dich auf«, brummte Drosten.

»Ich mache mir mehr Sorgen um dich«, erwiderte Sommer. »Wer soll dich retten, wenn ich nicht da bin?«

Fünf Minuten später fuhr Drosten nach Hause. Er musste seiner Familie noch die kurzfristige Abwesenheit beibringen. Doch als er zu Hause ankam, war niemand da. Er nutzte die Zeit, um seinen Koffer zu packen. Dann wählte er Stenzels Nummer. Der Hauptkommissar meldete sich nach wenigen Sekunden.

»Ich habe einen Anschlag auf dich vor.«

»Erzähl, bevor ich mich in Deckung bringe.«

Drosten berichtete, was in den letzten Stunden passiert war. »Das LKA kann und will nicht in einem Fall ermitteln, in denen zwei ihrer Leute verstrickt sind. Sommer ist hier in Hessen unabkömmlich, um einer vielversprechenden Spur nachzugehen. Also haben wir uns darauf geeinigt, dass ich in Düsseldorf ermittle. Das LKA war einverstanden, dich ebenfalls zu involvieren. Ich hätte dich gern an meiner Seite.«

Stenzel reagierte so unkompliziert wie erwartet. »Wann bist du hier?«

»Ich breche in wenigen Minuten auf. Trotz der späten Uhrzeit treffen wir uns noch beim LKA. Die Kollegen wollen die nächsten Stunden nutzen, um Hintergrundmaterial über Greger und Sickinger zu sammeln. Uns zerrinnt die Zeit zwischen den Fingern. Zwei Tage klingt lang, aber wir stehen ganz am Anfang.«

»Hast du schon ein Hotel gebucht? Dann hole ich dich dort ab.«

»Nein. Das mache ich später. Treffen wir uns an der Eingangspforte des LKA. Sagen wir in drei Stunden.«

»Alles klar.«

Als Drosten auflegte, hörte er Melanie und Dana heimkehren. Rocky kam zu ihm ins Schlafzimmer und bellte erfreut. Mit schlechtem Gewissen streichelte er den Kopf des Hundes. Melanie trat an die Tür.

»Ein gepackter Koffer?«, fragte sie – und klang dabei nicht einmal überrascht.

18

Hatte sie die falsche Entscheidung getroffen?

Verena Kraft lag auf dem Rücken, die Hände zwangsweise über den Kopf gestreckt. Sie hatte eine einigermaßen bequeme Liegeposition gefunden, trotzdem sendete ihr Körper Schmerzsignale aus. Schwach, aber vernehmbar. Wie würde sich Kraft in zwölf oder vierundzwanzig Stunden fühlen?

Ihr Entschluss, auf dem Weg zur Toilette zunächst Gehorsam zu zeigen, war ihr logisch erschienen. Die maskierte Frau war vor ein paar Stunden zum zweiten Mal bei ihr gewesen. Diesmal mit einer halbvollen Wasserflasche, dafür aber nichts zu essen. Sie hatte sie nach dem Trinken zur Toilette geführt, und Kraft hatte sich erneut widerstandslos in ihr Schicksal gefügt. Das alles, um die Wärterin in Sicherheit zu wiegen. Um ihr das Gefühl zu geben, die Kontrolle zu haben.

Kaum hatte Kraft wieder allein gefesselt in dem abgedunkelten Raum gelegen, waren ihr deprimierende Gedanken durch den Kopf gegangen. Wie lange war sie körperlich überhaupt in der Lage, die Wärterin anzugreifen? Um sie im Kampf zu überwältigen? Mit jeder Stunde, die sie in der aktuellen Position verharrte, würden sich ihre Muskeln zunehmend verkrampfen. Was ihr im entscheidenden Moment teuer zu stehen kommen könnte.

Sie durfte nicht mehr lange warten. Beim nächsten Gang zur Toilette würde sie alles auf eine Karte setzen.

In dem schwachen Licht, das in den Raum fiel, schaute sie sich um. Hatten ihre Entführer Kameras versteckt? Oder ein Mikrofon? Nicht ausgeschlossen. Kraft zog leicht die Beine an und stöhnte leise. Sie wiederholte den Vorgang mehrfach. Beine ausstrecken, sie wieder anziehen und dabei vermeintlich schmerzgeplagt stöhnen. Sie begann, sich langsam umzudrehen. Zuerst nach links, dann nach rechts. Es war fast unmöglich, dadurch ihrem Körper keine Schmerzen zuzufügen, doch sie ertrug die Qual. Die Bewegungen dienten dazu, die Muskeln zu trainieren. Und falls sie jemand mit einer Kamera beobachtete, sollte er sich über ihre Unruhe wundern.

* * *

Robert Drosten und Peter Stenzel trafen in der Lobby des Hotels aufeinander.

»Deinetwegen hat meine Frau mit mir geschimpft«, sagte Stenzel zur Begrüßung. Er wirkte amüsiert. »Und ich muss gestehen, sie hatte sogar recht.«

»Was ist passiert?«, fragte Drosten. »Hat die unerwartete Sonntagabendschicht sie gestört?«

»Nein. Sie hat mich gefragt, warum ich dir nicht angeboten habe, bei uns im Gästezimmer zu übernachten. Ich hab da gar nicht dran gedacht. Aber ich hole das hiermit nach. Willst du bei uns in Monheim schlafen?«

»Wow! Wie lieb von deiner Frau. Bedank dich in meinem Namen bei ihr. Trotzdem bleibe ich besser hier. Während aktueller Ermittlungen kann es schon mal passieren, dass ich mitten in der Nacht wach werde und stundenlang herumlaufe oder am Computer arbeite. Würde ich bei euch schlafen, hätte ich die Sorge, jemanden zu wecken. Außerdem ist das LKA von hier aus in zehn Minuten zu erreichen. Das hat auch Vorteile.«

Stenzel lächelte und wirkte fast ein bisschen erleichtert. »Ich berichte ihr, dass deine Ausflüchte überzeugend gewirkt haben.«

Die Männer grinsten.

Eine Viertelstunde später saßen Drosten und Stenzel in einem Besprechungsraum des LKA. Wie angekündigt, hatten Taffertshofer und Röser die letzten Stunden genutzt, um über die verschwundenen Kollegen zu recherchieren.

»Beginnen wir mit Hauptkommissar Greger«, sagte Taffertshofer. »Über ihn hatte ich schon am Mittag Informationen eingeholt. Ich bin mit einem Kollegen befreundet, der damals gemeinsam mit Greger im LKA angefangen hat.« Er räusperte sich. »Greger ist alleinstehend. Er hat zwei mittlerweile erwachsene Töchter und eine Ex-Ehefrau. Die Ehe wurde vor acht Jahren geschieden. Grund dafür war ein wohlhabender Spanier, den Gregers Ex kennengelernt hatte. Sie und ihre Töchter sind nach Spanien ausgewandert, die Töchter kamen in Madrid auf eine hochangesehene, internationale Schule.

Greger war in der Zeit der Trennung für zwei Monate krankgeschrieben. Das alles hatte ihn völlig unvorbereitet getroffen. Dabei war nicht die Trennung von seiner Ehefrau der schlimmste Punkt, sondern der Kontaktverlust zu seinen Töchtern, die er abgöttisch geliebt hat. Trotzdem hat er nicht um das Sorgerecht gekämpft. Er hat wohl instinktiv eingesehen, dass er als Polizist kein idealer alleinerziehender Vater wäre. Interessant finde ich die Wahl seines aktuellen Wohnortes. Ein kleines Haus in einer verkehrsberuhigten Straße. Um ihn herum leben ausschließlich Familien. Ich bin zwar kein Psychologe, würde aber vermuten, er kompensiert durch die Nachbarschaft Bedürfnisse.« Taffertshofer räusperte sich erneut und trank einen Schluck Wasser. »Tschuldigung«, murmelte er. Ein Hustenanfall folgte. Er hob die Hand, stand auf und verließ überstürzt den Raum.

Röser schaute ihm irritiert hinterher. »So lange Reden ist er wohl nicht gewohnt«, sagte er. »Dann übernehme ich am besten.« Er suchte in den Unterlagen vor sich nach der richtigen Stelle. Noch bevor er sie fand, kehrte Taffertshofer zurück.

»Ich hab schon erklärt, dass du langes Reden nicht mehr gewohnt bist, weil du weder zu Hause noch im Büro das Sagen hast«, lockerte Röser die Situation scherzhaft auf.

»Das Schicksal verheirateter Männer, denen ein übereifriger Oberkommissar an die Seite gestellt wird«, erwiderte Taffertshofer.

»Alles in Ordnung?«, fragte Drosten.

»Ja. Ich bin Allergiker. Aber mir sind Freitagabend die Medikamente ausgegangen. Muss ich mich wohl drum kümmern. Eigentlich hatte ich gehofft, die Allergiesaison sei vorbei.« Vorsichtshalber trank er einen weiteren Schluck Wasser. »Wo war ich stehen geblieben? Die Nachbarschaft, in der Greger lebt, ist ungewöhnlich. Er pflegt zu den Nachbarn ein gutes Verhältnis, ohne dass er sich besonders eng an sie bindet. Ab und zu Grillpartys, Weihnachten schenkt er den Kindern Kleinigkeiten. Zu Sankt Martin hat er immer Süßigkeiten vorrätig. Seit der Scheidung hat er keine neue feste Beziehung geführt. Dienstlich ist er über alle Zweifel erhaben. Es gab nie Beschwerden, seine Aufklärungsquote ist überdurchschnittlich. In seinen ganzen Dienstjahren hat er nur dreimal die Waffe eingesetzt. Er ist also kein schießwütiger Cowboy.«

»Wissen Sie, wie stark er Kontakt zu seinen Töchtern hält?«, fragte Stenzel.

»Nein«, antwortete Taffertshofer. »Wir haben seine Ex-Frau bislang nicht kontaktiert. Das wird leider auch ziemlich schwierig, denn wir kennen ihren neuen Nachnamen nicht. Im Großen und Ganzen war es das, was wir bisher an Informationen über Greger zusammengetragen haben.«

»Kommen wir also auf Constantin Sickinger zu sprechen«, übernahm Röser das Wort. »Neunundzwanzig Jahre alt und erst seit knapp vierundzwanzig Monaten beim LKA. Vorher hat er für das Kriminalkommissariat Bochum gearbeitet.«

»Bochum?«, fragte Drosten. »Da kenne ich einen Hauptkommissar recht gut.« Er schaute auf seine Uhr. »Wie ausführlich sind Ihre bisherigen Kenntnisse? Noch ist es nicht zu spät, Hauptkommissar Vetter zu erreichen.«

»Geben Sie mir ein paar Minuten. Lange dauert mein Vortrag nämlich leider nicht.«

Drosten nickte.

»Sickinger ist in Bochum geboren und aufgewachsen. Seine Eltern leben noch immer im Ruhrgebiet. Wegen des Jobwechsels ist er hier nach Düsseldorf gezogen, wo er alleine lebte. Wir haben uns bei den jüngeren Kommissaren erkundigt, keiner von denen wusste von einer Partnerschaft, die Sickinger führt. Er war in den ersten Monaten einem anderen Hauptkommissar zugewiesen, der allerdings wegen einer Hüftoperation in eine lange Reha musste. Seitdem ist Sickinger Gregers Partner. Nach allem, was wir herausgefunden haben, verstehen die beiden sich ziemlich gut. Aus einer bloß vorübergehend angelegten Partnerschaft wurde eine dauerhafte. Die Chemie zwischen ihnen stimmt, und Sickinger profitiert von Gregers hoher Aufklärungsquote. Das war's vorläufig. Wir warten noch auf die Ergebnisse der Spurensicherung aus dem Haus beziehungsweise der Wohnung. Die Kollegen berichten dann direkt an Sie, Hauptkommissar Drosten.«

»Gibt es deswegen intern Verstimmungen?«, fragte Drosten.

»Nein. Allen ist klar, dass wir nicht gegen unsere eigenen Männer ermitteln können. Zumindest nicht in dieser Phase. Was später die Dienstaufsicht daraus macht, wird sich zeigen.«

»Danke für Ihr Vertrauen. Wenn Sie nichts dagegen haben, kontaktiere ich jetzt Hauptkommissar Vetter.«

Röser nickte zustimmend. Drosten griff zu seinem Telefon und wählte zum ersten Mal seit fast zwei Jahren die Nummer. In der Leitung erklang ungefähr zwanzig Sekunden das Freizeichen, bis sich Vetter meldete.

»Hauptkommissar Drosten. Sind Sie das wirklich?«

»Ich bin's. Hallo, Herr Kollege. Habe ich Sie geweckt?«

»Nein. Keine Sorge. Was verschafft mir die seltene Ehre Ihres Anrufs? Ist in Bochum etwas passiert, von dem ich noch nichts weiß?«

»Zum Glück nicht. Aber ich bin gerade beim LKA Düsseldorf. Zwei hiesige Kommissare sind spurlos verschwunden.«

»Oh nein. Wer ist es? Kenne ich sie?«

»Hauptkommissar André Greger und Kommissar Constantin Sickinger.«

»Sickinger? Das sagt mir etwas. Verdammt!«

»Was genau sagt es Ihnen?«, fragte Drosten.

Vetter überlegte kurz. »Ein junger Kollege, richtig? Noch keine Dreißig, schätze ich.«

»Korrekt.«

»Ich kann mich an nichts Negatives erinnern. Allerdings heißt das nichts. Die unangenehmen Dinge werden ja bekanntlich gern unter den Teppich gekehrt. Soll ich mich für Sie umhören? Dann brauche ich bloß ein paar Details.«

Drosten erzählte von den ersten drei Morden und dem abgelaufenen Countdown, nach dem drei Polizisten und ein vierter Unbeteiligter verschwunden waren.

»Scheiße. Also drängt die Zeit.«

»Definitiv. Auch in der Wohnung meiner Partnerin haben wir einen neuen Countdown gefunden. Der läuft Dienstagabend ab.«

»Okay. Mir fallen spontan zwei Kollegen ein, die Sickinger eventuell von früher kennen könnten. Beides Nachtmenschen. Bei denen probiere ich es direkt. Die anderen Polizisten, die vielleicht sogar mit dem Kommissar zusammengearbeitet haben, erreiche ich vermutlich erst morgen früh. Reicht Ihnen das? Ich schätze, Sie würden spätestens um neun Uhr morgens von mir hören.«

»Das wäre fantastisch«, sagte Drosten. »Danke!«

Kurz darauf beendete er das Gespräch.

»Wunderbar«, lobte Taffertshofer. »Ihre Kontakte funktionieren prächtig. Mit so schnellen Ergebnissen hätte ich nicht gerechnet. Und vielleicht stehen auch morgen früh die ersten Resultate der Spurensicherung zur Verfügung.«

»Also vertagen wir uns?«, folgerte Drosten.

Die anwesenden Polizisten nickten zustimmend.

19

Verena Kraft hörte den Schlüssel im Schloss. Sekunden später öffnete sich die Tür. Kraft schaute zur Seite, um nicht von der Lampe geblendet zu werden. Wie erwartet, trat die maskierte Wärterin ein und betätigte sofort den Lichtschalter.

»Essen fassen«, sagte sie leise.

Kraft blickte hoch und lächelte. »Danke. Ich verhungere.«

Der Versuch, Empathie zu erzeugen, schlug offenbar fehl.

»Das tut mir aber leid«, erwiderte die Frau sarkastisch. »Stell dich nicht so an! Die paar Stunden schaden dir garantiert nicht!«

Sie stellte das Tablett, auf dem sie wieder eine Wasserflasche und ein in Folie eingepacktes Brötchen trug, auf dem Boden ab – außerhalb von Krafts Reichweite.

»Setz dich hin!«, befahl sie.

Betont langsam schwang Kraft die Beine vom Bett und stöhnte leise. Als sie saß, nahm sie eine leicht gekrümmte Haltung ein. Die Frau reagierte nicht darauf. Sie griff wieder zur linken Hand und zog erst dann den Schlüssel aus der Hosentasche. *Ob ich ihr den im Kampf entwinden kann?*, dachte sie. *So nah wie jetzt kommen wir uns gleich nicht mehr. Aber wenn sie den Schlüssel einfach wegwirft, ist meine Chance dahin. Kraft verzichtete vorerst auf jeden Widerstand.*

Die Wärterin löste die Handschelle. Sie trat ein paar Schritte zurück und schob mit dem Fuß das Tablett herüber. Kraft massierte zuerst ihr Handgelenk und stöhnte erneut.

»Ich habe nicht ewig Zeit«, warnte die Maskierte sie.

»Mir geht's nicht gut«, flüsterte Kraft. »Spätestens morgen bekomme ich meine Tage.«

»Nicht dein Ernst!«

»Ich kann es nicht ändern.«

»Glaub nicht, dass du deswegen eine Sonderbehandlung bekommst.«

Kraft schwieg und griff zur Wasserflasche, die erneut leicht aufgedreht war. Sie trank einen Schluck, dann nahm sie das Brötchen in die Hand und packte es langsam aus. Mit zwei Bissen stärkte sie sich. »Können Sie mir Tampons und einen Slip besorgen? Sonst blute ich die Hose und die Matratze voll. Das wird eine riesige Schweinerei.«

Die Frau schaute sie wortlos an.

»Bitte!«, flehte Kraft. »Sie wissen doch, wie das ist.«

»Halt's Maul!«, schrie die Wärterin. »Du weißt gar nichts über mich!«

Was hatte dieser Wutausbruch zu bedeuten? Erneut biss Kraft in das Brötchen. Wollte die Frau nicht als Leidensgenossin wahrgenommen werden, oder steckte mehr dahinter? Kraft spülte das pappige Essen mit Wasser hinunter.

»Ich bin so weit«, sagte sie schließlich. »Führen Sie mich zum Klo?«

Die Wärterin zögerte. »Denk ja nicht, dass ich diesmal unvorbereitet bin«, warnte sie. Aus der Hosentasche zog sie wieder das Stromschockgerät.

»Ich will nur pinkeln«, sagte Kraft leise. »Und morgen nicht vor Scham ... na ja. Das ist Ihnen ja anscheinend gleichgültig.«

Die Frau trat an den Heizkörper und löste die Kette. »Ich hab's verstanden.«

Mit zittrigen Beinen erhob sich Kraft. Den Zustand musste sie nicht einmal vortäuschen. Sie benötigte ein paar Meter, um ihren Stand zu stabilisieren. An der Tür hielt sie sich kurz am Rahmen fest.

»Los jetzt! Herrje!«

Kraft stöhnte und ging mit kleinen Schritten durch den Flur.

»Du weißt ja, wo das Klo ist. Mach ja keinen Quatsch!«

»Oh nein«, flüsterte Kraft. Sie hatte das Bad erreicht, blieb aber an der Schwelle stehen. »Nicht heute!«

»Was ist?«, fragte die Wärterin alarmiert.

Kraft betrat den Raum, damit ihre Gegnerin die nächste Aktion nicht vorhersehen konnte. »Ich ...« Sie umklammerte die Kette. »Helfen Sie mir! Meine Regel! Scheiße! Haben Sie Taschentücher?«

Die Kette gab ein wenig nach – offenbar machte die Wärterin einen Schritt auf sie zu.

»Ich denke, die ist erst morgen fällig. Hast du gelogen?«

Mit aller Anstrengung zog Kraft an der Kette. Die Frau schrie überrascht auf und stolperte. Erneut riss Kraft an der Fessel.

»Du Miststück!«, brüllte die Wärterin.

Kraft trat zurück in den Flur. Nun war sie dicht bei ihrer Gegnerin. Die richtete die Waffe auf sie. Doch die kampferfahrene Polizistin war schneller. Mit der freien Hand schlug sie den Schädel der Maskierten gegen die Wand. Die Frau ließ das Stromschockgerät fallen. Kraft holte mit dem Ellenbogen aus und rammte ihn ihr ins Gesicht. Ihre Gegnerin stürzte.

Mit dem Fuß trat sie die Waffe außer Reichweite. Dann riss sie der Frau die Maske vom Kopf.

»Wer bist du?«

Bei ihrer Gegnerin handelte es sich nicht um Nancy Pulido. Das Gesicht der blonden Frau sagte ihr gar nichts. Kraft tastete ihr die Hosentaschen ab und fand den Handschellenschlüssel. Sie befreite ihre Rechte von der Fessel. Die Unbekannte regte sich. Kraft packte sie an der Schulter und zog sie ins Badezimmer. Als die Frau ihre Hand zu fassen bekam und mit den langen Fingernägeln kratzte, verkrallte sich Kraft in ihren Haarschopf. Sie rammte den Kopf gegen die Fliesen. Nun war die Gegnerin endgültig außer Gefecht gesetzt.

Was sollte sie jetzt tun? In dem Gäste-WC gab es keinen Heizkörper. Also blieb nur das Waschbecken. Sie verband einen Handschellenbügel mit dem Abflussrohr. Den zweiten ließ sie ums Handgelenk der Frau zuschnappen.

Kraft tastete die Wärterin nach einem Telefon ab, ohne fündig zu werden.

»Scheiße!«

Würde es sich lohnen, die Frau unter Androhung von Gewalt zu befragen? Oder verlöre sie dadurch zu viel Zeit?

Sie beschloss, lieber nach einer Fluchtmöglichkeit zu

suchen. Kraft verließ das Bad und sperrte die Tür von außen zu. Im Schloss steckte ein Schlüssel, den sie herumdrehte und danach aus dem Schlüsselloch nahm. Im schmalen Flur bückte sie sich nach dem Stromschockgerät. Dann musterte sie die vom Flur abgehenden Türen. Sie erinnerte sich an den Hilferuf, den sie am Vormittag gehört hatte. Hier irgendwo war ein weiterer Gefangener. Musste sie ihn zuerst finden, oder wäre es wichtiger, den Ausgang zu entdecken?

Sie würde das Schicksal entscheiden lassen.

Kraft näherte sich der ersten Tür. Von außen steckte kein Schlüssel. Vermutlich hielt sich dahinter also kein Leidensgenosse auf. War das der Weg in die Freiheit?

Sie drückte die Klinke und riss die Tür auf. Plötzlich stand sie einem Mann gegenüber.

»Was zum Teufel!«, schrie sie.

Der Mann hielt ein Objekt in der Hand, mit dem er auf sie zielte.

Kraft versuchte, das Stromschockgerät gegen ihn einzusetzen.

Doch er war zu schnell und sprühte einen Schwall Tränengas in ihre Augen. Gequält schrie Kraft auf. Im nächsten Moment streckte er sie mit einem Faustschlag zu Boden.

* * *

Sie erwachte aus ihrer Bewusstlosigkeit. Die Erinnerung an den verlorenen Zweikampf kehrte schlagartig zurück. Das Licht in der fensterlosen Gästetoilette war nicht eingeschaltet. Nur durch das Schlüsselloch fiel ein schwacher Schein ins Innere. Sie spürte das Metall der Handschelle am Gelenk. Vorsichtig tastete sie umher. Die Schlampe hatte sie ans Abflussrohr gefesselt.

»So eine verfluchte Scheiße!«

Was sollte sie jetzt tun?

War die Polizistin entwischt, oder gab es noch Hoffnung? Wie viel Zeit war seit der dramatischen Wendung der Ereignisse vergangen?

Sie hielt sich am Waschbecken fest und richtete sich auf. Ohne große Zuversicht rüttelte sie an der Tür. Die Schlampe hatte abgeschlossen.

Eine totale Erschöpfung erfasste sie. War jetzt alles umsonst gewesen? Sie tastete sich bis zur Kloschüssel vor und setzte sich auf den geschlossenen Deckel. Tränen stiegen ihr in die Augen. Wie hatte sie bloß so dumm sein können? Er hatte alles riskiert, alles für sie aufgegeben, und sie enttäuschte ihn so.

»Du bist dumm! Dumm! Dumm!«

Sie erinnerte sich an die Monate zurückliegenden Ereignisse. Als er mitten in der Nacht zu ihr gekommen war. Ohne vorher Fragen zu stellen. Sie selbstlos rettete. Er hatte den Vergewaltiger erstickt, ihm das dreckige Leben genommen. Anschließend hatte er sich um die Leiche gekümmert. Sie hatte deswegen keinen Besuch von Polizisten bekommen oder auch nur eine Nachricht über einen mysteriösen Leichenfund gelesen. Er hatte seine Aufgabe perfekt ausgeführt.

Warum war ihr das nicht möglich?

Sie weinte hemmungslos. Bestimmt dauerte es nicht mehr lange, bis ein Polizeikommando das Haus stürmte. Käme nun alles ans Licht? Könnte sie ihn irgendwie retten und ihm ermöglichen, die ...

Das Rütteln an der Türklinke riss sie aus den Gedanken.

»Geh von der Tür weg!«, erklang seine gebieterische Stimme.

Die Hoffnung auf einen glücklichen Ausgang kehrte zurück. Rasch wischte sie sich die Tränen aus dem Gesicht. Er sollte sie nicht verheult vorfinden.

Die matte Glühbirne ging an. Sekunden später öffnete er vorsichtig die Tür.

»Es tut mir so leid.« Trotz ihres Vorsatzes flossen erneut die Tränen. »Ich hab's verbockt.«

»Hast du nicht. Wir hatten alles unter Kontrolle.« Er kniete sich vor ihr zu Boden und nahm sie in den Arm. Sie legte den Kopf an seine Brust. Mit einer Hand streichelte er sie. Seine Berührungen taten so unglaublich gut.

Es dauerte nicht lang, bis sie sich beruhigte.

»Was genau ist passiert?«, fragte sie.

»Ich habe an verschiedenen Stellen Kameras angebracht, mit denen ich das Haus überwache. So konnte ich zwar ihren Angriff auf dich nicht verhindern, aber kaum hatte sie die nächste Tür geöffnet, habe ich ihr Tränengas ins Gesicht gesprüht.«

Sie lächelte. »Das hat die Schlampe verdient. Und danach?«

»Sie liegt wieder auf ihrem Bett, gefesselt mit Ersatzfesseln. Ich kümmere mich ab sofort um sie. Du übernimmst die beiden anderen. Sie hat mich erkannt, mit ihr brauchen wir kein Katz-und-Maus-Spiel mehr aufzuführen. Ich habe ihr mit einem nassen Waschlappen die Augen ausgewaschen, trotzdem muss ich mir das in den nächsten Stunden ansehen. Sie soll nicht erblinden.«

»Verdient hätte sie es.«

»Vielleicht. Aber da geht's ums Prinzip. Ich befreie dich jetzt.«

Mit dem Handschellenschlüssel löste er die Schelle an ihrem Gelenk.

»Bringst du das hier in Ordnung? Unsere anderen Gäste müssen noch pinkeln, bevor wir sie in die Nacht entlassen. Außerdem musst du dich selbst versorgen. Das gibt ein paar hässliche blaue Flecken.«

»Mache ich«, sagte sie. »Gehst du zu ihr?«

»Ja. Ich spüle ihr die Augen aus. Danach sollte sie keine bleibenden Schäden davontragen.«

»Und dann?«

»Wir warten das Ende des Countdowns ab. Das gehört zu unserem Duell dazu. Eigentlich wäre Kraft nicht die Erste, die nach Ablauf der Zeit an der Reihe ist. Aber Strafe muss sein.«

»Richtig so! Sie hat es nicht anders verdient.«

Er nickte. Dann drehte er sich um und verließ den engen Raum.

20

Vetters Name im Display weckte sofort Drostens Hoffnungen auf den Erhalt wichtiger Informationen. Er stellte den halb gefüllten Kaffeebecher beiseite. Vorsichtshalber schaute er sich um. Im Frühstücksraum des Hotels saß niemand in Hörweite.

»Guten Morgen, Hauptkommissar Vetter. So früh hätte ich nicht mit Ihrem Anruf gerechnet. Haben Sie schon etwas erreicht?«

»Guten Morgen! Das Glück hat mir ein bisschen in die Hände gespielt. Ich habe gestern Abend die beiden Nachtmenschen noch erwischt – und vor einer Viertelstunde den vielleicht interessantesten Kontakt. Passt es Ihnen gerade?«

»Jederzeit. Sie klingen so, als seien Sie auf relevante Informationen gestoßen.«

»Kann man so sagen. Kommissar Sickinger hat in seiner Bochumer Zeit mit Hauptkommissarin Wandler zusammengearbeitet. Ich selbst hatte immer wenig Kontakt zu der Kollegin, die mittlerweile pensioniert ist.

Aber man hört nur Gutes über sie. Sickinger dürfte in den drei Jahren der Zusammenarbeit viel gelernt haben. Zumindest, bis ihm sein Verhalten Ärger eingebrockt hat.«

»Was hat er getan?«

»Im Rahmen einer Ermittlung, die um den Mord an einem Obdachlosen kreiste, fanden die Kollegen ein Escortgirl als Zeugin, die zufällig die Tat beobachtet hatte.«

Drosten hielt den Atem an. Hatte Vetter den Bezug zum Erotikbusiness gefunden, in dem sich die ersten drei Morde ereignet hatten?

»Der Fall ließ sich schnell aufklären. Ein junger Mann aus der gehobenen Mittelklasse hatte einen Obdachlosen angegriffen und totgeschlagen. Angeblich, weil der ihn provoziert hatte. Auf dem PC des Täters fanden sich jedoch zahlreiche Suchanfragen zum Thema ›Was Menschen beim Morden empfinden‹. Die Zeugin konnte ihn perfekt beschreiben und hatte sich auch das Kennzeichen des Täterautos gemerkt. Seine Festnahme und Verurteilung war anschließend nur Formsache. Er bekam übrigens zwölf Jahre wegen Totschlags – was er vor allem seinem Strafverteidiger zu verdanken hatte. Der Verurteilte sitzt noch immer. Spätestens nach dem Urteil hätte der Kontakt zwischen Sickinger und der Zeugin abbrechen müssen. Allerdings sah der Kollege das wohl anders. Er suchte sie mehrfach auf. Anfangs angeblich, um sich für die Zusammenarbeit zu bedanken. Dabei ist er leider deutlich übers Ziel hinausgeschossen. Irgendwann ging es der Zeugin zu weit. Den gleichen Mut, den sie bei der Polizeiaussage an den Tag legte, zeigte sie auch im Nachgang. Sie beschwerte sich bei Wandler über Sickinger. Danach gab der junge Kollege

Ruhe und bewarb sich wenige Wochen später beim LKA.«

»Glauben Sie, dass wir mit der Zeugin sprechen können? Ist sie noch in Bochum gemeldet?«

»Sie betreibt in der Innenstadt ihre eigene Modeboutique. Haben Sie Zeit, ins Ruhrgebiet zu kommen? Dann könnten wir sie gemeinsam aufsuchen. Und falls am Ende Fragen offen sind, auch bei Wandler vorbeisehen.«

»Das wäre perfekt.« Drosten schaute auf die Uhr. »Ich bin um elf Uhr bei Ihnen und bringe einen Kollegen mit. Hauptkommissar Stenzel, mit dem ermittle ich hier.«

»Treffen wir uns direkt an der Boutique«, schlug Vetter vor. Er nannte Drosten die Adresse.

* * *

Lukas Sommer stellte seinen Wagen am Anfang der Straße ab. Von hier konnte er das Haus beobachten, in dem Green wohnte, ohne Gefahr zu laufen, selbst von ihm gesehen zu werden.

Er war sich über das weitere Vorgehen unschlüssig. In der vergangenen Nacht hatte er lange wach gelegen und Jennifers gleichmäßigem Atem gelauscht. Dabei hatte er an Green gedacht. Die bisherigen Morde hatten alle einen Bezug zur Erotikbranche. Ein Konsument, ein ehemaliges Webcamgirl und der Geschäftsführer einer Agentur für diese pikante Dienstleistung. Selbst Verenas Entführung konnte er dem früheren Gangmitglied zuschreiben – falls der einen Racheplan gegen Sommer ausführte. Doch wie stand es um die LKA-Beamten? Wo war die Schnittmenge zu Green? Konnte der überhaupt von der Existenz der Düsseldorfer Polizisten wissen? Sie waren weder in Frankfurt noch in Wiesbaden in Erscheinung getreten.

Je länger er in der Nacht gegrübelt hatte, desto weniger logisch erschien ihm Green als Tatverdächtiger. Trotzdem war er am Morgen hierher aufgebrochen. Vielleicht würde ihn die Observierung in die richtige Bahn lenken.

In den anderen Häusern der Straße erwachte das Leben. Lichter gingen an oder aus, Menschen verließen die Gebäude. Manche liefen an ihm vorbei, ohne ihn zu beachten, die meisten setzten sich in ihre Autos. Die Müllabfuhr leerte die Biotonnen, ein Paketbote drehte seine Runde. Nur in Greens Haus tat sich nichts.

Um zehn vor elf fuhr ein Fahrrad an ihm vorbei. Darauf saß ein Teenager, der offenbar bereits von der Schule zurückkehrte. Der Junge warf einen interessierten Blick zu ihm herüber. Sogar, als er schon längst vorbeigefahren war, schaute er noch einmal über die Schulter zurück.

Was hatte das zu bedeuten?

Sommer beobachtete den Teenager. Der trat in die Pedale und verschwand am Ende der Straße aus seinem Blickfeld. War der Junge einfach bloß neugierig, oder war er ein besonders aufmerksamer Beobachter, der ihn vielleicht schon Stunden zuvor bemerkt hatte?

Es dauerte keine fünf Minuten, bis Sommer jemanden auf einem Skateboard entdeckte. Derselbe Teenager, der allerdings mittlerweile die Kleidung gewechselt hatte. Dreißig Meter vom Auto entfernt hielt der plötzlich an, zückte sein Handy und fotografierte Sommer.

»Scheiße!« Er öffnete die Tür und stieg aus. »Was soll das?«, fragte er den Teenager.

Der schob das Telefon zurück in die Hosentasche und wandte sich wortlos ab.

»Hey! Ich rede mit dir!«

Der Teenager nahm Schwung auf und fuhr davon. Sommer rannte ihm hinterher.

»Bleib gefälligst stehen!«

Der Junge schaute über die Schulter und beschleunigte.

* * *

Die Boutique mit dem Namen *Marlene* lag in einer kleinen Seitenstraße der Bochumer Innenstadt. In dem Schaufenster stand eine Anziehpuppe, die ein braunes Kleid trug. Daneben präsentierte die Dekorateurin auf der Auslage T-Shirts in drei verschiedenen Farben und zwei zu einem O geformte Schals. Ein Paar flache Schuhe rundete das Bild ab.

Drosten machte Stenzel und Vetter miteinander bekannt und erklärte, welche Rolle sein Kollege momentan ausfüllte.

»Ich habe vorhin einen Blick ins Innere geworfen«, sagte Vetter. »Die Inhaberin steht hinter der Ladentheke.«

»Dann verlieren wir keine weitere Zeit«, schlug Drosten vor. »Hoffentlich jagen wir der Frau keinen Schreck ein, wenn wir zu dritt bei ihr reinplatzen.«

Er ging voran und öffnete die Tür. Die etwa 30-jährige Frau schaute von einem Zettel hoch und lächelte. »Guten T...« Sie bemerkte Drostens Nachhut. »Oh! Polizei, Zoll oder Finanzamt?«, fragte sie. »Womit habe ich es zu tun?« Sie wirkte amüsiert.

Drosten zückte seinen Dienstausweis. »Polizei. Sie

haben sogar die Ehre, dass wir aus drei unterschiedlichen Dienststellen zu Ihnen gekommen sind. Das sind Hauptkommissar Vetter, Kripo Bochum und Hauptkommissar Stenzel von der Kripo Mettmann. Ich bin von der KEG. Drosten mein Name.«

Sie schaute sich den Dienstausweis an. »Wiesbaden? Das war eine lange Anreise.«

»Sie sind Frau Reither?«, vergewisserte sich Drosten.

»Das bin ich. Wie kann ich Ihnen helfen?«

»Es geht um Constantin Sickinger«, sagte Drosten. »Wir haben Fragen zu seinem damaligen Verhalten Ihnen gegenüber.«

»Oh.« Die Boutique-Inhaberin warf einen Blick auf ihre schmale, silberne Armbanduhr. »Das kann dann etwas dauern. Oh Gott! An den habe ich ewig nicht denken müssen. Was hat er getan? Ist er einer Frau gegenüber wieder aufdringlich geworden? Warten Sie! Ich verschaffe uns einen kurzen Moment Ruhe.«

Aus einer Schublade unterhalb der Kasse holte sie ein Schild, auf dem die Worte ›Ich bin in wenigen Minuten zurück. Ihre Marlene‹ standen. Sie hängte es von innen an die Tür und verriegelte den Zugang.

»Gehen wir in die Küche«, schlug sie vor.

Reither eilte voran und führte sie in einen geräumigen Raum, den sie halb als Küche und halb als Lagerstätte nutzte. Auf dem Bistrotisch stand eine geöffnete Packung Schokobonbons.

»Greifen Sie zu!«, sagte die Besitzerin. Sie bediente sich selbst und wickelte das Bonbon aus. »Was wissen Sie von damals? Dann muss ich Sie nicht mit bekannten Informationen langweilen.«

»Wir wissen von Ihrer Zeugenbeschreibung und Ihrer Tätigkeit«, antwortete Vetter. »Uns interessiert, was von dem ersten Kontakt zu Sickinger bis zu Ihrer Beschwerde passiert ist.«

Reither seufzte. »Shit. Dann dauert das wohl länger als erwartet. Ich hatte an jenem Abend gerade eben ein dreistündiges Essen mit anschließendem Mehrwert hinter mich gebracht. Weil das Hotel, in dem der Kunde untergekommen war, nicht weit von meinem Zuhause entfernt war, bin ich nach dem Termin zu Fuß gegangen. Es war kurz vor Mitternacht. Dementsprechend dunkel. Ich hatte die High Heels in der Handtasche verpackt und dafür flache Schuhe angezogen, die beim Laufen keine Geräusche verursachen. Als ich die Straße entlangging, hörte ich einen Schmerzensschrei. Erschrocken blieb ich stehen und bemerkte, wie ungefähr fünfzig Meter von mir entfernt ein Mann auf einen am Boden liegenden Menschen einschlug. Ich war wie erstarrt. Der Täter hielt plötzlich inne. Er schaute sich um, und ich fürchtete schon, er hätte mich gesehen. Ich hatte nämlich die perfekte Sicht auf ihn – vielleicht, weil er unter einer Laterne stand. Er hingegen schien mich nicht zu bemerken. Der Täter ging hektisch zu seinem geparkten Auto und fuhr davon. Ich schrieb mir das Kennzeichen auf und lief zum Opfer. Für ihn kam leider meine Hilfe zu spät. Über mein Handy alarmierte ich den Notruf. Die Streifenbeamten brachten mich ins Präsidium, wo ich das erste Mal Sickinger begegnete. Er und seine deutlich ältere Partnerin nahmen meine Zeugenaussage auf. Ich fühlte mich bei ihnen gut aufgehoben. Keiner schien Vorurteile wegen meines damaligen Broterwerbs zu haben. Alles war easy. Sickinger verhielt sich äußerst charmant, wir waren etwa im selben Alter. Seine Partnerin registrierte das und ließ ihm den Vortritt. Der Täter wurde verhaftet, ich identifizierte ihn, er bestritt die Tat. Erst vor Gericht nach meiner Aussage legte er ein Geständnis ab. Der Richterspruch hätte das Ende sein sollen. Sickinger gratulierte mir nach dem Prozess zu meinem Mut. Dabei war ich mir nie mutig vorgekommen, denn ich hatte ja nicht eingegriffen, sondern nur still beobachtet. Mich hat es allerdings getröstet, dass das Opfer wohl nicht zu retten gewesen wäre, selbst wenn ich mich früher bemerkbar gemacht hätte.« Sie holte das nächste Bonbon aus der Verpackung. »Eine Woche nach dem Urteilsspruch und unserem letzten Kontakt rief er mich an. Er teilte mir mit, der Verurteilte habe auf die Revision verzichtet. Ich freute mich darüber und wollte schon auflegen, als er mich fragte, ob ich mit ihm abends essen gehen würde. Er habe sich so sehr an mich gewöhnt, dass er darauf in Zukunft nur ungern verzichten wollte.«

»Das waren seine Worte?«, vergewisserte sich Stenzel.

»Wortwörtlich«, bestätigte sie. »Ich habe das noch immer im Ohr. Na ja. Ich lehnte freundlich ab und wünschte ihm alles Gute. Nichts deutete darauf hin, dass er mir die Abfuhr übel nahm. Zwei Wochen später traf ich mich mit einem neuen Kunden im Restaurant. Zu meinem Erstaunen hatte Sickinger den Termin unter falschem Namen vereinbart. Ich ahnte, dass es Ärger geben würde – egal, wie ich mich verhalten würde. Also setzte ich mich zu ihm und versuchte, ihm den Gedanken auszureden, aus uns könnte etwas werden. Außerdem erklärte ich ihm eindringlich, wieso ich ihm meine Dienstleistungen verweigerte – völlig unabhängig davon, wie viel er bezahlen würde. Ich stand auf und verließ das Restaurant. Er rannte mir nach und wollte wissen, was ich gegen ihn hätte. Noch einmal nahm ich mir Zeit. Ich war damals nicht an Beziehungen interessiert, was ich ihm deutlich zu verstehen gab.« Sie hielt inne.

»Hat er das akzeptiert?«, fragte Drosten.

»Dann hätte ich mich nicht an seine Partnerin gewandt. Er packte mich vor dem Restaurant fest am Arm und bat mich, ihm eine Chance zu geben. Wären nicht Passanten vorbeigekommen, die sich für mich einsetzten, wäre er eventuell handgreiflich geworden. So zog er ab. In den nächsten Tagen rief er ständig bei mir an. Anfangs mit übertragener, später mit unterdrückter Rufnummer. Ich konnte die Nummer wegen des Jobs nicht einfach ändern. Also entschloss ich mich zu einem radikalen Schritt. Ich tauchte im Präsidium auf und hatte Glück. An dem Tag waren er und seine Partnerin anwesend. Sein Gesichtsausdruck ist mir bis heute in Erinnerung geblieben. Er war aufgrund meines unerwarteten Erscheinens völlig erschüttert. Ich setzte Hauptkommissarin Wandler ins Bild, und als sie ihn fragte, ob die Vorwürfe stimmen würden, flüsterte er eine Entschuldigung. Er sagte, er habe sich in mich verliebt und würde mich um eine Chance bitten. Wandler versprach mir, dass das nie wieder vorkommen würde. Sie behielt recht. Er hat sich danach nicht mehr bei mir gemeldet. Ungefähr ein halbes Jahr später rief mich die Hauptkommissarin an. Sie wollte wissen, ob er noch einmal Kontakt aufgenommen hatte – was ich verneinte. Dann erklärte sie, Sickinger habe sich ins LKA Düsseldorf versetzen lassen. Ich war endgültig beruhigt. Das war's.« Sie nahm sich ein drittes Bonbon.

Drosten fasste das Gehörte für sich zusammen. Sickinger hatte ein absolut unangemessenes Verhalten an den Tag gelegt, aber zumindest rechtzeitig die Notbremse gezogen.

»Einige der Morde, in denen wir ermitteln, haben einen Bezug zur Erotikbranche«, begann Drosten.

»Ich bin seit Jahren draußen«, erwiderte sie. »Diese Boutique hier war mein Lebenstraum. Mit dem Escortservice habe ich ihn mir ermöglicht. Deswegen schäme ich mich nicht dafür.«

»Sollen Sie auch gar nicht. Mich interessiert vielmehr die Frage, ob das Ihr einziger Schnittpunkt zu diesem Bereich war.«

»Nein«, gestand sie. »Ich habe damals auch als Webcamgirl gearbeitet. Mein Ziel lautete, achtzigtausend Euro Startkapital anzusparen. Als ich das geschafft hatte, bin ich sofort ausgestiegen und hab mich auf die Suche nach diesem Ladenlokal gemacht. Die Eröffnung war vor vier Jahren. Seitdem erziele ich Jahr für Jahr mehr Gewinn. Ein Teil des Startkapitals ist für die Erstausstattung draufgegangen, der größere Rest liegt noch auf meinem Konto.« Sie lächelte stolz.

»Haben Sie eine Ahnung, ob Sickinger einer Ihrer Webcamkunden war?«, erkundigte sich Drosten.

Die Boutiqueninhaberin zuckte mit den Achseln. »Tut mir leid. Wenn, dann hat er sich nie geoutet.«

21

Der Teenager auf dem Skateboard war überraschend schnell. Sommer holte kaum auf. Wohin würde der Junge verschwinden? Nach Hause? Was wollte er mit den Handyfotos? Fühlte er sich als eine Art Wachmann der Nachbarschaft, der jeden auffälligen Besucher filmte, um im Einbruchsfall der Polizei Material zur Verfügung zu stellen?

»Bleib stehen!«, rief Sommer. »Ich bin Polizist!«

Trotz der Ansage beschleunigte der Teenager weiter. Ihm kam eine leicht abschüssige Straßenführung zugute. Plötzlich verlagerte er seinen Schwerpunkt und bog nach links, genau auf Greens Haus zu. Am Bürgersteig sprang er vom Skateboard, das er einfach liegen ließ. Er rannte um das Gebäude herum – ganz offenbar wollte er in den Garten des Mannes.

Sommer hielt inne. Es bestand kein Zweifel. Die vermeintlich heimliche Überwachung des Gangmitglieds war aufgeflogen. Hatte Green einen Minderjährigen für seine Zwecke eingespannt?

Er überlegte kurz. Dann entschied er sich zur offenen

Konfrontation. Sommer folgte dem Jungen. Er umrundete das Haus ebenfalls und sprang über die kniehohe Hecke, die den Garten eingrenzte.

Der Teenager stand an der Seite Greens.

»Da ist er!«, rief er und zeigte auf Sommer.

Green schaute mit hasserfüllter Miene zu ihm.

»Dass du dich zu mir traust!«, schrie er.

In seinem Hosenbund steckte eine Pistole. Wieso trug das ehemalige Gangmitglied eine Waffe? Hatte der Teenager den Mann zuvor alarmiert? Das erschien Sommer die einzig logische Erklärung, denn wegen seiner Vorstrafe wäre es ziemlich dumm von Green, grundlos mit Schusswaffen zu posieren.

»Wenn du die Pistole auch nur anrührst, bringe ich dich in den Knast, Kenny!«, warnte Sommer ihn.

Um ihm zu zeigen, dass er keine Angst hatte, näherte er sich ihm bis auf fünf Schritte. Sollte Green zum Hosenbund greifen, wäre das nah genug, um den Zweikampf zu suchen.

Green schob den Teenager zur Seite. Der verstand, was von ihm erwartet wurde und entfernte sich ein paar Meter.

»Bist du dir sicher?«, fragte Green. »Vielleicht würde Leon zu meinen Gunsten aussagen. Du tauchst hier unbefugt auf und greifst mich an. Das nennt man Notwehr.«

Der Junge nickte eifrig.

»Du bist vorbestraft und darfst keine Waffe tragen. Egal, was der Kleine vor Gericht behaupten würde: Du wärst dran.«

»Was wäre schon eine Verurteilung wegen illegalen Waffenbesitzes gegen das Ende deines dreckigen Lebens, du miese Ratte!«, schrie Kenny. »Ich habe dir vertraut, du Arsch. Wir waren wie Brüder! Wie konntest du uns nur so verarschen! Drecksack!«

Also hatte Green von Sommers Undercovertätigkeit erfahren. Machte ihn das zum Verdächtigen in Verenas Entführung?

»*Dich* habe ich nicht verraten«, sagte Sommer.

»Ich war deinetwegen achtzehn Monate im Knast!«

»Falsch! Du warst im Gefängnis, weil du Drogen verkauft hast. An Jugendliche! War nicht eine Skateranlage dein bevorzugtes Revier?« Sommer schaute zu dem Teenager. »Auch dich hätte er versorgt.«

»Willst ausgerechnet du dich als Moralapostel aufspielen? Du müsstest lebenslänglich sitzen, aber dich schützt deine Marke! Scheiß Bullenstaat!«

»Kenny, erinnere dich an ...«

»Halt dein dreckiges Maul!«, schrie Green. »Du hast kein Recht, an alte Zeiten zu appellieren. Ich habe gesessen! Deinetwegen!«

»Wie hast du davon erfahren?«, fragte Sommer.

Green zögerte. »Geht dich nichts an!«

»Was verlierst du, wenn du es mir verrätst?«

»Ich bin kein Verräter, im Gegensatz zu dir.«

»Kenny, das ist mir wichtig.«

Sein Gegenüber schüttelte den Kopf und spuckte aus. »Du bist eine miese Ratte!«

»Hör auf damit! Wie oft habe ich dir damals den Arsch gerettet. Dreimal? Viermal? Ist dir das nichts wert? Ich erinnere mich allein an zwei Messerangriffe, die ich im letzten Moment abgewehrt habe. Dank meiner Bullenausbildung, in der man lernt, sich zu verteidigen.«

»Lange her!«, erwiderte Green. Er spuckte erneut aus.

»Sag mir, wie du davon erfahren hast, und ich lasse dich in Ruhe.«

Green kniff die Augen zusammen. Ein innerer Zwiespalt tobte in ihm. Dann traf er eine Entscheidung. »Vor ein paar Wochen steckte ein Umschlag in meinem Briefkasten. Darin lag ein Magazinartikel über die Abteilung der Bullen, für die du jetzt arbeitest. Außerdem noch weiteres Material. Da konnte ich mir den Rest zusammenreimen. Ich hätte dir vieles zugetraut, Lucky, aber das nicht! Schämst du dich nicht?«

Sommer überlegte. Welches Material konnte der Umschlag neben dem Artikel der Kölner Journalistin Haller enthalten haben?

»Hast du die Sachen noch?«, fragte Sommer.

Green lächelte spöttisch. Sein Blick glitt an Sommer vorbei. Sommer vernahm leise Geräusche hinter sich. Auch der Teenager hatte die Augen von ihm abgewandt.

Instinktiv unternahm Sommer einen Schritt zur Seite und schaute über die Schulter. Von hinten näherte sich heimlich Nancy Pulido. Sie hielt einen Baseballschläger in der Hand, mit dem sie bereits ausholte. Offenbar hatte Green nur geredet, um ihn abzulenken.

»Du Schwein!«, schrie sie und schlug zu.

Sommer sprang zur Seite. Der Baseballschläger verfehlte ihn denkbar knapp. Pulido wurde durch den eigenen Schwung nach vorn gerissen. Sommer stellte ihr ein Bein. Sie stolperte darüber und fiel zu Boden.

»Arschloch!«, brüllte Green.

Er hechtete auf den Hauptkommissar zu, zog allerdings noch nicht die Waffe. Sommer tänzelte nach hinten und riss die Arme zur Deckung hoch. Im nächsten Moment schlug Green zu. Sein Gegner wehrte den Hieb mit den Unterarmen ab. Er holte zum Gegenangriff aus und verpasste Green einen Rippentreffer. Der krümmte sich. Der Mann versuchte, Sommer mit einem Kopfstoß zu überraschen. Ein einfacher Schritt zur Seite ließ den Angriff ins Leere laufen. Aus dem Augenwinkel sah Sommer, dass der Teenager sein Handy zückte.

»Hier ist ein Bulle unbefugt auf das Grundstück meines Freundes eingedrungen. Und ihr seid Zeugen.«

Das durfte nicht wahr sein! Stellte der Junge die Auseinandersetzung live ins Internet? Sommer reagierte blitzschnell. Er sprang auf den Teenager zu und schlug ihm das Handy aus der Hand.

»Hey!«, brüllte der.

»Lass es liegen!«, warnte Sommer ihn.

In der Zwischenzeit hatte sich Green wieder in Stellung gebracht. Noch einmal versuchte er, Faustschläge zu platzieren. Diesmal visierte er das Gesicht seines Widersachers an. Sommer beugte den Oberkörper nach hinten und entging um Haaresbreite einem Treffer. Er konterte, indem er Green an der Brust von sich stieß. Der taumelte zurück, verlor das Gleichgewicht, stolperte über die eigenen Füße und stürzte zu Boden.

»Lass uns das beenden«, sagte Sommer.

Green landete hart auf dem Hintern, bevor auch sein Hinterkopf aufschlug. Statt das Friedensangebot anzunehmen, wälzte er sich mühselig herum und kam auf die Beine. Plötzlich griff er zur Waffe.

Sommer preschte vor, erreichte den Gegner, noch ehe der die Pistole aus dem Hosenbund ziehen konnte, und schlug dreimal zu. Jeder Treffer saß. Green wankte zurück und stürzte erneut.

Sommer bekam die Waffe zu fassen und zog sie dem Mann aus der Hose. Sofort entfernte er das Magazin. »Stopp jetzt!«, schrie er.

Schwer atmend hob Green die Hände. »Wichser!«

Sommer verschaffte sich einen Überblick. Nancy Pulido lag noch jammernd am Boden. Offenbar hatte sie sich bei dem Sturz wehgetan. Der Baseballschläger war zwar in ihrer Nähe, doch machte sie keine Anstalten, danach zu greifen. Sommer entdeckte das Smartphone des Teenagers im Gras. Auch der Junge schien genug von der Auseinandersetzung zu haben.

»Wer bist du?«, fragte Sommer.

»Leon«, antwortete der Teenager leise.

»Was machst du hier?«

»Er ist mein Nachbar, der dich schon bei dem ersten Einbruchsversuch am Sonntag gefilmt hat.« Green deutete zum Nachbarhaus. »Und heute Morgen sieht er dich wieder. Also zählt er eins und eins zusammen. Daraufhin hat er mir Bescheid gesagt. Ein guter Kerl.«

»Hast du die Auseinandersetzung gestreamt?«, fragte Sommer.

»Ich weiß nicht. Hab's versucht. Aber ich glaube, ich habe einen Fehler gemacht.«

»Das wäre dir nur zu wünschen. Geh zum Handy und schau nach.«

Der Teenager hob das Smartphone auf, klickte ein paar Mal aufs Display und verzog den Mund. »Hat nicht geklappt.«

»Lüg mich nicht an. Ist das die Wahrheit?«, fragte Sommer.

Leon hielt ihm zum Beweis das Display entgegen. Offenbar hatte der Junge den Startbutton nicht rechtzeitig berührt.

»Glück für dich!«, sagte Sommer. »Zieh Leine! Und du solltest dir in Zukunft genau überlegen, ob du einem

Polizisten das Leben schwer machst. Nicht jeder reagiert so gelassen wie ich.«

Der Teenager schaute zu Green. Das ehemalige Gangmitglied nickte leicht. Daraufhin nahm der Junge die Beine in die Hand und lief los.

»Was machen wir jetzt?«, fragte Green.

»Wo ist Verena?«

Der unterlegene Gegner runzelte die Stirn. »Was soll das?«

»Wo hast du sie versteckt?«

»Diese Polizistin aus dem Artikel?«

»Tu nicht so scheinheilig.«

»Alter, spinnst du? Ist sie verschwunden oder was?«

Sommer kannte Green lange genug, um ihn einschätzen zu können. Er war noch nie ein guter Schauspieler gewesen. Auch jetzt führte er ihm keine Maskerade vor. Offenbar hatte er nichts mit der Entführung zu tun.

Sommer trat dicht zu ihm und streckte ihm die Hand entgegen. »Jemand hat meine Kollegin entführt und wird sie töten, wenn wir ihn nicht rechtzeitig stoppen.«

»Lucky! Damit habe ich nichts zu schaffen. Ich bin nicht so bescheuert und vergreife mich an Bullen. Zumindest nicht, solange die mich in Ruhe lassen.«

Er griff nach Sommers Hand.

»Du machst mir keinen Ärger mehr?«, vergewisserte sich Sommer.

»Nein.«

Sommer zog ihn hoch.

»Lass dir das nicht gefallen!«, kreischte Pulido. »Sei kein Schwächling.«

»Hüte deine Zunge!«, warnte Green seine Freundin.

Die Männer schauten sich in die Augen. Für einen

Moment fühlte sich Sommer um Jahre zurückversetzt. Sie hatten mal Seite an Seite gekämpft. Ein Rest dieser Verbundenheit zwischen ihnen existierte noch.

»Und jetzt?«, fragte Green.

»Der illegale Waffenbesitz würde dir massiven Ärger einbringen. Ich behalte die Pistole. Hast du im Haus noch mehr Schusswaffen?«

»Nein.«

Er blinzelte nicht. Offenbar sagte er die Wahrheit.

»Was das für dein Geschäft bedeutet, wenn du dich mit der Polizei anlegst, kannst du dir wohl denken«, fuhr Sommer fort.

»Wie hoch ist dein Preis?«

»Zeig mir die Informationen, die in deinem Briefkasten lagen.«

»Das ist alles?«

»Versprochen.«

»Komm mit!«

Green lief voran. Er trat zu seiner Freundin und half ihr hoch. »Geh nach Hause!«, riet er ihr. »Auf deine Kommentare kann ich verzichten.«

Sie öffnete den Mund – und schloss ihn wieder. Nach einem wütenden Blick zu Sommer ging sie zum Rand des Grundstücks. Green betrat unterdessen die Terrasse, deren Tür offen stand. Sommer folgte ihm.

»Der Artikel liegt im Wohnzimmer«, sagte das ehemalige Gangmitglied. »Den Rest habe ich im Safe eingeschlossen.«

Green führte ihn zuerst ins Wohnzimmer. Das Magazin lag auf einem kleinen Stapel. Sommer griff danach. Der Mann hatte einige Stellen markiert, aus denen sich Rückschlüsse ziehen ließen.

»Mit wem hast du darüber gesprochen?«, fragte Sommer.

»Mit niemandem außer Nancy.«

»Hast du noch Kontakt zur alten Truppe?«

»Die haben sich deinetwegen in alle Winde zerstreut. Diejenigen, die ohne Strafe davongekommen sind, haben das Weite gesucht, um nicht im Knast zu landen. Die anderen sitzen teilweise deutlich längere Haftstrafen ab als ich. Wie fühlst du dich dabei, ein Verräter zu sein?«

»Wie hast du dich gefühlt, wenn du Jugendliche mit Drogen versorgt hast?«, entgegnete Sommer.

»Das kann man nicht vergleichen! Aber Scheiß drauf. Komm mit. Ich geb dir das Zeug, und dann verschwindest du.«

Green führte ihn ins Arbeitszimmer. Hinter einem Ölgemälde war ein Tresor in die Wand eingelassen. Der Bewohner gab die Zahlenkombination ein. Sommer schaute genau zu. Der Safe öffnete sich. Zu Sommers Erleichterung steckte keine Waffe darin. Green holte einen braunen Umschlag aus dem Tresor.

»Der Artikel und diese Blätter. Mehr habe ich nicht. Verpisst du dich jetzt?«

Sommer öffnete den Briefumschlag und zog die einzelnen Seiten heraus. »Fuck«, flüsterte er nach dem ersten flüchtigen Blick.

Green lächelte arrogant. »Gefällt dir wohl gar nicht!«

22

Die pensionierte Hauptkommissarin Wandler hatte sich zwar sofort zu einem Treffen bereit erklärt, aber Drosten vorgewarnt, dass sie am frühen Mittag einen Zug Richtung Nordsee nahm. Also trafen sich die Ermittler kurzfristig mit ihr in einem Café am Bochumer Hauptbahnhof. Die rüstig wirkende Frau hatte einen großen Koffer dabei.

»Drei Wochen Herbsturlaub auf Norderney«, sagte sie. »Endlich mal wieder eine frische Brise um die Nase. Keine stickige Großstadtluft.« Sie schaute auf ihre Armbanduhr. »In fünfzehn Minuten muss ich zum Gleis. Ihnen geht's um Constantin Sickinger? Komisch, ich hab mich schon mehrfach gefragt, was wohl aus dem Kollegen geworden ist. Dass Sie sich jetzt für ihn interessieren, ist kein gutes Zeichen.«

Drosten fasste in aller Kürze den Stand ihrer Ermittlungen zusammen.

»Das klingt übel«, sagte Wandler. »Und Sie halten Constantin für den potenziellen Täter? Verdammt.« Ihr Blick glitt an den Hauptkommissaren vorbei ins Leere.

»Als damals Frau Reither bei uns im Büro auftauchte, konnte ich es nicht glauben. Constantin hatte Grenzen deutlich überschritten. Zugegeben, sie war eine extrem attraktive Erscheinung. Und ihr Job wirkte auf einen jungen Kerl wie ihn garantiert anziehend. Kann man sich eine Partnerin mit mehr Qualifikation vorstellen? Sie war in der Lage, kultivierte Gespräche zu führen. Von ihren anderen Vorzügen ganz zu schweigen. Doch natürlich hätte er aufgrund der Ermittlungen den Kontakt nicht intensivieren dürfen. Spätestens beim ersten Korb hätte er Abstand wahren müssen. Ich habe Frau Reither für ihren Mut bewundert, einfach bei uns im Büro aufzutauchen. Eins ist nie in den Akten vermerkt worden: Mir fiel sein Blick auf, mit dem er sie während des Gesprächs gemustert hat. Voller Hass, gepaart mit unerfülltem Verlangen. Eine gefährliche Mischung. Ich versprach ihr, dass das Thema erledigt sei. Sie glaubte mir und verzichtete zu seinem Glück auf eine Anzeige. Kaum war sie gegangen, knöpfte ich ihn mir vor. Ich machte ihm klar, welche Konsequenzen es hätte, falls er sich ihr jemals wieder nähern würde. Auch mich bedachte er mit diesem hasserfüllten Blick. Das war der Grund, warum ich Kollegen darüber in Kenntnis setzte. Wahrscheinlich hat sich die Geschichte so verbreitet. Mit seiner Bewerbung beim LKA hat er uns allen einen Gefallen getan. Um ihm keine Steine in den Weg zu legen, bekam er ein erstklassiges Empfehlungsschreiben. Und jetzt kommen Sie zu mir und halten ihn für einen Mörder und Entführer. Oh je!«

»Sie haben mehrere Jahre mit ihm zusammengearbeitet«, sagte Drosten. »Wie lautet Ihre Einschätzung? Würden Sie ihm das zutrauen?«

»Jedem, in dessen Augen solcher Hass aufblitzt, traue

ich die schlimmsten Taten zu. Deswegen war ich über seine Bewerbung ausgesprochen erleichtert.«

* * *

Auf dem Rückweg nach Düsseldorf klingelte Drostens Handy und übertrug Sommers Nummer.

»Wir haben ein Problem«, erklärte Sommer ohne Umschweife.

»Ich stelle dich eben auf den Lautsprecher, damit Peter mithören kann. Was ist passiert?«

Sommer berichtete von den Vorfällen in Frankfurt, durch die Kenny Green als Verdächtiger ausschied. »Er hat mir die Unterlagen gegeben, die bei ihm vor Wochen im Briefkasten lagen. Darin waren zwei Ausdrucke, an die man nur gelangen kann, wenn man Mitglied einer Polizeibehörde ist oder zumindest einen entsprechenden Zugang besitzt.«

»Scheiße!«, fluchte Drosten.

Sommer nannte ihm Einzelheiten. Tatsächlich handelte es sich bei den Informationen um polizeiliche Interna, auf die ein LKA-Mitglied Zugriff hätte.

»Jonah ist auch in der Gewalt des Täters«, folgerte Sommer aus den neuen Erkenntnissen. »Er hätte unmöglich an die Unterlagen kommen können.«

»Es sei denn, er hätte sich Zugang zu Verenas Account verschafft«, schränkte Drosten ein.

»Hältst du sie für so leichtsinnig?«, entgegnete Sommer. »Ich kann mir das nicht vorstellen.«

»Nein. Du hast recht. Das ist ziemlich unwahrscheinlich. Wäre die Post Samstagnacht in Greens Briefkasten gelandet, wäre das etwas anderes. Dann hätte er die Zugangsdaten aus ihr herauspressen können. Aber vor

Wochen? Da ist es beinahe ausgeschlossen, dass die Informationen über Verenas Account zusammengetragen wurden.«

»Was habt ihr herausgefunden?«

Drosten fasste die neuesten Erkenntnisse über Sickinger zusammen, die den Mann im Licht von Sommers Informationen als Hauptverdächtigen klassifizierten.

»Es passt alles«, sagte Sommer. »Sein Faible für ein Escortgirl, die Morde in der Erotikbranche, der Zugriff auf polizeiinterne Akten.«

»Aber wieso entführt er Verena? Und wieso Greger?«

»Erinnerst du dich nicht an seine Aversion uns gegenüber? Vielleicht ist das für ihn wie ein krankes Duell. Und wer weiß, was Greger über ihn herausgefunden hat. Wäre Sickinger noch in Bochum tätig, hätte es eventuell Hauptkommissarin Wandler statt Greger getroffen. Das Puzzle fügt sich zusammen, Robert. Ich könnte zu euch nach Düsseldorf aufbrechen. Die Spur um Green hat sich zerschlagen, und Karlsen steht für die Wiesbadener Kollegen als Ansprechpartner zur Verfügung. Hier komme ich mir gerade ziemlich nutzlos vor.«

»Mach das!«, antwortete Stenzel und blinzelte Drosten zu. »Ihr müsst erst gar nicht glauben, dass ich mir dann wie das fünfte Rad am Wagen vorkommen würde, nur weil das Dreamteam wieder vereint ist.«

* * *

Die Miene von Taffertshofer verhieß eine unangenehme Entwicklung. »IT-Spezialisten sind auf dem Computer des Kollegen fündig geworden. Aber bevor ich Ihnen das aus zweiter Hand wiederkäue, sollen Sie es von den Kollegen selbst erfahren.«

»Sickingers Computer?«, vergewisserte sich Stenzel.

Taffertshofer nickte.

»Das passt zu dem, was wir herausgefunden haben«, fuhr Stenzel fort.

»Sie verstehen es, die Spannung aufzubauen. Ich hole eben jemanden von der IT herbei.« Er griff zum Telefon.

Nach einem kurzen Gespräch brachten Drosten und Stenzel ihn abwechselnd auf den neuesten Stand und ließen auch Sommers Erkenntnisse nicht aus. Dann klopfte es bereits an Taffertshofers Tür. Ein junger Mann, der anscheinend frisch von der Uni zum LKA gewechselt war, trat ein. Taffertshofer stellte ihn vor. Trotz seines Alters wirkte der Spezialist sehr selbstbewusst. Er nickte den auswärtigen Gästen zu und setzte sich Taffertshofer gegenüber.

»Kommen wir direkt zur Sache. In meinem Büro wartet viel Arbeit. Beginnen wir mit dem Laptop des Kollegen Greger. Erst zwei Monate alt, was wir anhand des Kaufbelegs auf den Tag genau festlegen konnten. Dementsprechend wenig ergiebig war die Datenmenge. Nichts, was wir gefunden haben, besitzt einen Bezug zu seinem Verschwinden.« Der Mann rückte seine Brille zurecht. »Sickinger hingegen hatte seinen PC mit einem ausgeklügelten Passwort geschützt. Wir haben es erst am Vormittag geknackt. Wie ich schon dem Hauptkommissar ausführlich dargelegt habe, scheint Sickinger süchtig nach Internetpornografie zu sein. Besonders haben es ihm Webcamgirls angetan. Wir haben verschiedene Accounts bei diversen Anbietern gefunden. Abbuchungen, die wir mit Hilfe von Sickingers Onlinebanking-Zugang nachvollziehen konnten, schließen die Theorie einer falschen Spur aus. Er hat dafür jeden Monat um die eintausend Euro ausgegeben. Die letzten zwölf Monate lässt sich das auf den Kontoauszügen zurückverfolgen. Weiter haben wir es nicht geprüft.«

»Krass«, brummte Drosten. »Zusammen mit dem, was wir herausgefunden haben, verstärkt das die Verdachtsmomente.«

»Ich habe mir Informationen über die Vorgänge von Samstagnacht geben lassen und herauszufinden versucht, wann Sickinger das letzte Mal den PC gestartet hat«, fuhr der IT-Spezialist fort. »Das war Sonntagmorgen um halb sechs. Wenn er gegen zwei in Wiesbaden eine Polizistin entführt hat, reicht die Zeit so gerade eben, um dreieinhalb Stunden später den eigenen Computer anzuschalten. Da er ein kompliziertes Passwort benutzt hat, muss er sich selbst eingeloggt haben oder dazu gezwungen worden sein. Um die Uhrzeit hat definitiv jemand das Passwort eingegeben und war insgesamt zwanzig Minuten eingeloggt.«

»Und das war leider noch nicht alles«, brummte Taffertshofer.

»Seine Internetpornosucht scheint manische Züge aufzuweisen. Wir haben ein fast sechshundert Seiten langes Dokument gefunden, in dem er Dossiers über Webcamgirls und Pornostars beziehungsweise -sternchen niedergeschrieben hat. Schriftgröße zwölf, anderthalbzeiliger Abstand. Sie können sich also vorstellen, wie umfangreich die Datei ist.«

»Was hat er notiert?«, fragte Stenzel.

»Alle Vorzüge der verschiedenen Damen. Bei den Pornodarstellerinnen ging es hauptsächlich um die Stellungen, in denen sie seiner Meinung nach ihren besten

Job erledigen. Stellen Sie es sich wie bei der Oscarverleihung vor. Die Webcamgirls hat er differenzierter bewertet. Soweit wir das bisher überblicken, hat er notiert, wie sie auf verschiedene Anweisungen reagierten.«

»Das klingt alles wahnsinnig zeitaufwendig«, sagte Drosten.

»Wenn Sie mich fragen, hat Kommissar Sickinger neunzig Prozent seiner Freizeit der Sucht gewidmet. Wir sichten das ganze Material. Vielleicht stoßen wir auf einen Zusammenhang zur ermordeten Carmen Lossius. Oder es taucht irgendwo der Name der anderen Toten auf. Aber das kann bei dem Umfang des Dokuments eine Weile dauern. Einfache Suchanfragen haben leider keine Ergebnisse gebracht.«

»Uns läuft die Zeit davon«, erinnerte Drosten ihn. »Können Sie das Material aufteilen? Dann nimmt sich jeder einhundert Seiten vor. Dürfte deutlich schneller gehen.«

Der IT-Spezialist blickte zu Taffertshofer. Der dachte kurz nach und nickte dann.

»Leider ist das nicht alles«, fuhr der Mann fort.

Drosten hob die Brauen. »Was denn noch?«

»An Sickingers PC war eine externe Festplatte angeschlossen. Ebenfalls mit einem Passwortschutz versehen, den wir bislang nicht geknackt haben. Die Kollegen meinen jedoch, dass es nicht mehr lange dauern kann. Die Platte hat ein Fassungsvermögen von einem Terabyte. Wer weiß, was uns darauf erwartet.« Der IT-Spezialist zuckte bedauernd die Achseln.

»Umso schneller sollten wir jetzt mit der Sichtung des Dokuments beginnen«, sagte Drosten. »Sobald Lukas hier eintrifft, unterstützt er uns.«

23

Drosten rieb sich die Augen und nahm für einen Moment den Blick vom Bildschirm. Constantin Sickinger hatte ein schwerwiegendes Problem. Selbst, wenn er nicht der Täter war. Seine Karriere beim LKA würde sich von dieser Ermittlung gegen ihn nicht mehr erholen.

Drosten dachte an die Konsequenzen, falls der Kommissar unschuldig war. Beim LKA würde die Internetpornosucht des Kollegen die Runde machen. Das war in Drostens Augen unvermeidlich, weil zu viele Personen in die Ermittlungen involviert waren. Frauen würden ihn künftig eher meiden, Männer mit schlüpfrigen Bemerkungen aufziehen.

Die Seiten des aufgeteilten Dokuments, die Drosten bislang geprüft hatte, deuteten auf eine massive Sucht hin. Sickinger schien manisch Notizen zu verfassen. Manche Kommentare bildeten ein verachtendes Frauenbild ab. Bei einer Pornodarstellerin, die in seinem Ansehen sehr weit oben stand, hatte er unter anderem ihr junges Alter und ihre aufgekratzten Handgelenke erwähnt. Er hatte Schlussfolgerungen angestellt, dass sie ihren Job wohl eher widerwillig ausüben würde – was für ihn ganz offenbar den Reiz erhöhte. Von der maximal möglichen Punktzahl 10 hatte er ihr eine 9,8 gegeben. Ein Webcamgirl hatte er versuchsweise massiv beschimpft und als Bemerkung hinterlassen, es habe ihr gefallen. Anscheinend würde sie unter starken Minderwertigkeitskomplexen leiden. Auch diese Frau hatte er hoch bewertet.

In Verbindung mit den frischen Informationen aus Bochum wirkte Sickinger alles andere als sympathisch. War er überhaupt in der Lage, eine Beziehung auf Augenhöhe zu führen? Drosten zweifelte daran. Das machte den Kommissar nicht automatisch zum Täter – aber zumindest zu einem sehr zweifelhaften Charakter, der im Polizeidienst falsch aufgehoben war. Wie die Vorfälle in Bochum bereits gezeigt hatten. Drosten verstand Wandlers Beweggründe, ihm ein Empfehlungsschreiben auszustellen. Doch vielleicht hatte sie die Lage dadurch bloß verschlimmert.

Drosten trank einen Schluck Cola, dann wandte er sich wieder dem Dokument zu. Auf den nächsten fünf Seiten, die er sich ansah, wiederholte sich das Bild. Immer abwechselnd hatte Sickinger eine Pornodarstellerin und ein Webcamgirl klassifiziert. Die monatlichen Kosten von tausend Euro wunderten Drosten nicht weiter – selbst wenn es heutzutage viele Pornoangebote kostenfrei gab.

An einer Stelle auf der nächsten Seite hielt er inne. Neben dem Namen des Webcamgirls *HotPenelope* stand eine ungewöhnliche Notiz, die Sickinger kursiv gesetzt und unterstrichen hatte.

Tochter von G?

Nachdenklich rieb sich Drosten über die Lippen. Er las die Zusammenfassung über die junge Frau durch, die sich nicht von den anderen Texten unterschied. Bis auf den unterstrichenen Vermerk.

Konnte das sein?

Er schaute wieder vom Laptop auf. Im Besprechungsraum waren Stenzel, Taffertshofer und Röser alle in ihre eigenen Dokumente vertieft.

»Hört mir mal bitte zu. Ich habe hier eine Notiz gefunden, die mich stutzig macht.«

Die Kollegen blickten interessiert zu ihm.

»Ein Webcamgirl nennt sich *HotPenelope*, Sickinger führt ihre Vorzüge auf, die ich jetzt nicht vorlesen will. Wichtig ist nur ein Zusatz, den er unterstrichen und kursiv gesetzt hat. Tochter von G.«

Drosten wartete, ob die Kollegen von allein seine Vermutung teilten.

»Die Tochter eines anderen Webcamgirls?«, spekulierte Röser. »Von jemandem, dessen Künstlername mit G beginnt?«

»Zumindest in meinen Seiten wäre keine Frau alt genug, um eine über zwanzigjährige Tochter zu haben«, entgegnete Drosten. »Bei euch etwa?«

Die Männer verneinten.

»Tochter von Greger?«, sprach Drosten seinen Gedanken laut aus.

»Nicht schlecht«, brummte Stenzel. »Aber als Theorie haltbar?«

»Ich brauche Zugriff auf die Accounts von Sickinger. Zum Glück hat er penibel aufgeführt, auf welchen Portalen welche Mädchen arbeiten.«

Taffertshofer griff zum Handy. »Ich sage den

Kollegen aus der IT Bescheid. Sie sollen uns die Zugangsdaten nennen.«

Fünf Minuten später betrat der junge Spezialist den Raum. Er hatte nicht nur einen Laptop dabei, sondern auch eine externe Festplatte.

»Wir haben das Passwort geknackt«, sagte er zufrieden. »927 Gigabyte vollgestopft mit Pornomaterial. Sickinger hat seine Besuche bei den Girls aufgezeichnet. Vermutlich heimlich, denn für einen solchen Videomitschnitt haben wir ebenfalls eine Software gefunden. Das Programm informiert den anderen Teilnehmer nicht über die Aufnahme. Allerdings erschließt sich uns der Grund für Sickingers Handeln nicht. Hat er wie ein Eichhörnchen für schlechte Zeiten vorgesorgt? Hoffte er auf Erpressungsmaterial? Wir verstehen es nicht.« Er stellte den Laptop auf den großen Tisch. »Wollen Sie erst das Material überfliegen ...«

»Nein«, unterbrach Drosten ihn. »Wir brauchen Zugriff auf die Homepage *X-2000-Babes*. Da nennt sich eine Frau *HotPenelope*. Finden Sie die?«

Der Spezialist weckte den Laptop aus dem Ruhemodus und gab das Zugriffspasswort ein. Er baute eine Internetverbindung auf und rief die genannte Adresse auf. Nach ein paar Minuten schüttelte er bedauernd den Kopf. »In der linken Leiste sind alle Künstlerinnen aufgeführt, selbst wenn sie offline sind. Eine *HotPenelope* ist nicht dabei.«

»Verdammt!«

»Nicht verzagen«, empfahl der Experte. »Vielleicht finden wir sie in den Mitschnitten.«

»Wollen Sie das ganze Material durchgehen?«

Der IT-Spezialist grinste. »Höchstens in meiner Freizeit, ohne mich dabei von Ihnen beobachten zu lassen. Aber Sickinger hat die Dateien mit Namen versehen. Arizona1, Arizona2 und so weiter. Die Suche dürfte nicht sehr lang dauern.« Er verschaffte sich Zugriff auf die Festplatte und tippte als Suchbegriff *HotPenelope* ein. »Drei Dateien.«

»Starten Sie den ersten Film«, sagte Taffertshofer.

Eine Dreiviertelstunde später endete der letzte Clip. Keiner davon hatte einen Anhaltspunkt geliefert, ob Sickinger *HotPenelope* gegenüber den Verdacht geäußert hätte, sie sei Gregers Tochter.

»Finden Sie heraus, wo der Anbieter von *X-2000-Babes* seinen Sitz hat?«, fragte Drosten.

»Dafür gibt es ja eine Impressumspflicht«, antwortete der Spezialist. Er klickte auf verschiedene Seiten der Homepage. »Zum Glück in Deutschland. In Aachen.«

»In einer Fahrstunde für uns erreichbar«, sagte Stenzel.

»Ich habe eine andere Idee.« Drosten griff zum Telefon und wählte Sommers Nummer.

»Ich bin in ungefähr vierzig Minuten in Düsseldorf«, eröffnete Sommer das Gespräch.

»Eine Spur führt nach Aachen«, informierte Drosten ihn. »Kannst du ein neues Ziel im Navi programmieren?«

* * *

Sommer erreichte die Adresse des betreffenden Anbieters, die in einem Mischgebiet lag. In den meisten umliegenden Häusern befanden sich Büros im Erdgeschoss, während in den Etagen darüber Wohnungen zu sein schienen. Die Büros verfügten entweder über gläserne Fronten, in denen Werbeplakate Hinweise auf die Branche der Unternehmen gaben, oder über Informationsschilder an den Hauswänden. Nur bei der Hausnummer siebzehn fehlte jeglicher Hinweis. An den tiefen Fenstern waren die Jalousien herabgelassen. Sommer presste seine Stirn ans Glas, erkannte jedoch nichts. Ob überhaupt jemand in dem Büro saß? Oder war das bloß eine Scheinadresse, um der Impressumspflicht nachzukommen?

Er trat an die Tür und versuchte, sie aufzudrücken. Sie war verschlossen. Da es keine Klingel gab, klopfte er an die Tür und wartete. Nichts geschah. Sommer zählte bis zwanzig und klopfte erneut. Sekunden später zog ein Mann mittleren Alters von innen die Jalousie hoch. Er schaute Sommer skeptisch an.

»Was wollen Sie?«, rief er.

»Mit Ihnen reden.« Sommer drückte seinen Dienstausweis an die Scheibe.

Der Mann musterte den Ausweis und griff zu einem Schlüssel. Sekunden später öffnete er die Tür.

»Kommen Sie rein«, sagte er. »Ich bin Besuch nicht gewohnt. Wenn überhaupt schauen hier Bewerberinnen vorbei, die nicht verstehen, dass sie ihr Material online hochladen müssen.«

Nichts deutete darauf hin, dass ihn das unerwartete Auftauchen eines Polizisten nervös machte. Im Inneren des Büros stand bloß ein Schreibtisch, auf dem zahlreiche Dokumente um den großen Monitor herumlagen. Sommer sah nur einen Bürostuhl. Der Raum war nicht dafür ausgelegt, Besucher zu empfangen.

»In der Küche steht ein Klappstuhl. Ich hole den eben.«

Der Mann verschwand in einem Nebenraum und kam kurz darauf mit dem Stuhl zurück, den er seinem unverhofften Gast in die Hand drückte. Sommer klappte ihn auf und setzte sich.

»Was will ein Polizist hier bei der Geschäftsadresse der *X-2000-Babes*?«

»Verraten Sie mir zuallererst Ihren Namen?«

»Holger Kleinhaus.«

Von Drosten wusste Sommer, dass unter diesem Namen der Betreiber der Plattform im Impressum ausgewiesen war.

»Können Sie sich ausweisen?«

Kleinhaus runzelte die Stirn, ehe er sein Portemonnaie aus der hinteren Hosentasche zog, es aufklappte und Sommer den Ausweis reichte. »Sonst noch Wünsche? Was wollen Sie hier? Unsere Dienstleistung ist völlig legal, ich zahle Steuern, beschäftige nur Volljährige und unternehme alles, um meine Mitarbeiterinnen vor zu aufdringlichen Kunden zu schützen.«

»Ich will von Anfang an mit offenen Karten spielen«, begann Sommer.

Kleinhaus grinste. »Sie definieren *von Anfang an* sehr zu Ihren Gunsten.«

»Und wenn Sie mich ausreden lassen, kommen wir schneller zum Punkt. Also: Ich habe keinen richterlichen Beschluss, den ich gleich aus der Tasche ziehe. Falls Sie mir helfen, passiert das auf rein freiwilliger Basis. Aber Sie könnten damit einer entführten Kollegin das Leben retten.«

Schlagartig wurde Kleinhaus' Gesichtsausdruck ernster. »Das klingt ziemlich übel.«

Sommer nickte. »Ist es auch.« Er gab seinem Gegenüber Einblick in die Ermittlungen und berichtete, wieso sie sich für die Identität hinter dem Künstlernamen *HotPenelope* interessierten.

»Ich soll Ihnen also den bürgerlichen Namen der Dame mitteilen«, fasste Kleinhaus zusammen. »Ohne, dass mich ein Richter dazu auffordert oder ich die entsprechende Frau anrufe und um Erlaubnis bitte.«

»Genau so ist es. Damit Sie sehen, dass wir nicht völlig im Dunkeln fischen, spekuliere ich ein bisschen. Die Dame heißt entweder Greger mit Nachnamen oder trägt einen spanischen Namen.«

Kleinhaus legte die gefalteten Hände an den Mund. Er starrte Sommer prüfend an. Der wich dem Blickkontakt nicht aus.

* * *

Drosten und Stenzel standen in der Kaffeeküche und hielten kleine Espressotassen in der Hand. Sommer hatte ihnen vor einer Viertelstunde mitgeteilt, in Aachen eingetroffen zu sein. Er müsste sich jeden Augenblick melden.

»Was bedeutet es, wenn du recht hast?«, fragte Stenzel. »Siehst du das als Beweis für eine unserer Theorien? Zum Beispiel für die Vermutung, dass Sickinger der Täter ist?«

»Ganz im Gegenteil«, antwortete Drosten.

Stenzel nickte zustimmend – offenbar plagten ihn ähnliche Zweifel.

»Sickinger könnte *HotPenelope* verfallen sein. Auch wenn die Chats nicht darauf hindeuten. Aber er hat ja schon zu seinen Bochumer Zeiten seltsames Verhalten an den Tag gelegt. Vielleicht hat er Gregers Tochter in seine

Gewalt gebracht. Oder er nutzt seinen Partner, um an die junge Frau heranzukommen.«

»Sie sieht Marlene Reither durchaus ähnlich«, sagte Stenzel.

»Ist mir aufgefallen. Andererseits würde es in meinen Augen auch einen Verdacht gegen André Greger begründen, falls wir richtig liegen. In deiner Heimatstadt ist ein Konsument erschossen worden. Er war sogar das erste Opfer. Vielleicht hat der Makler unter anderem für *HotPenelope* bezahlt und ist dadurch auf eine Todesliste gerutscht.«

»Weil Greger sich an den Menschen rächt, die etwas mit dem Business zu tun haben.«

Drosten schnaubte wie ein Pferd. »Mir schwirrt der Kopf. Wir brauchen handfeste Beweise. Diese Spekulationen treiben mich in den Wahnsinn.« Er trank den Espresso aus.

Kaum hatte er die Tasse in die Spülmaschine gestellt, klingelte sein Telefon.

24

Er schaute auf seine Uhr. In weniger als zwei Stunden lief der Countdown ab. Sein Plan schien aufzugehen. Doch er musste weiterhin mit Bedacht vorgehen und durfte sich nicht zu überlegen fühlen. Jeder seiner Gefangenen hatte eine kleine, aber faire Chance. Nur so zog er aus den bevorstehenden Duellen den nötigen Nervenkitzel.

Er betrat den Raum, in dem zwischen ihm und seinen Gegnern der Showdown stattfinden würde. Nach festgelegten Regeln. Er hatte in den letzten Tagen bereits das meiste vorbereitet. Trotzdem musste er noch einmal alles prüfen. Nachher durfte ihm die Technik keinen Strich durch die Rechnung machen.

Er stellte sich an den einzigen Tisch im Raum und wackelte daran. Er stand bombenfest. Seine Gefangenen müssten auf dem Stuhl Platz nehmen, während er sich ein paar Meter entfernt hinstellen und im Laufe ihrer Auseinandersetzung mehrmals seine Position wechseln würde.

Um das Ganze für die Gäste noch schwieriger zu

gestalten, waren zwei technische Geräte notwendig. Er ging zu der Stereoanlage, die von großen Boxen gesäumt war. An den Wänden hingen vier kleinere Surround-sound-Lautsprecher. Er schaltete die Anlage ein und drückte den Startknopf. Die Musik erklang umgehend. Für einen Moment schloss er die Augen und genoss das Lied. Er würde seine Gäste nicht mit unerträglichem Gekreisch quälen, sondern ausgewählte Musikstücke präsentieren, die eins gemeinsam hatten: keine ruhigen Phasen. Stille könnte sein Vorhaben gefährden. Er griff zur Fernbedienung, mit der er die Anlage steuern würde. Drückte den Pause- und den Startknopf. Die Lautstärkere-gelung. Alles funktionierte ohne Verzögerung. Er schaltete die Musik wieder aus und betätigte auf der multifunktio-nalen Fernbedienung eine andere Taste. Im nächsten Augenblick sprang das Stroboskoplicht an. Er hielt das Geflacker zehn Sekunden aus. Falls sich einer seiner Gäste die Augenbinde abreißen würde, beeinträchtigte das Licht die Sehkraft. Und die Musik das Hörvermögen.

Keiner der Gefangenen sollte sich durch einen Trick einen Vorteil verschaffen können.

Er schaltete die Lampe wieder aus. Später würde noch ein Revolver eine gewichtige Rolle spielen.

Russisches Roulette.

Er grinste. Die verlockende Vorstellung dieser ganz besonderen Auseinandersetzung zwischen zwei Menschen schwirrte seit vielen Jahren in seinem Kopf herum. Anfangs hatte er sich das Ganze als eine Art Bestrafung für einen Täter ausgemalt, der kein Gerichts-verfahren verdient hätte. Und im Prinzip war es genau das, was ihm bevorstand. In wenigen Stunden wäre es so weit. Ein Duell um Leben und Tod. Mit einem kleinen

Vorteil für ihn, aber einer fairen Chance für jeden seiner Gäste.

Erneut schaute er auf die Uhr und konnte es kaum noch erwarten. Doch er würde den Countdown nicht verkürzen – egal, wie stark der Drang danach in ihm wuchs.

Er verließ den Raum. Seine Helferin saß in der Küche und nippte an einem Kaffee. Die Spuren des Kampfs mit Kraft waren ihr ins Gesicht geschrieben.

»Hast du alles vorbereitet?«, fragte sie.

»Ja. Für dich wird es Zeit.«

Sie nickte und stand auf. Die beiden nahmen sich in den Arm.

»Halt dich bereit«, flüsterte er ihr ins Ohr. »Du wirst wissen, wann du zuschlagen musst.«

»Ich liebe dich.«

»Ich dich auch.« Er streichelte ihren Kopf.

* * *

Drosten nahm das Gespräch entgegen. »Was hast du herausgefunden?«, fragte er aufgeregt.

»Ihr hattet recht«, sagte Sommer. »Natalie Greger hat bis vor einem halben Jahr als *HotPenelope* für die *X-2000-Babes* gearbeitet. Sie trägt noch immer ihren alten Namen.«

Drosten ballte die Faust. Auch Stenzel lächelte.

»Die Adresse, die sie ihrem Arbeitgeber angegeben hat, liegt sogar in Düsseldorf«, fuhr Sommer fort.

»Also können Vater und Tochter in regelmäßigem Kontakt stehen«, folgerte Drosten.

»Oder Sickinger könnte sie kennengelernt haben«,

fügte Stenzel hinzu. »Entweder durch einen Zufall oder weil Greger sie seinem Partner vorgestellt hat.«

»Ich gebe euch die Adresse«, sagte Sommer. »Von Aachen brauche ich mit Blaulicht eine Stunde. Aber ihr solltet besser nicht auf mich warten. Dafür drängt die Zeit zu sehr!«

* * *

Eine einfache Internetsuche förderte zutage, dass Natalie Greger in einem der besseren Düsseldorfer Wohnviertel wohnte, in einem freistehenden Haus. Über *Streetview* konnten sie sich das Gebäude ansehen.

»Sie könnte Opfer oder Täterin sein«, sagte Taffertshofer. »In beiden Fällen können wir wegen des ablaufenden Countdowns *Gefahr im Verzug* anwenden.« Er schaute auf seine Uhr. »Bis das SEK bereit für den Zugriff ist, läuft die gesetzte Frist ab. Die Kollegen sind maximal ein paar Minuten früher einsatzfähig.«

»Das dauert zu lange«, stöhnte Drosten. »Haben wir andere Alternativen? Immerhin sind wir zu viert. Sobald Lukas eintrifft, sogar zu fünft.«

Taffertshofer schürzte die Lippen. »Das kommt darauf an, wie es vor Ort aussieht. Wenn sich eine Möglichkeit findet, das Haus von mehreren Stellen zu stürmen, könnten wir die Aufgabe übernehmen. Ist es aber vor einem Zugriff durch Außenrollläden geschützt, brauchen wir das SEK.«

Drosten sprang auf. »Dann lassen Sie uns nicht länger warten.«

Taffertshofer atmete hörbar durch, bevor er aufstand. »Meinetwegen. Machen wir uns auf den Weg. Selbst wenn wir nicht reinkommen, können wir die Umgebung für das SEK sondieren.«

Eine Viertelstunde später erreichten sie in zwei Autos das Viertel, in dem Natalie Greger lebte. Sie stellten die Fahrzeuge am Beginn der Straße ab. Röser zückte sein Handy.

»Hundertfacher Digitalzoom«, erklärte er. »Damit dürfte man schon einige Details erkennen.«

Sie gingen in geschlossener Formation ein paar Schritte auf die Adresse zu. Dann schoss Röser ein Foto.

»Nicht gut!«, brummte er, nachdem er den Ausschnitt vergrößert hatte. »Sieht tatsächlich nach herabgelassenen Rollläden aus.«

»Gehen wir näher ran, vielleicht finden wir eine Zugriffsmöglichkeit.«

Sie verteilten sich auf beiden Bürgersteigen und näherten sich langsam dem Haus. Aus ungefähr fünfzig Metern Entfernung deutete Drosten zum Eingang.

»Ist das ein Panzerriegelschloss?«, fragte er.

»Könnte sein«, antwortete Stenzel.

Drosten verzog den Mund. Sie näherten sich noch weiter an, bis sie den Riegel an der schwarzen Haustür endgültig identifiziert hatten.

»Das darf einfach nicht wahr sein«, sagte Drosten verärgert. »Selbst ein Schlüsseldienst kann uns jetzt nicht schnell weiterhelfen. Wer sichert in einem solchen Viertel ...«

»Jemand, der unter allen Umständen einen Zugriff verhindern will«, unterbrach Stenzel ihn. »Komm weiter!«

Langsam umrundeten sie das Haus und trafen auf die LKA-Kollegen.

»An jedem Fenster sind Rollläden runtergelassen«, sagte Taffertshofer.

»Und die Haustür ist mit einem Panzerriegel geschützt«, ergänzte Drosten. »Das ist richtig übel.«

»Sehr verdächtig«, murmelte Röser.

Drosten schaute auf die Uhr. Weitere Minuten des Countdowns waren verstrichen. Hielt jemand Verena in diesem zweistöckigen Haus gefangen? »Kontaktieren Sie das SEK«, bat er Taffertshofer. »Die Kollegen müssen sofort kommen. Uns rennt die Zeit davon!«

»Es geht jetzt nicht durch Zauberhand schneller.«

Frustriert wandte sich Drosten vom LKA-Beamten ab. Er wusste, dass Taffertshofer recht hatte. Trotzdem wollte er die Wartezeit nicht länger akzeptieren.

»Ziehen wir uns zurück«, schlug Röser vor. »Nicht, dass uns jemand beobachtet.«

»Das ist schon passiert«, entgegnete Drosten. Er hatte soeben an einem Nachbarhaus hinter einer Gardine eine Bewegung registriert. »Kommt mit!«

Er ging voran, ohne die Antwort der Kollegen abzuwarten. Untätigkeit wäre in dieser Situation für ihn das Allerschlimmste. Er erreichte die Haustür und klingelte. Dann zog er den Dienstausweis aus der Anzugtasche.

Ein rund sechzig Jahre alter Mann öffnete ihm. Im Hintergrund erkannte Drosten eine gleichaltrige Frau.

»Hauptkommissar Drosten, KEG Wiesbaden. Dürfen meine Kollegen und ich reinkommen? Es geht um Ihre Nachbarin. Frau Greger.«

Der Mann machte die Tür weiter auf und trat zur Seite. »Kümmert sich endlich jemand um das Problem? Seien Sie herzlich willkommen.«

»Janis und ich warten draußen und beobachten das Haus«, sagte Taffertshofer.

Stenzel hingegen folgte Drosten hinein. Das Ehepaar führte die Polizisten in ein gemütlich, aber überfüllt wirkendes Wohnzimmer. Sie nahmen an einem Wohnzimmertisch Platz, auf dem benutztes Geschirr stand, das die Frau hektisch abräumte.

»Entschuldigen Sie die Unordnung. Ihr Besuch kommt überraschend.« Sie verließ kurz den Raum.

»Wann haben Sie Ihre Nachbarin das letzte Mal gesehen?«, fragte Drosten.

Der Mann wartete, bis seine Ehefrau ins Wohnzimmer zurückkehrte. »Wann haben wir die Greger das letzte Mal gesehen?«, wiederholte er.

»War das am Samstag?«, erwiderte sie unsicher. »Als wir im Garten Unkraut gezupft haben?«

»Kommt hin«, sagte er. »Da hat sie diesen Riegel an der Tür anbringen lassen.«

»Der ist neu?«, vergewisserte sich Drosten.

Der Bewohner nickte. »Aber wahrscheinlich braucht jemand wie sie einen solchen Schutz. Bei dem Gesocks ...«

»Was heißt das?«, hakte Stenzel nach.

»Sie ist vor ungefähr zwei Jahren in das Haus gezogen. Anfangs freuten wir uns. Das Viertel ist in die Jahre gekommen. Eine junge Familie, die idealerweise ein paar kleine Kinder hat, würde für frischen Wind sorgen«, erklärte die Ehefrau. »Allerdings haben wir schnell festgestellt, dass sie allein in das große Haus eingezogen ist. Auf der Straße hat sie sich nie mit uns unterhalten wollen. Die Greger ist keine freundliche Person. Aber am schlimmsten für unser Viertel ist ihr Broterwerb.«

»Wie verdient sie ihn?«, fragte Drosten.

Der Mann runzelte die Stirn. »Sie wissen davon, oder? Sonst wären Sie ja kaum hier.«

»Wir müssen uns die Beobachtungen von neutralen Zeugen bestätigen lassen«, wählte Drosten eine plausibel klingende Ausrede.

»Sie hat ständig Herrenbesuch«, echauffierte sich die Ehefrau. »Oft kommt sie abends in Begleitung nach Hause. Die Männer bleiben zwei oder drei Stunden, dann fahren sie mit dröhnenden Motoren davon. Schrecklich. Ich kann gar nicht mehr zählen, wie oft ich dadurch wach geworden bin. Wir schlafen nämlich gern bei offenem Fenster, besonders im Sommer.«

»In den letzten Monaten ist es ruhiger geworden«, schränkte ihr Mann ein.

»Haben Sie sich je beim Ordnungsamt beschwert?«, fragte Drosten.

»Siehst du, Kurt! Das hätten wir tun sollen. Ich war schon länger dafür.«

»Also haben Sie das nicht gemeldet?«, schlussfolgerte Stenzel.

»Nein. Wir wollten keinen Ärger.«

»*Du* wolltest keinen Ärger«, korrigierte seine Frau ihn.

»Luisa, du hättest genauso gut beim Ordnungsamt anrufen können.«

Drosten hob eine Hand, um den Disput zwischen den Eheleuten im Keim zu ersticken. »Sie erwähnten gerade, jemand habe den Panzerriegel am Samstag angebracht. Können Sie die Person beschreiben?«

Das Ehepaar sah sich an. »Das war ein junger Kerl«, sagte der Mann schließlich. »Ende zwanzig. Nicht besonders auffällig.«

»Ist der Mann nach Fertigstellung geblieben oder gefahren?«

»Gefahren. In einem Lieferwagen.«

»Stand an der Seite des Fahrzeugs ein Name des Unternehmens?«

Der Hausbewohner schüttelte den Kopf. »Darauf habe ich leider nicht geachtet.«

»Ich auch nicht«, fügte seine Frau hinzu.

25

Mittlerweile schmerzte Verena Kraft jeder einzelne Körperteil. Wenn sie sich bewegte, dann nur zentimeterweise, um keine neuen Schmerzwellen auszulösen. Lange würde sie das nicht mehr aushalten.

Plötzlich knackte es über ihr. Im Lichtschein der Lampe hatte sie an der Decke vor einer Weile einen kleinen Lautsprecher entdeckt – der jedoch bislang stumm geblieben war.

»Hallo zusammen«, sagte ihr Entführer. »Eure Gefangenschaft neigt sich dem Ende zu. Ich habe der Polizei ein Zeitlimit gesetzt, um euch zu befreien. Dieser Countdown läuft in weniger als fünfzehn Minuten ab. Ich erkläre jedem Einzelnen von euch, wieso er oder sie gefangen ist – dafür brauche ich etwas Zeit. Also hole ich jetzt denjenigen von euch, der es am meisten verdient hat, zuerst zu mir. Wir sehen uns.«

»Scheiße«, flüsterte sie.

Nachdem ihr Fluchtversuch gescheitert war, hatte sie auf ihre Kollegen gehofft. Diese Hoffnung zerschlug sich nun. Bestimmt würde der Mistkerl sie zuerst holen – allein, um sie wegen ihres Widerstands zu bestrafen.

»Du wirst nicht jammern, du wirst nicht betteln. Lieber aufrecht stehend als kniend sterben«, sprach sie sich Mut zu.

So schnell es ihr geschundener Körper zuließ, setzte sie sich auf und blickte zur Tür. Sobald er eintrat, würde sie ihn als dreckigen Verräter beschimpfen. Eine vermutlich letzte Genugtuung, bevor er sie erledigte.

* * *

Vor der Tür seines ersten Opfers, mit dem er russisches Roulette spielen würde, hielt er inne und atmete tief durch. Der Showdown, den er so lange vorbereitet hatte, stand kurz bevor. All die Arbeit der letzten Monate zahlte sich nun aus. Die schlaflosen Nächte, in denen er Informationen zusammengetragen hatte. Die Tricks und Täuschungen. Das Ausspionieren. All das für die nächsten Stunden, in denen er hell wie eine Supernova strahlen würde. Bis er wie ein Gammablitz sein Leben aushauchte.

Mit den Fingern berührte er den von außen steckenden Schlüssel. Hauptkommissarin Krafts Fluchtversuch hatte ihn kurzzeitig wanken lassen. Doch letztlich hatte er beschlossen, bei seinem ursprünglichen Plan zu bleiben. Kraft wäre nicht als Erste an der Reihe.

Er entriegelte die Tür und schaltete das Licht ein. Sein Gefangener blinzelte. Er hatte sich bereits aufgesetzt.

»Du widerliches Arschloch! Schämst du dich gar nicht?«

»Wofür?«

»Du bist Polizist. Einer der Guten!«

»Und ich entsorge Abschaum. Also frage ich dich noch mal: Wofür soll ich mich schämen?«

»Das bin ich für dich? Abschaum?«

Der Gefangene versuchte aufzustehen. Die Ketten behinderten ihn allerdings zu sehr in seiner Bewegungsfreiheit.

»Ich führe dich jetzt in einen Raum, in dem wir uns unterhalten. Du erfährst, warum ich dich zum Duell einlade. Falls du gewinnst, sterbe ich. Dann kannst du die Informationen an unsere Kollegen weitergeben. Falls du verlierst, erfährst du vor deinem Tod zumindest, wieso du sterben musstest.«

»Das ist nicht dein Ernst.«

»Nie in meinem ganzen Leben war mir etwas so ernst.« Er ging zum Heizkörper. »Du hast gleich eine faire Chance, mich zu besiegen. Das verspreche ich dir. Aber wenn du jetzt eine Dummheit begehst, knalle ich dich wie einen räudigen Köter ab.« Er zog die Waffe und richtete sie auf den Gefangenen. Dann löste er die Kette von der Heizung. »Du gehst vor. Draußen wendest du dich nach rechts. Versuch keine Tricks. Ich lasse mich nicht überrumpeln.«

Sein Gefangener erhob sich langsam und schlich zur Eingangstür. »Was für eine Chance gibst du mir?«

»Das wirst du gleich sehen.«

* * *

Das Sondereinsatzkommando hatte zwei Fahrzeuge um das Haus postiert. Nach entsprechender Prüfung der Gegebenheiten trat der Einsatzleiter zu Drosten, dem inzwischen ebenfalls eingetroffenen Sommer und den anderen Beteiligten.

»Wenn der Panzerriegel vernünftig angebracht ist, wird es nicht leicht, ihn zu beseitigen«, warnte er. »Normalerweise überwinden meine Männer Haustüren mit zwei, maximal drei Schlägen. Das gibt den Gegnern wenig Zeit. Diesmal werden alle, die im Inneren verschanzt sind, in Deckung gehen können, denn die Schläge verursachen einen Heidenlärm.«

»Und wenn Sie über die Terrasse das Haus stürmen?«, fragte Sommer.

»Ein Team schicke ich dorthin, aber ein Außenrollladen ist ebenfalls ein Problem. Wir hebeln ihn mit einer Art Wagenheber hoch. Auch das dauert. Ich fürchte, wir stoßen auf ernsthaften Widerstand.«

»Dafür ist Ihr Team ausgebildet, oder?«, sagte Taffertshofer.

»Meine Leute schon«, erwiderte der Beamte. »Aber Sie nicht! Insofern bleiben Sie schön im Hintergrund, während wir die Arbeit erledigen. Haben Sie das verstanden?«

* * *

In dem Raum hakte der Entführer die Kette in eine Metallöse an der Wand.

»Setz dich an den Tisch.«

»Yes, Sir!«, rief sein Gefangener sarkastisch.

»Constantin, hör auf mit dem Scheiß!«

Sickinger schaute ihn wütend an, während er sich setzte. »Das sagst ausgerechnet du mir? Wenn hier einer mit dem Scheiß aufhören sollte, bist das eher du. Lass mich frei, und ich sage vor Gericht zu deinen Gunsten aus.«

»Wie überaus großzügig. Trotzdem verzichte ich dankend. Du wirst gleich bestimmt verstehen, warum.«

Greger zog an der stramm gespannten Kette. Die Öse hielt. Sie gab Sickinger nur wenig Bewegungsfreiheit. Der Mann hätte keine Chance, ihn körperlich anzugreifen. Greger trat um den Tisch herum und blieb ungefähr zwei Meter von der Tischkante entfernt stehen. Sickinger würde konstant zu ihm aufschauen müssen.

»Ich wüsste da einen guten Gesprächseinstieg«, murmelte Greger. »Bei all deinen Fehlern muss ich dir eins zugutehalten. Du bist ein exzellenter Beobachter. Mein Magengeschwür, erinnerst du dich? Ich habe Magenkrebs. Die Diagnose kam vor neun Monaten. Der Arzt hat mir damals ein Jahr gegeben, wenn ich es nicht behandeln lasse. Leider war die Prognose bei einer Chemo nicht sonderlich vielversprechend.«

Sickinger runzelte die Stirn. »Du verarschst mich.«

»Ganz sicher nicht.«

»Im Präsidium weiß niemand davon. Sonst wärst du krankgeschrieben.«

»Ich lasse mich nicht behandeln. Wofür? Um zwei oder drei Jahre länger zu leben? Danke, aber nein danke.«

»André, was soll der Scheiß? Du tötest keine Menschen, weil du Krebs hast.«

»Stimmt. Wäre es nur das gewesen, hätte ich dich irgendwann aus dem Krankenhaus angerufen und mich verabschiedet. Aber ein einziges Telefonat hat alles verändert.«

»Wovon redest du?«

»Du weißt über meine Scheidung Bescheid. Meine

Ex lebt mit unseren Kindern in Spanien. Eines Abends klingelt mein Telefon. Natalie fleht mich um Hilfe an und nennt mir eine Adresse. Ihr sei etwas Schreckliches passiert. Ich bin sofort zu ihr gefahren. In ihrem Bett liegt ein bewusstloser Mann mit blutender Kopfverletzung. Ein Kunde, denn meine liebe Tochter arbeitet unter anderem als Escortgirl. Und dieser Mistkerl hätte sie beim Akt beinahe getötet.«

»Also Notwehr«, sagte Sickinger.

»Leider hat sie ihm, als er schon überwältigt war, eine schlimme Gesichtsverletzung zugefügt. Für die hätte sie sich verantworten müssen. Ihr Handeln war zu exzessiv. Außerdem wollte ich ihr eine Aussage vor Gericht ersparen. Ich habe an mein bevorstehendes Ableben gedacht, aber vor allem daran, wie sehr ich als Vater versagt habe.«

»Scheiße. Was hast du getan?«

»Ein Kissen genommen und ihn erledigt. Dann habe ich die Leiche entsorgt. Im Wald vergraben, um genau zu sein.«

»André! Wie konntest du nur?«

»Sie ist meine Tochter.«

»Und du Polizist.«

»Ein dem Tode geweihter Polizist. Mir schien das Schicksal einen letzten Gnadenakt zuzugestehen. Natalie war so dankbar. Endlich hatte ich wieder Kontakt zu ihr. Natürlich redeten wir darüber, wie sie in diese ganze Maschinerie geraten ist. Ob du es glaubst oder nicht. Die Toten hatten ihr Schicksal alle verdient. Klaus Schmitz war ihr allererster Escort-Kunde. Er hatte nicht einmal einen falschen Namen benutzt. Ich gab ihn in unserem System ein und stieß auf seine Verbindung zu Hauptkommissar Drosten. Ausgerechnet jener Drosten, der heutzutage immer wieder Lorbeeren einsammelt. Natalie erzählte mir noch mehr. Der Name Carmen Lossius fiel, denn die hatte Natalie überhaupt erst auf die Idee gebracht, nachdem meine Tochter aus Spanien zurückgekommen war. Auch Sandro Seydel spielte für ihren Werdegang eine Rolle. Natalie hat nämlich nicht nur als Escort gearbeitet, sondern ebenfalls als Webcamgirl. Aber das weißt du ja. Eine Zeit lang war Natalie in der Agentur angestellt, für die Seydel als Geschäftsführer arbeitet.«

»Woher soll ich das wissen?«, fragte Sickinger.

»Spar dir deine billigen Ausflüchte. Ich weiß über deine Pornosucht Bescheid. Du gehörst zu den ekelhaften Männern, die das Business in Gang halten.«

»Spinnst du? Das ist nicht wahr!«

»Ich habe auf deinem Handy eine Schadsoftware installiert.«

»Was?«

»Dank der hatte ich die volle Kontrolle über das ganze Gerät. Inklusive Kamera, Mikrofon und den interessanten Zugriff auf die Dateien, die du in der Cloud speicherst.«

»Warum hast du das getan?«

»Eigentlich nur, um vorgewarnt zu sein. Man hätte dich über Ermittlungen gegen mich in Kenntnis gesetzt. Kannst du dir vorstellen, wie oft ich dich übers Handy belauscht habe, während du dir abends einen runtergeholt hast? Herrje. Du hast ein echtes Problem, Constantin. Du bist ja ein Nimmersatt. Zwei-, dreimal am Abend? Falls du das hier überlebst, solltest du dich in Therapie begeben. Na ja. Aufschlussreich war das Dokument, das du in der Cloud gespeichert hast. *HotPenelope.* Tochter von G.? Richtig spekuliert. Du bist ein guter

Bulle. Mich interessiert, wie du das herausgefunden hast.«

Sickinger zögerte.

»Was hast du zu verlieren?«, fragte Greger.

»Es war Zufall«, sagte Sickinger. »Ich war irgendwann mit ihr im Chat, als ich mich wunderte, wieso sie mir so bekannt vorkam. Die Antwort lieferte mir das Bild auf deinem Schreibtisch. Das du vor zwei Jahren dort hingestellt hast. Deine beiden erwachsenen Töchter. Ihr Geburtstagsgruß – du erinnerst dich? Die Ähnlichkeit war verblüffend. Ich war mir nicht total sicher, deswegen das Fragezeichen. Leider war sie in den letzten Monaten nicht mehr online, so konnte ich das nicht herausfinden.«

»Nach unserem Wiedersehen habe ich sie finanziell unterstützt. Sie hatte es nicht mehr nötig.«

»Fotzen wie sie haben es immer ...«

Greger überbrückte die Distanz zwischen ihnen und verpasste Sickinger eine schallende Ohrfeige. Dann nahm er wieder seinen alten Platz ein.

»Du hast also kein Interesse mehr an einer Fortsetzung des Gesprächs. Eins kannst du mir glauben. Jemand wie du sollte nicht schlecht über andere reden. Aber sei's drum. Ich erkläre dir jetzt, wie unser russisches Roulette funktioniert.«

»Dabei spiele ich nicht mit.«

»Es ist deine einzige Chance, das hier zu überleben. Ich lege gleich einen Revolver auf den Tisch. Er hat sechs Kammern, nur in einer steckt eine Kugel. Damit du vernünftig schießen kannst, löse ich deine rechte Hand. Zuvor verschließe ich deine Augen mit einer Binde. Außerdem werde ich die Musik anschalten und den Raum mit einem Stroboskoplicht erhellen. Du hältst dir den Revolver an die Schläfe und drückst ab. Wenn dir das Glück hold ist, nehme ich anschließend die Waffe, richte den Lauf gegen meinen Kopf und drücke ab. Und so weiter. Bis einer von uns beiden tot ist. Ich kann mir vorstellen, dass du einen Trick versuchst. Zum Beispiel, indem du statt auf dich, auf mich zielst und sechsmal abdrückst. Deswegen die Binde, die Musik, das Licht. Außerdem wirst du nicht wissen, wo ich stehe. Das Wichtigste jedoch: Ich bin bewaffnet. Jeder Betrugsversuch endet in deiner sofortigen Exekution. Hast du das verstanden?«

»Und das soll ich dir glauben?«, fragte Sickinger.

»Ich verspreche, genau so läuft es ab. Du hast eine Fifty-fifty-Chance.«

»Dann bringen wir es hinter uns.«

»Ich wusste, auf dich ist Verlass.« Greger zog aus seiner Hosentasche die Augenbinde. »Ich trete jetzt hinter dich. Mach keinen Scheiß!«

Er umrundete den Tisch und legte seinem Opfer die Binde um. Danach aktivierte er mit der Fernbedienung Musik und Stroboskoplicht. Greger packte grob Sickingers rechte Hand und befreite sie von der Fessel. Zuletzt platzierte er den Revolver auf dem Tisch. Er stellte sich in eine Ecke des Raums.

»Die Waffe liegt auf zwei Uhr«, rief er über die Musik hinweg.

Sickinger tastete danach, Greger wechselte seine Position. Sein Partner bekam den Revolver zu fassen. Er zögerte, ehe er sich einen Ruck gab und den Lauf an die Schläfe presste.

»Du mieses Arschloch!«, schrie er und drückte ab.

26

Endlich überwanden die Polizisten an der Ramme den Widerstand der Tür. Sie flog ins Innere des Hausflurs. Die Männer, die sie aufgebrochen hatten, gingen hinter dem Mauerwerk in Deckung. Doch es ertönten keine Schüsse. Die ersten schwerbewaffneten Einsatzkräfte drangen ins Haus vor.

»Zwei Etagen«, sagte einer von ihnen ins Mikrofon.

»Vier nach unten, vier nach oben«, verteilte der Einsatzleiter die Aufgaben.

Drosten konzentrierte sich zunächst auf die Bildschirme, die das Geschehen im Erdgeschoss anzeigten. Die dort eingesetzten Männer sicherten die einzelnen Räume, die allesamt leer waren. Also richtete Drosten den Blick auf die anderen Monitore. Oben lag unter anderem das Schlafzimmer, in dem ein großformatiges, erotisches Fotobild von Natalie Greger hing. Auch in der ersten Etage hielt sich niemand auf.

»Gesichert, leer!«

»Gesichert, leer!«

»Gesichert, leer!«

Jedes Mal, wenn die Wortkombination erklang, klang sie für Drosten wie ein Nagel, den der Täter in Verenas Sarg hämmerte. Wo versteckte er sie?

Der Einsatzleiter setzte den Kopfhörer ab und legte ihn auf die kleine Ablagefläche vor sich. Er rieb sich mit den Händen übers Gesicht. »Und jetzt?«, fragte er leise.

Taffertshofer sah Drosten an. »Haben wir noch andere Hinweise?«

Drosten zuckte ratlos die Achseln.

* * *

Sickinger lachte vor Erleichterung. Er hatte abgedrückt und überlebt. In der ersten Kammer hatte keine Patrone gesteckt. Rasch legte er den Revolver beiseite. Greger trat an den Tisch und nahm ihn in die Hand. Dann stellte er sich auf seine alte Position und stoppte die Musik.

»Constantin hat Glück gehabt. Er hat die erste Runde gewonnen«, sagte Greger laut. Seine Worte galten nicht nur dem Partner, sondern auch den anderen Gefangenen. »Jetzt halte ich mir die Waffe an die Schläfe.«

»Machst du mir die Augenbinde ab?«, fragte Sickinger.

»Wieso sollte ich?«

»Damit ich sehen kann, ob du fair spielst.«

»Da müsst ihr mir wohl alle blind vertrauen. Im wahrsten Sinn des Wortes.« Er lachte. »Aber ich verspreche euch, ich betrüge nicht. Falls ich Pech habe, wünsche ich euch viel Glück. Mit der freien rechten Hand sollte es Constantin gelingen, die Öse aus der Wand zu schrauben. Auch wenn es eine Weile dauern wird. Jetzt geht die Show weiter.«

Greger presste sich den Lauf unters Kinn. Er hielt

den Griff des Revolvers mit beiden Händen fest. Dann drückte er ab. Der Schlagbolzen traf eine leere Kammer.

Ähnlich wie sein Partner zuvor, lachte Greger erleichtert auf. »Glück gehabt. Damit steht es wieder unentschieden. Beginnen wir mit Runde drei. Die Wahrscheinlichkeit für den Todesschuss steigt.«

Er schaltete die Musik ein und wartete ein paar Sekunden, ehe er an den Tisch trat, um den Revolver zu platzieren.

»Die Waffe liegt auf zehn Uhr.«

* * *

Taffertshofers Handy klingelte. Er warf einen Blick aufs Display. »Das ist die Zentrale.« Der Hauptkommissar nahm das Gespräch entgegen und aktivierte den Lautsprecher.

»Müller!«, meldete sich der Anrufer. »Ulrich! Wir haben Hinweise, dass Natalie Greger ein zweites Haus besitzt. Sie hat das erst vor drei Monaten gekauft.«

»Wo?«, fragte Taffertshofer.

»Im Niederbergischen. Um genau zu sein, ein einsam gelegenes Haus in Sprockhövel, das vor einem Vierteljahr zwangsversteigert wurde. Die Besitzerin war hoch verschuldet gestorben, die Erben konnten die Hypotheken nicht bezahlen. Natalie Greger hat den Zuschlag für zwanzigtausend Euro bekommen.«

»Wie weit ist das von hier entfernt?«, flüsterte Drosten Stenzel ins Ohr.

»Ungefähr eine halbe Stunde«, antwortete der Hauptkommissar.

»Alles klar«, sagte Taffertshofer. »Schick mir die

genaue Adresse. Wir fahren dorthin.« Er beendete das Telefonat.

Der SEK-Einsatzleiter trommelte über das Mikrofon seine Teams zusammen.

»Natalie Greger besitzt ein zweites Haus in Sprockhövel«, informierte er seine Leute. »Wir brechen sofort auf. Beeilt euch!«

Sommer wandte sich unterdessen an Drosten. »Ein Hauserwerb vor drei Monaten. Das klingt ganz stark danach, als würde es im Zusammenhang mit den Entführungen stehen.«

Drosten nickte.

»Ich habe die Adresse«, sagte Taffertshofer. Er setzte sich an einen PC und gab die Anschrift ein. »Einsam auf einer Anhöhe gelegen«, stellte er nach einer kurzen Recherche fest. »Wenn wir diesmal richtig liegen, wird uns der Täter sehr früh bemerken.«

»Mit solchen Situationen kennt sich mein Team aus«, erwiderte der Einsatzleiter. »Auf geht's!«

* * *

Constantin Sickinger zog den Revolver zu sich heran. Er überdachte seine Optionen. Selbst wenn André fair spielte, betrug die Wahrscheinlichkeit einer Patrone in der nächsten Kammer mittlerweile fünfundzwanzig Prozent. Er könnte sich die Augenbinde abreißen und hoffen, seinen Partner zu treffen. Unter der Binde nahm er allerdings das flackernde Licht wahr, das ihm die Orientierung schwer machen würde. Genauso wie die laute Musik. Da André angekündigt hatte, jeden Betrugsversuch mit dem Tod zu bestrafen, sahen seine Aussichten in beiden Fällen nicht gut aus.

Seine Gedanken rasten weiter. Wie würde es ihm ergehen, wenn er das hier überlebte? Die LKA-Kollegen würden von der Pornosucht erfahren – vermutlich hatten sie das sogar schon. Für seine Karriere war das der Sargnagel. Weibliche Polizisten würden sich wohl weigern, mit ihm zusammenzuarbeiten. Als beste Hoffnung blieb ihm nur eine erneute Versetzung. Doch im Gegensatz zu seinem Wechsel aus Bochum nach Düsseldorf bestand diesmal eine große Gefahr, dass ihm Gerüchte folgen würden.

Realistisch betrachtet musste er sich eingestehen, bereits am Ende des Polizeidienstes angekommen zu sein.

Er griff nach dem Revolver, führte ihn an die Schläfe und schoss. Diesmal schluchzte er vor Erleichterung, als das Klacken ertönte. Für eine Sekunde wirkte es verlockend, drei weitere Male abzudrücken, doch er besann sich eines Besseren. Er legte die Waffe beiseite.

Kurz darauf stoppte die Musik.

»Euer Leidensgenosse hat schon wieder Glück gehabt«, sagte Greger. »Seine und damit auch eure Chancen steigen. Die Wahrscheinlichkeit gegen mich ist eins zu zwei. Ich drücke euch die Daumen. Ob ihr gleich alle jubeln könnt?«

Sickinger fragte sich, wie sehr er seinem Partner vertrauen konnte. Falls die Geschichte der Magenkrebserkrankung stimmte, hatte André keine weitreichende Perspektive mehr. Es ergab einen gewissen Sinn, das Schicksal entscheiden zu lassen.

Die Musik setzte wieder ein.

Warum wich Greger vom Ablauf ab? Bei seinem ersten Schuss hatte er auf die Musik verzichtet. Sickingers Herzschlag beschleunigte sich. Trotz der düsteren Zukunftsaussichten wollte er weiterleben. Vielleicht konnte er irgendwo weit weg anfangen. In Mecklenburg-Vorpommern oder im südlichsten Bayern. Er spürte diesen unbändigen Lebenswunsch in sich. Er war zu jung, um gefesselt von einem psychopathischen Polizisten getötet zu werden.

Atemlos lauschte er. Nach einer Weile glaubte er, ein Klacken zu vernehmen.

Hatte der Schlagbolzen wieder eine leere Kammer getroffen?

Die Musik stoppte und raubte ihm jede Hoffnung.

»Jetzt wird es richtig spannend. Noch zwei Kammern, in einer von ihnen steckt eine Patrone. Das ist echt aufregend! Als Nächstes ist mein lieber Freund Constantin wieder an der Reihe. Und ich ahne, wie groß die Versuchung wird, einen Fehler zu begehen. Mein Rat an dich: Lass es sein!«

Die Musik setzte erneut ein. Kurz darauf sagte Greger: »Zwölf Uhr.«

Sickinger würde nun mit einer fünfzigprozentigen Wahrscheinlichkeit sterben. Aber wie groß war die Chance, dass sein Partner das Spiel durchzog, falls auch die fünfte Kammer leer war? Verschwindend gering. Denn dann wäre es kein russisches Roulette mehr, sondern Selbstmord.

Er tastete nach dem Revolver und zog ihn zu sich. André verhielt sich leise. Er gab ihm keinen Anhaltspunkt darauf, wo er stand.

Sickinger dachte an seine Eltern. Ob sie seinen Tod und die Enthüllungen, die damit einhergingen, verkraften würden? Vielleicht nahmen die zuständigen Ermittler Rücksicht und würden ihnen nichts von den Pornogeschichten erzählen.

Er atmete tief ein. Seine rechte Hand legte sich um

den Revolvergriff. Ob die Konzentration seines Gegenübers nachließ?

In einer schnellen Bewegung führte er die freie Hand an den Kopf und riss die Binde hinunter. Das Stroboskoplicht blendete ihn. Er kniff die Augen zusammen und richtete den Revolver nach vorne. Spielte ihm sein Sehvermögen einen Streich, oder zeichnete sich links von ihm eine Gestalt im flackernden Licht ab?

In dieser Sekunde ertönte über den Lärm der Musik hinweg ein Schuss.

* * *

Sickingers Kopf zuckte nach hinten. Greger hatte exakt getroffen. Aus dem Loch in der Stirn floss Blut. Fast schon bedauernd blickte er zu seinem toten Partner. Genau mit diesem Zug hatte Greger gerechnet. Bei der sicheren Aussicht auf den tödlichen Schuss hätte Greger den Revolver niemals gegen sich selbst gerichtet. Das hatte Sickinger offenbar geahnt und entsprechend gehandelt.

Greger trat an den Tisch und überprüfte die Waffe. Die Patrone hatte tatsächlich in der fünften Kammer gesteckt.

»Du hast alles richtig gemacht«, flüsterte er Sickinger zu. »Zumindest in den letzten Atemzügen deines Lebens.«

Er schaltete zuerst das Stroboskoplicht ab. Die Musik ließ er noch ein bisschen weiterlaufen. Er wollte den beiden übrigen Gefangenen Hoffnung schenken, die er dann mit harter Faust zerschmettern würde. Greger tanzte zum aktuellen Lied. Er stellte sich vor, seine

Tochter in den Armen zu halten und mit ihr über ein Parkett zu schweben.

Nach einer Weile drückte er den Pausenknopf auf der Fernbedienung.

»Ich muss euch leider enttäuschen«, sagte er. »Mein Partner Constantin hat wie so oft in seinem Leben mit dreckigen Tricks gespielt. Statt sich die Waffe an die Schläfe zu setzen, hat er versucht, auf mich zu zielen. Ich konnte ihm das nicht durchgehen lassen. Legen wir eine Gedenkminute für ihn ein.« Greger senkte den Kopf. Er erinnerte sich an die guten Erlebnisse ihrer Partnerschaft. Sie hatten zahlreiche Fälle aufgeklärt, und Sickinger war oft derjenige gewesen, der die entscheidenden Hinweise entschlüsselt hatte. Ein fähiger Bulle mit einem schrecklichen inneren Dämon, dem er im Internet Futter gab.

»Genug geschwiegen. Ich bereite alles für ein zweites Duell vor. Gebt mir ein paar Minuten. Dann hole ich denjenigen von euch, der es jetzt am meisten verdient hat, in diesen Raum geführt zu werden. Wer wird das sein? Gleich erfahrt ihr die Antwort.«

27

» W ie lange noch?«, rief Drosten über den Motorenlärm hinweg.

Der Countdown war vor einer Viertelstunde abgelaufen. Selbst wenn sie diesmal auf der richtigen Spur waren, kamen sie vielleicht zu spät.

»Zehn bis fünfzehn Minuten«, antwortete der Einsatzleiter. »Falls nichts Ungewöhnliches auf den letzten Kilometern passiert.«

Drosten ballte seine Hände zu Fäusten. Er würde es nicht ertragen, Verenas Leiche zu finden. Mit dieser Schuld könnte er nie wieder zu einem normalen Tagesablauf zurückfinden.

Lukas legte ihm im Mannschaftswagen von hinten eine Hand auf die Schulter. Drosten spürte seinen beruhigenden Blick. Er öffnete die Fäuste und atmete langsam aus. Sommer drückte leicht zu. Die Geste sollte ihm Mut einflößen. Ihm durch Körperkontakt vermitteln, dass sie es schaffen würden.

Doch es gab so viele Unwägbarkeiten. Hatten sie diesmal den richtigen Riecher? Oder war das nur eine weitere falsche Spur? Er dachte an den Panzerriegel. Die Nachbarn hatten klar ausgesagt, ein junger Mann habe ihn erst am Samstag angebracht.

Constantin Sickinger? Oder ein völlig Unbeteiligter? Zum Beispiel ein harmloser Handwerker?

Viel aussagekräftiger war für Drosten ohnehin der Tag, an dem das geschehen war. Samstag. Wenige Stunden vor der Entführung. Da das Haus vorhin leer gestanden hatte, erschien ihm das wie eine bewusste Finte, durch die sie Zeit verlieren sollten.

Der Täter hatte ihren Schritt vorhergesehen und Sand ins Getriebe gestreut.

War das ersteigerte Haus ebenfalls ein Ablenkungsmanöver?

»Wir fahren mit beiden Fahrzeugen so nah wie möglich vor die Haustür und stürmen das Gebäude«, erklang die Stimme des Einsatzleiters in seinem Ohr. »Sie müssen im Wagen warten.«

Erneut ballte Drosten die Hände zu Fäusten.

* * *

Die Tür sprang auf. Im Flur brannte Licht. Kraft fühlte sich wie in einem Albtraum. Der Peiniger, der fast wie ein Schatten wirkte und den ganzen Türrahmen ausfüllte, glich einem nächtlichen Schreckgespenst.

Leider konnte sie sich nicht mit einem Schrei oder einem anderen Trick in eine friedlichere Realität flüchten. Sie hatte über den Lautsprecher mitbekommen, was zwischen Sickinger und Greger vorgefallen war. Falls er wegen der Magenkrebserkrankung nicht gelogen hatte, würde er in absehbarer Zeit sterben. Genau das machte ihn unberechenbar.

Er trat zwei Schritte ins Zimmer.

»Ihre Gefangenschaft nähert sich dem Ende«, sagte er.

Sie wunderte sich, dass er sie noch immer siezte. Seine Tochter – denn bei der Aufpasserin konnte es sich wohl nur um Gregers Tochter gehandelt haben – hatte sie geduzt. Er hingegen behielt die höflichere Anrede seit dem Fluchtversuch bei.

»Warum tun Sie das?«

»Das werden Sie gleich erfahren. Zunächst erkläre ich Ihnen die Spielregeln, die für den Weg ins Duellzimmer gelten. Ich löse die Kette von der Heizung, Sie gehen vor und gehorchen meinen Befehlen. Ich lasse mich nicht so leicht übertölpeln wie meine Tochter. Probieren Sie es erst gar nicht. Sobald ich die Kette in der Hand halte, richte ich mit der anderen Hand eine Waffe auf Sie. Und so leid es mir tut, Sie dürfen mir eins glauben: Ich mache von ihr Gebrauch.«

Kraft nickte. Er hatte ihre Vermutung bezüglich der Tochter bestätigt. Würde Sie dieses Wissen jemals mit ihren Kollegen teilen können?

»Darf ich Ihr Nicken als Einverständnis werten, Hauptkommissarin Kraft?«

»Das dürfen Sie, Hauptkommissar Greger.«

Er lächelte zufrieden. Im großen Bogen ging er zur Heizung. Er kam nicht einmal in ihre Nähe. Mit einem Schlüssel löste er die Kette. Aus dem Augenwinkel sah sie die Pistole in seiner Hand.

»Gehen Sie bis zur Türschwelle.«

Sie drückte sich vom Bett ab. Bei den ersten Schritten versagte ihr Gleichgewichtsorgan.

»Mir ist schwindelig«, murmelte sie.

»Das wird gleich besser. An der Tür dürfen Sie sich

kurz abstützen. Machen Sie keinen Ausfallschritt in meine Richtung. Mein Zeigefinger könnte sonst versehentlich zucken.«

»Was Ihnen wahnsinnig leidtun würde.« Sie ging voran.

»Ehrlich gesagt ja. Ich will Ihnen die faire Chance geben, die auch Constantin hatte. Mir geht es nicht um eine Exekution. Sonst wären Sie längst tot. Mich reizt das Duell. Die Entscheidung des Schicksals.«

Kraft erreichte den Ausgang. Sie lehnte sich an den Türrahmen.

»Verstoßen Sie bloß wegen Ihrer Krebserkrankung gegen die moralischen Grundsätze, die Jahrzehnte Ihr Leben geprägt haben?«

»Eine interessante Frage. Ich habe nach der Diagnose nächtelang wach im Bett gelegen und mich gefragt, ob ich dem Kampf gegen das Verbrechen die Krankheit verdanke. Ob das Böse einen Weg gefunden hatte, mich auszuschalten. Dann erhielt ich Natalies Anruf. Fuhr zu ihr. Tat, was ich als Vater tun musste. Und plötzlich wusste ich Bescheid. Mögen Sie Superheldenfilme? Für mich war Natalies Anruf der Biss der radioaktiv verseuchten Spinne. Mir war klar, wie ich die letzten Lebensmonate verbringen würde. Ich würde Unkraut jäten. Gehen Sie nach rechts. Wir laufen direkt auf das Duellzimmer zu.«

»Sie sind Polizist«, appellierte sie an sein Gewissen.

»Genau deswegen hat mich die Spinne gebissen. Nur ein Polizist hätte das schaffen können, was mir gelungen ist. Los! Spielen Sie nicht weiter auf Zeit. Mein Geduldsfaden ist sehr kurz.«

Kraft ging mit kleinen Schritten voran. Auf der

Hälfte des Weges durchzuckte sie ein Krampf in der Hüfte. Stöhnend blieb sie stehen.

»Keine verdammten Tricks!«, schrie er.

»Ich habe Schmerzen«, antwortete sie ebenso laut. »Weil Sie mich wie ein Stück Vieh behandelt haben. Sie und Ihre Tochter. Hoffentlich werden Sie beide elendig verrecken.« Es tat gut, der Wut ein Ventil zu bieten.

»Weiter!«, sagte Greger.

Kraft folgte dem Befehl. Als sie die Türschwelle überschritt, prägte sie sich die Ausmaße des Raumes genau ein. Es gab nur einen Stuhl. Das heißt, er würde stehen, während sie saß. Falls sie auf ihn zielen würde, müsste sie das bedenken.

»Setzen Sie sich. Dann reden wir.«

Kraft nahm auf dem Stuhl Platz. Greger hakte die Kette in die Metallöse ein.

»Falls Sie als Gewinnerin aus dem Duell hervorgehen, hoffe ich, Sie schaffen es, die Öse rauszuschrauben. Sie sind etwas kleiner als Constantin. Trotzdem könnten es Ihnen gelingen.«

Er klang aufrichtig besorgt.

»Wenn Ihnen mein Wohlergehen so am Herzen liegt, dann lassen Sie mich einfach frei.«

Greger trat von der Wand weg und seufzte. Er stellte sich auf die andere Seite des Tisches.

»Ich muss bekennen, Sie sind ein Kollateralschaden. Lange habe ich überlegt, Sommer zu entführen. Ich will Ihnen nicht zu nahe treten, aber Sie schienen mir das leichtere Opfer zu sein. Außerdem wollte ich Sommer draußen als würdigen Gegner wissen, damit er mich jagen kann. Haben Sie eine Vorstellung, wie es nervt, wenn man immer wieder die positiven Berichte über die KEG liest? Als ob Sie Superstars wären. Dabei leistet jedes LKA in Deutschland mindestens genauso gute Arbeit wie die KEG.«

»Uns geht es nicht um die Presse«, widersprach Kraft.

»Deswegen darf sogar die Süddeutsche über Sie berichten? Das klingt nicht sehr glaubhaft, Frau Kollegin. Na ja. Wie sich jetzt herausstellt, sind Ihre Kollegen gar nicht so überragend. Der Countdown ist abgelaufen, und niemand hat bislang diesen Ort gefunden. Ich schätze, das gibt diesmal kein gutes Presseecho.« Er knetete sich die Lippen. Dann schaute er auf seine Armbanduhr.

»Was überlegen Sie?«, fragte Kraft.

»Ich musste gerade an Natalie denken. Hoffentlich hat sie Deutschland mittlerweile verlassen.«

»Sie schicken Ihre Tochter auf die Flucht?«

»Glauben Sie, ich habe die Opfer gebracht, damit mein Engel anschließend im Knast verrottet? Sie schlägt sich bis Spanien durch und von dort weiter auf den afrikanischen Kontinent. Ich habe ihr Kapstadt empfohlen. Da soll es ja traumhaft schön sein. Aber wohin es sie am Ende verschlägt, werde ich nie erfahren.«

Etwas stimmte hier nicht. Wieso verriet er ihr so bereitwillig alles über den Fluchtweg seiner Tochter?

»Ich versichere Ihnen, wenn ich das hier überlebe, mache ich es zu meiner Lebensaufgabe, Ihre Tochter zu jagen. Egal, in welchem afrikanischen Loch sie sich verkriecht.«

Greger lächelte. »Grundsätzlich gefällt mir Ihre Einstellung. Sie glauben an Ihre Chance.«

»Fifty-fifty. Oder gilt das für mich nicht?«

»Ihnen biete ich sogar eine noch größere Chance.«

»Inwiefern?«

»Hier im Haus hält sich eine weitere Geisel auf. Ungeplant. Jonah Kremer.«

Kraft schloss die Augen. Sie hatte es die ganze Zeit befürchtet. Trotzdem tat die Gewissheit weh.

»Er hat wie ein Löwe um Sie gekämpft, als er zum völlig falschen Zeitpunkt in Ihrer Wohnung auftauchte«, fuhr Greger fort. »Aber eine richtige Chance gegen mich hatte er nicht. Ich habe lange überlegt, was ich mit ihm anstellen soll. Er ist ja weder ein KEG-Mitglied noch eines der Schweine, die Frauen ausbeuten. Doch zumindest im letzten Punkt habe ich mich geirrt.«

Kraft öffnete die Augen und starrte Greger an.

»Sie wissen davon, oder? Dass er seine Kunden gerne in Bordelle fährt? Er hat es nach einer kurzen Befragung zugegeben. Ich hatte bloß nicht genügend Zeit herauszufinden, wie oft er sich von seinen Auftraggebern einladen lässt. Aber dass das passiert, steht bei seinem Beruf wohl außer Zweifel.«

Greger lächelte. Kraft setzte eine ausdruckslose Miene auf. Sie fragte sich, ob der Mistkerl recht hatte. Betrog Jonah sie mit Prostituierten?

»Sie besitzen ein gutes Pokerface. Respekt! Wenn Sie mich in dem Duell schlagen, haben Sie hoffentlich die Gelegenheit, sich mit ihm auszutauschen. Neues Vertrauen zu bilden. Und falls Sie verlieren, kümmert es niemanden mehr. Richtig?«

»Sie sprachen gerade von einer größeren Chance für mich.«

Greger lächelte. »Ich mache Ihnen ein hoffentlich attraktives Angebot. Wenn Sie darauf bestehen, bringe ich Sie vorläufig zurück in Ihre Zelle. Dann wäre Kremer vor Ihnen an der Reihe.«

»Ich verzichte.« Über dieses Angebot musste sie gar

nicht nachdenken. Jonah hätte keine Chance gegen den erfahrenen Polizisten.

»Irgendwie habe ich damit gerechnet. Deswegen habe ich Sie als zweite Gefangene hergebracht. Okay. Bevor es losgeht, erkläre ich noch einmal die Spielregeln. Ich löse gleich die Schelle an Ihrer rechten Hand. Zuvor verbinde ich Ihnen die Augen. Ich schalte Stroboskoplicht ein und beschalle uns mit Musik. Sie werden nicht wissen, wo ich stehe. Ich sage Ihnen die Position an, auf der ich den Revolver vor Sie hinlege. Sie greifen zu, pressen sich den Lauf entweder an die Schläfe, unters Kinn oder stecken ihn sich in den Mund. Das dürfen Sie frei entscheiden. Dann schießen Sie. Falls Sie den Versuch überleben, legen Sie die Waffe zurück auf den Tisch. Danach bin ich an der Reihe. Immer so weiter, bis das Schicksal einen von uns auswählt. Constantin hat es vorhin mit einem Trick versucht. Er hat dafür mit dem Leben bezahlt. Ihnen blüht das Gleiche. Probieren Sie es bitte erst gar nicht. Die Musik und vor allem das Licht vernebeln Ihre Sinne. Sie wissen nicht, wo ich stehe. Ihre Chance ist beim russischen Roulette größer als bei einem billigen Versuch, mich zu überlisten. Haben Sie das verstanden, Hauptkommissarin Kraft?«

»Klar und deutlich.«

»Dann legen wir jetzt los.«

Er trat wieder im großen Bogen um den Tisch herum. Noch einmal studierte sie aufmerksam das Zimmer. Im nächsten Moment verband er ihr die Augen. Danach hantierte er an der Fessel, bis die Schelle am rechten Handgelenk aufsprang.

»Viel Erfolg.«

Musik setzte ein. Unter der Binde nahm sie das Flackern des Lichts wahr.

* * *

»Da vorne!«, rief der Einsatzleiter.

Sie hatten die Anschrift erreicht. Die Zufahrt war breit genug. Nichts deutete auf einen Hinterhalt hin.

Drosten schaute auf die Uhr. Weitere zehn Minuten waren verstrichen. Hoffentlich lebte Verena noch.

Der Wagen hielt abrupt an. Einer der Männer schob die Tür von innen auf. Die Einsatzkräfte sprangen heraus und liefen zum Eingang. Neben ihnen bremste der zweite Mannschaftswagen.

28

»**J**etzt ist es so weit«, sagte Greger.

Trotz der Musik glaubte Verena Kraft, seinen Standort identifiziert zu haben. Wenn sie sich nicht irrte, lauerte er momentan links von ihr.

»Der Revolver liegt auf vierzehn Uhr«, fuhr er fort.

Also rechts von ihr. Das sprach ebenfalls dafür, dass sie ihn in der linken Hälfte des Raumes ortete. Vor ihrem inneren Auge vollzog sie die vergangenen Sekunden nach. Er näherte sich von der einen Seite dem Tisch und legte die Waffe ab. Dann wich er ein paar Schritte zurück und seitwärts aus.

»Greifen Sie zu. Aber denken Sie daran. Keine Tricks!«

Ihre Finger berührten den Griff des Revolvers und umklammerten ihn. Das Bedürfnis, in seine Richtung zu feuern, überwältigte sie beinahe. Doch sie musste die erste Runde des Duells überstehen. Darauf hoffen, dass das Schicksal nicht zu grausam zuschlug. Er danach weniger aufmerksam wäre. Sie rutschte minimal auf dem Stuhl herum. Die Kette schränkte ihre Bewegungsfreiheit ein. Egal, was sie tun würde, es wäre ihr nicht vergönnt, Deckung unter dem Tisch zu suchen.

Kraft presste sich den Lauf an die Schläfe. Sie dachte an Jonah. An Robert und Lukas. Zuletzt an ihre Eltern.

Lieber Gott, lass mich nicht sterben.

Sie atmete tief ein und langsam aus. Greger beobachtete sie still. Hinter der Augenbinde nahm sie die immer wieder wechselnden Lichtverhältnisse wahr. Auf ihre Sehkraft konnte sie nicht vertrauen. Sie musste sich aufs Gehör verlassen. Kraft krümmte den Finger am Abzug – allerdings nicht stark genug, um ihn zu betätigen.

»Fahr zur Hölle!«, schrie sie und drückte ab.

Der Schlagbolzen traf eine leere Kammer. Sie keuchte erleichtert auf und legte die Waffe sofort auf den Tisch. Allerdings innerhalb ihrer Reichweite.

Würde er seinen Standort verraten?

»Die erste Runde geht an Sie«, sagte er.

Stand er mittig vor ihr?

Greger schaltete die Musik aus. Ein kaum vernehmbarer Schritt war zu hören.

Blitzschnell griff Kraft zur Waffe. Sie drückte zweimal den Abzug. Das Schussgeräusch war in der Stille ohrenbetäubend.

* * *

»Ein Schuss!«, schrie ein Mitglied des Einsatzteams.

Gebannt starrte Drosten auf die Monitore. Das Team hatte sich diesmal mit zwei Schlägen Zugang zum Haus verschafft. Im Inneren leistete ihnen niemand Widerstand. Das Gebäude war groß, bestand allerdings nur aus einer Etage.

»Gesichert!«, brüllte eine andere Stimme.

Drosten sah eine Küche. Teller und Tassen standen herum. Er bemerkte eine halb volle Wasserflasche und mehrere leere Flaschen in einem durchsichtigen Beutel.

»Gesichert!«

Der nächste Raum. Darin ein einzelnes Bett. Ansonsten war das Zimmer leer.

»Eine Leiche!«

Für einen Moment schloss Drosten die Augen.

»Das ist Sickinger«, erklang Sommers Stimme.

Nun schaute Drosten auf den entsprechenden Monitor. Die Leiche des jungen Kommissars lag in der Badewanne. Mit einer Schusswunde im Kopf.

»Also ist Greger der Täter«, murmelte Drosten. »Wie konnte er das seinem Partner antun?«

Zwei Einsatzkräfte näherten sich dem nächsten Raum. Sie stießen ihn auf. Stroboskoplicht erschwerte die Orientierung.

»Das ist Verena!«, schrie Drosten.

Er riss sich den Kopfhörer hinunter und rannte aus dem Wagen. In dem Gebäude musste er sich nur kurz orientieren. Das flackernde Licht wies ihm den Weg. Er erreichte den Raum.

»Verena!«

»Robert!«

Da sie sich wegen der Fesseln nicht bewegen konnte, hockte er sich zu ihr und umarmte sie. Er spürte ihre Tränen an der Haut.

»Ist er tot?«, fragte sie leise.

Jemand schaltete das Licht aus. Drosten musterte die Szenerie. Greger lag mit blutigem Gesicht auf dem Rücken.

»Ja.«

»Gott sei Dank. Habt ihr Jonah gefunden?«

Sommer betrat den Raum. »Jonah geht es gut.«

»Nehmt mir die Fesseln ab«, bat Kraft. »Der Schlüssel zu den Handschellen ist in seiner Hosentasche.«

Ein Mitglied des Einsatzteams fand ihn und befreite Kraft. Die erhob sich schwankend.

»Brauchst du Hilfe?«, fragte Drosten.

»Nein.« Sie wankte zur Tür. Am Rahmen hielt sie sich kurz fest. »Jonah!«

»Ich bin hier!«

Kraft lief in die Richtung, aus der seine Stimme kam. Drosten folgte ihr. Jonah Kremer saß auf dem Bett. Er war mit einer langen Kette an den Heizkörper gefesselt.

Sie kniete sich vor ihn. »Du lebst! Gott sei Dank, du lebst!«

Die beiden umarmten sich.

29

Drosten durfte im Krankenwagen mitfahren. Verena und ihr Freund Jonah schienen die Strapazen der Gefangenschaft gut überstanden zu haben. Trotzdem war eine Nacht zur ärztlichen Beobachtung obligatorisch, bevor sie nach Wiesbaden zurückkehren durften.

Auf dem Weg in die Klinik berichtete Kraft davon, wie sie kurz nach dem Ablauf des ersten Countdowns von einem Geräusch geweckt worden war. »Plötzlich stand ein Maskierter in meinem Schlafzimmer. Der Kampf hat nicht lange gedauert. Er war zu stark für mich.«

»Da wusstest du noch nicht, dass es Greger ist?«, vergewisserte sich Drosten.

»Nein. Ich wachte gefesselt in einem Zimmer auf. Dreimal am Tag kam eine ebenfalls maskierte Aufpasserin, die mir Essen brachte und mich zum Klo führte. Figurmäßig hätte das Nancy Pulido sein können. Beim dritten Mal hatte ich es geschafft, sie mit einem Trick zu überrumpeln und ihr die Maske abzureißen. Es war nicht Pulido.«

»Sondern Natalie Greger.«

»Was ich damals nicht wusste. Ich konnte mir die Fesseln abstreifen und versuchte zu fliehen. Als ich dem diesmal unmaskierten Greger unerwartet gegenüberstand, war ich so perplex, dass er mich problemlos außer Gefecht setzen konnte. Danach war er derjenige, der mir Essen und Trinken brachte. Meistens ziemlich schweigsam. Tja, und heute ...« Sie hielt kurz inne.

Drosten gab ihr die Zeit, die sie benötigte, um sich zu sammeln. Ausführlich berichtete sie vom ersten Duell, das sie über den Lautsprecher live miterlebt hatte.

»Schließlich kam er zu mir, um mich in den Duellraum zu führen. Aus freien Stücken erzählte er von seiner Tochter. Bis dahin wusste ich immer noch nicht, wer seine Helferin ist. Angeblich versucht sie, über Spanien nach Afrika zu entkommen. Da er das bereitwillig ausgeplaudert hat, halte ich es für einen Trick.«

»Wir werden sie mit internationalem Haftbefehl suchen. Aber die Spanien-Afrika-Route ist mit ziemlicher Sicherheit eine Finte. Eine Flucht ins Ausland erscheint mir bei ihrem Lebenslauf allerdings nicht unwahrscheinlich.«

* * *

Obwohl Verena Kraft sich gern ein Doppelzimmer mit Jonah geteilt hätte, bekamen sie zwei nebeneinanderliegende Einzelzimmer zugewiesen. Auf dem Flur wachte ein Polizist, der in einer Tageszeitung las. Die Gefahr schien gebannt. Der Täter war tot, seine Gehilfin auf der Flucht. Hoffentlich würde Polizeirat Karlsen die Ansicht teilen und nicht wochenlang auf einen Schutz seiner Mitarbeiterin bestehen.

»Können Sie nicht schlafen?«, fragte der Polizist.

»Ich bin hellwach. Wissen Sie, ob es meinem Freund besser ergeht?«

»Ich habe ihn erst vor wenigen Minuten gehört. Da war er auf der Toilette.«

Kraft klopfte leise an die Tür.

»Herein.«

Sie öffnete das Zimmer. Jonah hielt die Fernbedienung des Bettes in der Hand und setzte sich aufrechter hin.

»Hey, mein Liebling«, begrüßte er sie.

Sie trat zu ihm und streichelte sein Gesicht. Dann küssten sie sich innig. Zuletzt zog sich Kraft einen Besucherstuhl heran. Jonah und sie mussten sich unbedingt aussprechen.

»Wie hat dich der Mistkerl in seine Gewalt gebracht?«

»Ich kam direkt nach dem Job zu dir. Schloss leise die Tür auf. Im Schlafzimmer hörte ich Geräusche. Überrascht rief ich deinen Namen, weil ich erwartet hatte, dich schlafend anzutreffen. Ich bekam keine Antwort, öffnete die Schlafzimmertür und zuckte zusammen. Da stand ein Kerl. Du kannst dir bestimmt denken, was mein erster Gedanke war.« Er schmunzelte. »Dann sah ich dich gefesselt und bewusstlos am Boden liegen. Er griff mich an und setzte mich in Sekundenschnelle außer Gefecht. Aufgewacht bin ich in Gefangenschaft. Es tut mir leid, dass ich dir keine größere Hilfe war.«

Erneut streichelte sie sein Gesicht. »Ich hatte gegen ihn auch keine Chance. Und dabei bin ich für solche Situationen sogar ausgebildet.«

»Verena, was er während eures Gesprächs gesagt hat, ist so nicht richtig. Natürlich bittet mich der ein oder andere Kunde darum, ihn in ein Bordell zu fahren. Und ja, ich erfülle ihnen den Wunsch. Ganz, ganz selten bieten mir die besonders wohlhabenden Geschäftsleute an mitzukommen. Sie würden die Rechnungen für mich übernehmen. Ich lehne immer ab. Schon vor unserer Zeit, aber jetzt erst recht. Ich gehöre zu den Männern, die wahrheitsgemäß sagen können, noch nie in ihrem Leben bei einer Prostituierten gewesen zu sein.«

»Das höre ich gerne«, bekannte Kraft. »Vor meinem Wechsel nach Wiesbaden war ich als Polizistin in Würzburg oft mit Prostituierten und ihrem Leid konfrontiert. Da stecken fast immer schreckliche Schicksale hinter.«

»Er wollte, dass du wütend auf mich wirst.«

»Dann hat er sein Ziel verfehlt.« Sie küssten sich erneut. Kraft hatte ein gutes Gefühl. Vielleicht würde das gemeinsam Erlebte ihrer Beziehung nicht schaden, sondern sie vertiefen. »Wenn die Ärzte morgen früh nach der Visite grünes Licht geben, bringen uns Lukas und Robert nach Hause.«

»Das wäre wunderbar«, sagte Jonah. »Endlich wieder im eigenen Bett schlafen.«

»Oder in meinem«, erwiderte sie augenzwinkernd. »Darüber müssen wir noch verhandeln.«

30

N atalie Greger stand am Fenster ihres unter falschen Namen angemieteten Apartments und beobachte das schräg gegenüber liegende Haus. Sie und ihr Vater hatten durch eine Anzeige auf einer Internetplattform von der Zweiraumwohnung erfahren und sie für eine Woche belegt. Der Zeitraum lief übermorgen ab. Sollte sich bis Mitternacht nichts in dem Haus tun, würde sie versuchen, die Mietdauer zu verlängern.

Plötzlich blitzte das Bild ihres Vergewaltigers vor ihrem geistigen Auge auf. Sie zuckte zusammen und stöhnte.

»Geh weg!«, zischte sie.

Natalie Greger trat vom Fenster zurück. Sie wedelte mit ihrer Hand, als könne sie die Vergangenheit wie eine lästige Mücke vertreiben. Doch die schreckliche Erinnerung überwältigte sie. Sie rang nach Luft, denn sie bildete sich ein, seine Hand an ihrer Kehle zu spüren.

»Papa!«, stöhnte sie. »Hilf mir.«

Natalie taumelte zurück, bis sie eine Wand im Rücken

spürte. Sie rutschte nach unten und presste sich fest die Finger an die Schläfe. Das half ihr dabei, die Gedanken zu fokussieren. Der Vergewaltiger war tot. Von ihr und ihrem Vater zur Strecke gebracht. Genau wie Klaus Schmitz, Carmen Lossius und Sandro Seydel. Ohne diese drei Menschen wäre es nie zu jenem verhängnisvollen Abend gekommen.

Sie dachte an ihren Vater. Seine Meldung war überfällig. Natalie wusste genau, was das bedeutete. Er hatte sie mit einer Sprachnachricht über Sickingers Tod in Kenntnis gesetzt und sein weiteres Vorhaben angekündigt. Die Hauptkommissarin sollte als zweite Person zum Duell antreten, allerdings wollte er ihr die Möglichkeit geben, Kremer vorzuschicken.

Seitdem hatte sie nichts mehr von ihm gehört. Was das bedeutete, konnte sie sich leicht ausmalen.

Sie würde ihren Vater rächen. Und danach verschwinden. Die beiden Gefangenen mussten sterben. Kremer schon allein deshalb, weil er half, Frauen sexuell auszubeuten, indem er seine Kunden in Bordelle brachte. Kraft hingegen hatte wahrscheinlich ihren Vater überwältigt oder vielleicht sogar getötet.

Sie tastete nach den Schlüsseln in ihrer Hosentasche. Ihr Vater hatte Duplikate angefertigt. Für die Haus- und die Wohnungstüren. Es würde ihr spielend leicht gelingen, sich wie eine Spinne in einer der Wohnungen zu verstecken. Mit der Pistole, die ihr Vater ihr überlassen hatte, könnte sie beide Menschen exekutieren. Der angeschraubte Schalldämpfer würde den Lärm der Schüsse schlucken. Niemand aus dem Haus würde etwas mitbekommen.

Sie stand auf und trat zurück ans Fenster. Gerade rechtzeitig, denn in diesem Augenblick hielt ein Streifenwagen vor der Haustür. Zwei uniformierte Polizisten stiegen aus. Sie musterten zuerst die Umgebung, dann verschwanden sie im Inneren des Gebäudes.

Ihr Vater hatte also richtiggelegen. Er hatte sie gewarnt, dass die Bullen nach dem Rechten sehen würden, bevor die Bewohner nach Hause zurückkehren würden. Natalie lächelte. Die Zeit des Wartens schien dem Ende zuzugehen.

* * *

Natalie Greger beobachtete auch nach der Abfahrt des Streifenwagens noch zehn Minuten lang die Umgebung. Die Polizei kehrte nicht zurück. Offenbar schien sie die einmalige Kontrolle als ausreichend zu empfinden. So sehr konnte man danebenliegen.

Sie streifte das Schulterholster über und steckte die Waffe hinein. Vor dem Spiegel zog sie zweimal die Pistole, richtete sie nach vorn und legte ihren Finger auf den Abzug. Die beiden ehemaligen Gefangenen verdienten einen quälend langsamen Tod. Leider konnte sie das nicht gewährleisten. Sie müsste wie eine Kobra zuschlagen und sich danach davonstehlen.

In welcher der beiden Wohnungen würden sie die Nacht verbringen? Natalie malte sich aus, wie sie vorgehen würde. Sie selbst würde darauf bestehen, im eigenen Bett zu schlafen. Ob die Hauptkommissarin genauso tickte?

Natalie streifte die braune Lederjacke über und zog den Reißverschluss zu. Im Spiegel war nichts von dem Holster zu sehen.

Sie nahm das Handy aus der Tasche und rief ein Foto

auf, das sie letzte Woche von ihrem Vater geschossen hatte.

»Ich räche dich, Papa.«

Sie küsste das Display. Dann steckte sie das Telefon zurück in die Hosentasche. Die Zeit der Abrechnung war gekommen. Wann auch immer Kremer und Kraft in ihre Wohnungen zurückkehrten – Natalie wäre vor ihnen da.

Sie verließ das angemietete Apartment und lief mit gesenktem Blick die Treppe ins Erdgeschoss hinunter. Niemand kam ihr entgegen. Draußen setzte sie ein Basecap auf und schaute sich um. In keinem der Fahrzeuge in der Umgebung saßen Leute, die das Haus musterten. Ihre Gegner waren verdammt unvorsichtig.

Natalie überquerte die Straße. Die drei Schlüssel steckten in ihrer Jackentasche. Wenn ihre Vermutung zutraf und das Liebespaar ihre gemeinsame Zeit in der Wohnung der Hauptkommissarin verbrachten, sollte sie sich zunächst dort Zutritt verschaffen. Trotzdem schwebte ihr etwas anderes vor. Ihr Vater hatte gesagt, dass die Gefangenen nach der Befreiung eine Nacht im Krankenhaus verbringen würden. Im Anschluss an den Aufenthalt wäre es völlig normal, sich mit frisch gewaschener Kleidung versorgen zu wollen. Selbst wenn Kremer also bei seiner Partnerin schlief, würde er voraussichtlich zuerst die eigene Wohnung betreten.

Natalie steckte den Haustürschlüssel ins Schloss und betrat den Flur. Auch hier kam ihr niemand entgegen. Auf dem Weg nach oben nahm sie jeweils zwei Stufen auf einmal. Vor Kremers Wohnungstür blieb sie stehen und lauschte. Es war nichts zu hören. Sie entriegelte das Schloss und schlüpfte in die Wohnung. Leise drückte sie die Tür zu und versperrte sie wieder.

In aller Ruhe suchte sie nach einem guten Versteck.

Die Küche und das Wohnzimmer boten ihr keine Gelegenheit. Im Schlafzimmer würde sie zwar unter das Bett passen, aber der Ort sagte ihr nicht zu. Auch der Schrank war nicht geeignet, um darin auszuharren. Sie betrat das Badezimmer. Endlich hatte sie Glück. Die Duschkabine stand so versetzt, dass man sie nicht sofort beim Betreten des Raums im Blick hatte. Hier würde sie warten.

Natalie verschanzte sich in der Kabine. Sie zog die Lederjacke aus und legte die Pistole auf die Ablagefläche für Shampoo. Dann setzte sie sich hin. Die Position war zwar wegen der Bodenfliesen unbequem, doch für die Erfüllung ihrer Rachegelüste war sie bereit, die Unannehmlichkeit in Kauf zu nehmen.

* * *

Lukas Sommer dirigierte den Wagen in eine Parklücke direkt hinter Krafts Auto.

»Pass bloß auf, dass du mir keine Delle in mein Schmuckstück fährst«, warnte sie ihn.

»Würde bei deiner Karre nicht auffallen«, entgegnete er.

»Wie sehen eure Pläne aus?«, fragte Drosten. »Die pikanten Details dürft ihr gern weglassen.«

Das Paar auf der Rückbank schaute sich verliebt an. Dass sie sich auf eine gemeinsame Nacht freuten, war unverkennbar.

»Wir schlafen bei mir«, sagte Kraft. »Ich bin also auch übers Festnetz zu erreichen.«

»Ist dein Kühlschrank gefüllt?«, fragte Jonah.

»Das Nötigste habe ich da. Morgen nach der Arbeit gehe ich einkaufen.«

»Du musst morgen noch nicht im Büro auftauchen. Nehmt euch ein paar Tage frei«, schlug Drosten vor.

»Vergiss es! Ich nehme mir frei, wenn die Kuh hinter Gittern sitzt.«

Drosten lächelte. »Ich kann dich ja eh nicht umstimmen. Also sehen wir uns morgen.«

Kraft verließ den Wagen zuerst und hielt Jonah die Tür auf, der auf derselben Seite ausstieg. Sie gingen zur Haustür, wo sie sich noch einmal umdrehten und den beiden Männern zum Abschied zuwinkten. Dann betraten sie das Gebäude.

»So wie ich dich kenne, willst du bei dir duschen?«, fragte sie.

Jonah nickte. »Und ein paar frische Klamotten anziehen.«

»Wie lange brauchst du?«

»Wahrscheinlich nur halb so lang wie du.«

»Das werden wir ja sehen.«

Vor Krafts Wohnungstür blieben sie stehen und küssten sich.

»Bis gleich«, flüsterte sie. »Du hast ja einen Schlüssel.«

* * *

Jonah betrat seine Wohnung. Er lächelte. Während der Gefangenschaft hatte er befürchtet, nie wieder hierher zurückkehren zu dürfen. Doch das Schicksal hatte es gut mit ihm gemeint.

Er schloss die Tür. Bevor er ins Schlafzimmer ging, wollte er etwas Wasser trinken. In der Küche öffnete er den Wasserhahn. Dann nahm er ein Glas aus dem

Hängeschrank und ließ es volllaufen. Durstig leerte er das Glas mit kleinen Schlucken.

Im Schlafzimmer schob er die Spiegeltür des Kleiderschranks beiseite. Er nahm ein frisches T-Shirt, Unterwäsche und eine saubere Jeans aus den Regalen. Mehr würde er bis morgen früh nicht benötigen.

Jonah öffnete die Tür zum Badezimmer. Obwohl durch das Fenster genügend Tageslicht in den Raum fiel, tastete er gewohnheitsmäßig nach dem Lichtschalter. Er blickte in den Spiegel, der gegenüber des Eingangs über dem Waschbecken hing. Daher nahm er auch einen Teil der Duschkabine wahr.

In der jemand hockte.

»Scheiße«, sagte Jonah absichtlich laut. »Hab ich glatt was vergessen!«

Er machte einen Schritt zurück und zog die Tür zu. Leider war das Bad nur von innen verschließbar.

»Hilfe!«, brüllte er so laut er konnte, als er die Panik nicht weiter unterdrücken konnte.

Er wandte sich um und rannte los.

Verena Kraft stand in ihrem Schlafzimmer. Jemand hatte in ihrer mehrtägigen Abwesenheit die meisten Spuren des Kampfes beseitigt. Trotzdem war nicht alles an der richtigen Stelle. Sie verrückte den Stuhl und die Stehlampe. Dann öffnete sie den Kleiderschrank, in dem der Tresor steckte. Sie gab die Geheimzahl ein. Die Tür sprang mit einem Summen auf. Verena griff nach der Waffe. Hätte sie die Pistole Samstagnacht griffbereit gehabt, wäre der Kampf zu ihren Gunsten ausgegangen. Sollte sie in

Zukunft die Dienstwaffe nachts nicht mehr im Safe lagern?

»Hilfe!«, drang es plötzlich von oben leise an ihr Ohr.

Schockiert schaute sie zur Decke. Ihre Instinkte setzten ein. Sie rannte aus dem Schlafzimmer. Jonah schwebte in Gefahr.

* * *

Seine schweißnassen Finger rutschten beim ersten Versuch von der Türklinke ab. Hinter ihm riss die Frau die Schlafzimmertür auf.

»Du bist tot!«, schrie sie.

Endlich bekam er die Klinke zu fassen. Er öffnete die Wohnungstür – davon überzeugt, in der nächsten Sekunde von Kugeln durchlöchert zu werden.

* * *

Kraft rannte mit gezückter Waffe aus ihrer Wohnung in den Hausflur. Über sich hörte sie, wie jemand die Tür aufriss.

»Jonah! Komm runter zu mir!«

Das Geräusch zersplitternden Holzes drang an ihr Ohr.

Ihr Freund schrie auf.

»Jonah!«

* * *

Etwas traf ihn am Nacken. Er schrie – mehr aus Überraschung, denn aus Schmerz. Warme Flüssigkeit lief ihm den Rücken hinab.

Was auch immer ihn getroffen hatte, er konnte sich noch bewegen. Er rannte bis zur ersten Stufe.

»Jonah!«, erklang Verenas Stimme.

Sie kam ihm entgegen und hatte bereits den Treppenabsatz erreicht. Verena machte einen Ausfallschritt und visierte mit ihrer Waffe ein Ziel hinter ihm an.

»Schneller!«, trieb sie ihn an.

Beinahe hätte er eine Stufe verpasst. Er strauchelte, fing sich jedoch im letzten Augenblick ab. Auf dem Treppenabsatz ging er hinter Verena in Deckung.

»Was ist los?«, flüsterte sie.

»Da war eine Frau in der Duschkabine. Ich habe sie zufällig im Spiegel gesehen und konnte fliehen.« Seine Finger berührten die blutige Stelle im Nacken. Es schien nur ein Kratzer zu sein.

»Bist du getroffen?« Sie wandte den Blick nicht von der Tür ab.

»Es blutet leicht. Ein Streifschuss?«

»Ich habe Holz splittern hören. Vielleicht davon.«

Er kam sich wie ein Feigling vor. »Und jetzt?«, fragte er, um den Moment der Scham zu überspielen.

»Geh runter. Meine Wohnungstür steht offen. Der Entsperrcode des Handys lautet sieben, eins, neun, drei. Ruf Robert an. Sie sollen umkehren und herkommen. Weit weg können sie noch nicht sein.«

31

Natalie Greger hatte sich von innen an die Wand gepresst und den größten Teil des Wortwechsels zwischen Kraft und Kremer mitbekommen. Die Polizistin würde innerhalb der nächsten Minuten Verstärkung erhalten.

Je länger sie wartete, desto mehr schmälerten sich Natalies Chancen.

Was sollte sie tun? Die Konfrontation suchen? Ihr Vater hatte ihr Schießunterricht erteilt. Trotzdem wäre die Polizistin höchstwahrscheinlich treffsicherer. Natalie konnte einzig mit ihrer Entschlossenheit punkten. Aber welche Alternativen standen ihr zur Verfügung? Sie konnte sich in die Wohnung zurückziehen und Suizid begehen. Eine Flucht aus dem zweiten Stockwerk erschien unmöglich.

Suizid oder ehrenhafter Tod? Denn eine Verhaftung mit anschließender Haftstrafe kam für sie nicht infrage. Dann wäre ihr Vater umsonst gestorben und hätte ihr nach der Vergewaltigung gar nicht helfen müssen. Sogar

Selbstmord erschien ihr aus diesem Blickwinkel eine zu feige Lösung, die sich ihr Vater nicht gewünscht hätte.

* * *

Aus dem Augenwinkel sah Kraft eine Bewegung an ihrer Wohnungstür. Den Blick hielt sie starr geradeaus gerichtet.

»Hast du sie erreicht?«, fragte sie leise.

»Sie sind in ungefähr fünf Minuten zurück.«

»Das klingt gut.«

»Komm zu mir«, bat Jonah.

»Das geht leider nicht. Sie darf die Wohnung nicht verlassen. Das würde Menschen gefährden. Es ist mein Job, das zu verhindern.«

»Kann ich dir helfen?«

»Nur, indem du dich zurückziehst. Ich liebe dich.«

Er zögerte mit seiner Antwort. »Ich dich auch. Pass auf dich auf!«

Kurz darauf schloss er leise die Tür.

Kraft versuchte, sich in Gregers Tochter hineinzuversetzen. Die Frau wusste, dass es keinen Ausweg gab. Jonahs Wohnung lag zu hoch, um einen Fluchtversuch über den Balkon zu wagen. Also blieben ihr nur zwei Möglichkeiten.

Würde sie die Waffe gegen sich selbst richten oder versuchen, sich den Weg freizuschießen?

Im ersten Fall drohte Kraft keine Gefahr, die andere Variante bereitete ihr allerdings Sorgen. Zumal es Greger gelingen könnte, sie zu überrumpeln.

Es sei denn ...

* * *

»Hey, Natalie«, erklang plötzlich die Stimme der Polizistin. »Weißt du, woran ich mich gerne zurückerinnere? Wie ich dich ausgetrickst und überwältigt habe. Du hast mir die Sache mit den Unterleibskrämpfen wirklich abgenommen. So naiv! Ohne deinen Vater bist du ein Nichts. Er hat dir den Freier vom Hals geschafft, und ohne ihn wärst du schon längst in Untersuchungshaft.«

Was bezweckte sie mit dieser Ansprache?

»Jetzt kann dir dein Vater leider nicht mehr helfen. Er hat das Duell gegen mich verloren.«

Natalie hielt die Waffe so fest umklammert, dass die Knöchel weiß hervortraten.

»Also, um genau zu sein, habe ich dank eines Tricks gewonnen. Dein Vater wusste nicht, dass ich ein fantastisches Gehör habe. Trotz der lauten Musik konnte ich seine Position ausmachen. Ich habe mir die Waffe an die Schläfe gehalten und abgedrückt. Die Kammer war leer. Dann habe ich die Pistole weggelegt. Er war so dumm, etwas zu sagen. In dem Moment habe ich wieder nach der Waffe gegriffen, denn ich wusste, er steht genau vor mir. Die zweite Kammer war ebenfalls leer, aber in der dritten steckte die Patrone. Und ganz offenbar war ich schneller als er. Dein Vater ist mit einem Loch im Gesicht gestorben, ohne dass er auf mich gefeuert hat.«

»Bist du darauf stolz?«, schrie Natalie. »Kannst du damit bald unter den Kollegen angeben, du verfluchte Schlampe?«

»Ganz bestimmt sogar. Und wir werden darüber lauthals lachen.«

* * *

Ihr Plan schien aufzugehen. Sie hatte Greger erfolgreich provoziert.

»Mein Vater war ein besserer Polizist, als du es je sein wirst«, fuhr Greger fort.

Mit der nach vorn gerichteten Waffe schlich Kraft die Stufen hoch. Sie wollte Natalie Greger nicht in einem Feuerwechsel töten. Die Frau sollte im Gefängnis enden.

»Er war ein ehrenhafter Mann. Du bist eine billige Fotze!«

Kraft erreichte den oberen Absatz. In jeder Etage gab es zwei Wohnungen. Links lag Jonahs Zuhause, rechts die Wohnung des Rentnerehepaars Jakob, das derzeit seinen traditionellen Herbsturlaub in der Türkei genoss.

Kraft presste sich an die Tür des Ehepaars und wartete.

Die Sekunden vergingen. Sie durfte nun nichts mehr sagen, um ihren neuen Standort nicht zu verraten. Auch Greger schwieg. War sie nicht wie erhofft auf die Provokation hereingefallen?

Kaum hatte sie den Gedanken zu Ende gebracht, stieß Greger einen Schrei aus, riss die Tür auf, warf sich im Flur auf den Boden und feuerte zweimal.

»Wo zum ...«, fluchte sie.

»Hinter dir!«, sagte Kraft. »Lass die Waffe fallen!« Sie zielte auf den Rücken der Frau. »Sofort!«

Greger zögerte eine verräterische Sekunde zu lang.

»Verdammte Schlampe«, zischte sie.

»Gib auf!«, warnte Kraft sie. »Bleib still liegen!«

Greger drehte sich zur Seite. Kraft stürzte sich auf sie. Sie griff nach der Hand, in der sie die Pistole hielt, und umklammerte das Gelenk, das sie mehrfach gegen die Stufenkante schlug. Greger zog das Knie an und rammte es ihr in den Unterleib. Erneut haute Kraft das

Handgelenk auf die Kante. Endlich glitt die Waffe Greger aus den Fingern und fiel hinunter.

»Nein!« Greger bäumte sich auf und schaffte es, Kraft von sich zu stoßen, ehe sie der Pistole hinterherhechtete.

Kraft bekam ihren Fuß zu fassen und zog daran. Die Frau verlor das Gleichgewicht und stürzte die Treppe hinunter. Sie stöhnte vor Schmerz. Kraft rappelte sich auf und richtete die Waffe nach unten. Am Treppenabsatz endete Gregers Sturz. Ihr Kopf schlug gegen die Wand. Sie rührte sich nicht mehr. Die Pistole lag nicht in ihrer unmittelbaren Reichweite.

Von der Haustür drangen Geräusche zu Kraft. Personen betraten den Flur.

»Robert? Lukas?«

»Ja«, antwortete Drosten.

»Kommt schnell her! Ich weiß nicht, ob Natalie Greger noch lebt.«

* * *

Natalie Greger hatte den Sturz die Treppe hinab mit wenigen leichten Blessuren überstanden. Schon bei der ersten Vernehmung schwieg sie und forderte lediglich einen Anwalt. Als der sich am nächsten Tag mit ihr besprochen hatte, hielt sie das Schweigen eisern durch. Die Andeutungen des Anwalts klangen so, als würde es seine Mandantin auf den Prozess ankommen lassen.

Die KEG beriet sich in mehreren Videokonferenzen mit dem LKA Düsseldorf. Es war unstrittig, dass Greger, die in Düsseldorf vor Gericht gestellt werden würde, sich der

Beihilfe zur Freiheitsberaubung schuldig gemacht hatte. Außerdem war sie in Jonah Kremers Wohnung eingebrochen. Ob man ihr eine Tötungsabsicht nachweisen konnte, war allerdings zweifelhaft. Die zuständigen LKA-Kommissare fürchteten, Greger könne behaupten, sie habe von Kremer lediglich Informationen über das Schicksal ihres Vaters in Erfahrung bringen wollen. Die insgesamt drei abgegebenen Schüsse würden von Staatsanwaltschaft und Verteidigung wohl ebenfalls unterschiedlich bewertet.

Da Natalie Greger nicht aussagte, war die Suche nach der vergrabenen Leiche des Freiers aussichtslos. Zwar durchkämmten Spürhunde die infrage kommenden Wälder, jedoch schlug kein Hund an.

In einer letzten Konferenzschaltung drei Wochen nach der Verhaftung der Tochter kamen die beteiligten Polizisten überein, dass die Arbeit für die Wiesbadener vorläufig erledigt war. Den ersten Prozesstag erwarteten die Düsseldorfer im nächsten Jahr, da das zuständige Gericht völlig überlastet war.

* * *

Am folgenden Wochenende hatte Jonah seinen Neffen Marvin mal wieder als Übernachtungsgast zu Besuch. Wie es sich inzwischen als schöne Gewohnheit eingebürgert hatte, verbrachte auch Verena den Abend mit ihnen in der Wohnung. Jonah hatte Mikrowellenpopcorn und Chips besorgt, außerdem genügend Orangensaft, um eine ganze Kompanie zu versorgen.

Sie setzten sich auf die Couch und nahmen Marvin in die Mitte.

»Seid ihr so weit?«, fragte Kraft.

»Was für einen Film hast du ausgesucht?«, wollte Marvin wissen.

»Er wird dir gefallen.«

»Das ist ja ein blöder Titel.« Der Junge grinste neunmalklug. Dann veränderte sich sein Gesichtsausdruck.

»Was ist los?«, erkundigte sich Kraft.

Marvin presste die Lippen aufeinander.

»Musst du zum Klo?«, fragte Jonah.

»War ich gerade erst. Ich soll euch etwas fragen. Von Mama.«

»Dann frag!«, forderte Jonah.

Der Junge druckste herum. Er stopfte sich Popcorn in den Mund. Als er es halb geschluckt hatte, platzte es aus ihm heraus. »Mamawillwissenwannihrheiratet.«

Es klang wie ein Wort und war wegen des halb vollen Mundes kaum zu verstehen. Trotzdem schauten sich die Erwachsenen an und grinsten. Um den Jungen abzulenken, schaltete Verena den Fernseher ein.

»Was hältst du von dem neuesten Pixar?«, fragte sie.

»Cool!«, rief der Junge. »Kann man den schon leihen?«

»Ist bereits geschehen. Los geht's.«

Die Ablenkung funktionierte. Bestimmt würde Marvin zu Hause auf die Rückfrage seiner Mutter mit einem Achselzucken reagieren. Und seine Mutter würde sich ärgern, weil er in dieser Hinsicht nicht als Informant taugte.

* * *

Stunden später kuschelten sie im Bett in Löffelchenstellung. Verena streichelte Jonahs Hand. Die Nachttischlampe auf seiner Bettseite spendete ihnen Licht.

»Deine Schwester wird sich vermutlich nicht mit Marvins Spionagekunst zufriedengeben«, flüsterte sie.

»Das fürchte ich auch.«

»Schickt sie ihn noch ein zweites Mal vor?«

»Wahrscheinlich sogar drei- oder viermal. Sie kann auf ihre Weise sehr penetrant sein.«

»Und wenn sich Marvin bei nächster Gelegenheit nicht so leicht ablenken lässt?«

»Dann sollten wir uns eine gute Antwort ausdenken.«

Mit dem Daumen strich Verena immer schneller über Jonahs Handrücken.

»Oh«, sagte er schließlich. »Du willst meinen Vorschlag hören.«

»Genau.«

Er zögerte kurz. »Was ich mit dir erlebt habe, ist mir bei noch keiner anderen Frau passiert. Und damit spreche ich nicht nur von der Entführung, dem Stromschlag, dem hilflos Angekettetsein oder der Lebensgefahr während der Gefangenschaft. Von der Todesangst ganz zu schweigen. Auch nicht davon, dass jemand wie eine Spinne in meiner Wohnung kauert und auf mich schießt, während ich wegrenne. Ich meine ein paar andere Dinge.«

»Welche?«

»Manchmal wache ich morgens vor dir auf und betrachte dein Gesicht. Dabei lächle ich wie ein Teenager. Ich kann es kaum glauben, dich abbekommen zu haben. Und trotzdem ...«

Sie nahm seinen Arm von ihrer Hüfte und drehte sich zu ihm um. »Trotzdem?«, fragte sie mit hochgezogenen Augenbrauen.

»... habe ich mir darüber noch keine Gedanken gemacht. Wir kennen uns erst seit ein paar Monaten.«

Verena schaute ihn mit starrer Miene an.

»Was?«, fragte er unsicher. »Findest du meine Antwort blöd? Verena, wir sind vor ...«

Sie legte ihm einen Finger auf die Lippen und unterbrach seinen Redeschwall. »Ich finde deine Antwort perfekt«, beruhigte sie ihn.

»Wirklich? Oder ist das jetzt so eine typische ›Alles in Ordnung‹-Frauenantwort, die wir Männer meist falsch interpretieren?«

Sie grinste. »Nein. Ist es nicht. Versprochen.«

»Ich kann mir vorstellen, dich zu heiraten«, fügte er schnell hinzu. »Aber dafür sind wir ...«

»... noch nicht lange genug zusammen. Du bist ein erstaunlich kluger Mann.«

Sie beugte sich über ihn und schaltete die Lampe aus. Im Dunkeln küsste sie ihn.

NACHWORT

Liebe Leserinnen und Leser,

seit vielen Jahren geisterte die Vorstellung in meinem
Kopf herum, ein *russisches-Roulette-Duell* in einem meiner
Thriller einzubauen. Als ich die Geschichte für *Eiskalte
Reue* entwickelte, kam ich ziemlich schnell darauf, dass ich
endlich den passenden Rahmen für mein Vorhaben
gefunden hatte. Während meiner Recherchen für den
Roman suchte ich auch nach Informationen auf Wiki-
pedia. Unter dem dortigen Eintrag für *russisches Roulette*
sind zahlreiche Filme, Bücher oder Musikvideos aufgeführt, in denen sich Menschen auf diese Weise duellieren.
Unter anderem in einer Folge der Fernsehserie *24*,
außerdem auch in einer Folge von *Haus des Geldes*. Beide
Serien gehören zu meinen persönlichen Favoriten. Falls
Sie diese nicht kennen, kann ich sie Ihnen sehr ans Herz
legen. Für mich gibt es keine spannendere Fernsehunter-
haltung.

Wenn Ihnen der Roman *Eiskalte Reue* gefallen hat und Sie mich unterstützen wollen, nehmen Sie sich doch bitte ein paar Minuten Zeit und hinterlassen eine Bewertung auf der Produktseite meines Buches bei Amazon. Neben Rezensionen freue ich mich auch über persönliches Feedback von Ihnen, sei es per Mail oder per Facebook. Ich bemühe mich stets, darauf zu antworten. Das klappt meistens, aber leider nicht immer. Sehen Sie mir das bitte nach. Auch wenn Sie weitere Anregungen oder Bitten haben, lese ich mir das stets sehr gerne durch.

Per E-Mail kontaktieren Sie mich unter:
kontakt@marcus-huennebeck.de

Per Facebook erreichen Sie mich wie folgt: www.facebook.com/MarcusHuennebeck

Wollen Sie immer zeitnah informiert werden, wenn es etwas Neues von mir gibt? Dann tragen Sie sich doch in meinen Newsletter ein:
www.marcus-huennebeck.de/newsletter

Alle neuen Empfänger erhalten die Kurzgeschichte *Die Namen des Todes – Die Jagd beginnt* als Dankeschön geschenkt.

Vielen Dank und herzliche Grüße

Marcus Hünnebeck

LESETIPPS

Ich werde oft nach der richtigen Reihenfolge meiner
Bücher gefragt. Diese finden Sie im Folgenden, auch
wenn ich der Meinung bin, dass man jeden meiner
Thriller unabhängig von den anderen lesen kann. Aber
für alle Leser, die sich gern an der chronologischen
Reihenfolge des Erscheinens orientieren, ist diese Auflis-
tung gedacht.

Die KEG-Reihe:
 Die Todestherapie
 Der Wundennäher
 Der Schädelbrecher
 Blut und Zorn
 Die TodesApp
 Muttertränen
 Todesschimmer
 Vaters Rache
 Rachekrieger
 Tödlicher Fake
 Schreikind

Eiskalte Reue

Die Buchinger-Reihe
So tief der Schmerz
Kein letzter Blick

Bei meinen übrigen Büchern finden Sie die Reihenfolge direkt auf den Produktseiten der Bücher.

Made in the USA
Middletown, DE
19 February 2021

34025112R00161